背負い富士

山本一力

角川文庫
24043

目次

序

明治二十六（一八九三）年十二月三十一日、午前七時前。例年通り、大晦日の清水港は朝から冬晴れとなった。

空は青くて高い。しかし陽はまだ低く、巴川を渡る風は、指先を切り裂くような凍えをはらんでいた。

川に架かった木造の港橋の欄干には、斜めからの朝日がさしている。が、橋板にはまだ陽光が届いていなかった。

前夜はことのほか冷え込みがきつく、橋板には霜が凍りついていた。

「うおっ」

高く盛り上がった橋の真ん中で、老人が声を漏らして尻から落ちた。下駄の歯が、凍った霜で滑ったのだ。

「音吉っつあん、平気かね」

橋の東詰から渡ってきた左官職人の信吉が、急ぎ駆け寄って手を差し伸べた。

「こんぐらいは、なんでもねえ」

差し出された手を摑もうとはせず、音吉は立ち上がろうとした。ところが、思いのほか尻を強く打っていた。尻を浮かせたが、うまく立ち上がることができない。

「強がってねえで、おれの手を摑め」

「ばかいうでねえ、おれは音吉だ。おめえの手を借りるほど、年食ってはいねえさ」

「またそれかね」

手を差し出した信吉は、顔をゆがめて舌打ちをした。音吉の目が尖った。

「なんだ、その舌打ちは」

音吉は橋板に両手をつき、尻を浮かせた。足元を気遣いつつ立ち上がると、男と向き合った。五尺七寸（約百七十三センチ）の上背がある、長身の音吉である。三十も年長の相手に見下ろされた信吉は、うっとうしげに顔を背けた。

「ちゃんとおれの目を見ろ」

風を浴びて、音吉の声が震えた。

「世が世なら……」

「音吉さんとは、おれなんかは口もきけねえってか」

「当たり前だ」

言葉を先取りされて、音吉はさらに目を尖らせた。

「この町でおまえが左官をやってられんのも、みんな次郎長（じろちょう）のおかげずら」

「音吉さんに言われなくても、そんなこたあ町のみんなが知ってるがね」

「それが分かってたら、舌打ちなんかできねえずら」

「なんも大晦日の朝っぱらから、口をとんがらせることもねえら」

西伊豆（にしいず）戸田（へだ）生まれの信吉は、つい浜の訛（なま）りが出た。

「音吉っつあんが次郎長さんと幼馴染（おさななじみ）だったってことは、だれでも知ってるがね」

「幼馴染じゃねえ。次郎長が最期のときまで一緒だったのは、わしだ」

「分かってますって」

この話になると、音吉はとめどがなくなる。それが分かっている信吉は、適当にあたまを下げて音吉から離れた。

信吉が橋を西に渡り切ったとき、東詰の時計が午前七時の鐘を打ち始めた。ぜんまい仕掛けで動く時計は、毎正時ごとに鐘を打つ。

高さ九尺（約二・七メートル）の時計を橋のたもとに据えつけたのも、次郎長である。音吉が早朝から橋を渡ろうとしていたのは、時計のぜんまいの巻き具合を確かめようとしてのことだった。

時計の世話は、通りを隔てた向かい側の船宿、『末廣（すえひろ）』の奉公人に任されていた。二日に一度、末廣の船頭が目一杯にぜんまいを巻き上げる。強いぜんまいをしっかりと巻くには、相応の力が入り用だった。

ところが荷運びが続くと、船頭は時計の世話を忘れた。

「また時計が居眠りをしているのか」

時を告げない時計を、町の住人は遠慮のない物言いで冷やかした。そんなことが三度続いてからは、音吉が毎朝ぜんまいの巻き具合を確かめるようになった。

「音吉さんが気をつけてくれるんなら、安心ずら」

「なんたって、次郎長さんの幼馴染だがね」

「そうじゃないよ。たったひとりの生き残りらしいよ」

朝の七時前に橋を渡る音吉を指差して、住人たちは小声を交わした。

大晦日の朝、音吉はうっかり橋の真ん中で尻餅をついた。時計の前に立ったときは、すでに七時が鳴り終わっていた。

腹巻をまさぐった音吉は、真鍮製の鍵を取り出した。時計の鍵穴に差し込み、右に回した。カチッと小気味よい音がして、鍵が外れた。

樫板の戸を開くと、振り子が左右に揺れる音が聞こえた。文字盤の裏を覗き込んだ音吉は、ぜんまいの状態を確かめた。

巻きは強く、まだ半分以上もぜんまいは残っている。小さくうなずいてから、時計の戸を閉じた。身体に大きな伸びをくれた音吉は、橋の中ほどへと戻った。

わずかに吹く風は、一段と凍えを増している。橋の欄干に寄りかかると、音吉は小さな吐息を漏らした。息は凍えに触れて、たちまち白く濁った。

末廣の瓦屋根が朝日を浴びていた。上薬をたっぷり塗られた遠州瓦が、冬の朝日をキラキラと弾き返している。

瓦屋根の先の眺望は雄大だ。空に雲はなく、青空を背にした富士山が頂上まではっきりと見えた。

眺めに見入っていた音吉は、不意に顔をしかめて右肘に手をあてた。七十年ほども昔の古傷が、寒さで痛みを感じたのだ。

音吉は右肘にあてた手を、忙しなく動かした。さすっているうちに、痛みが和らいだ。

次郎長と親密になるきっかけとなった古傷である。白い息を吐きつつ肘をさする音吉を、富士が見詰めているかのようだった。

一

文政二（一八一九）年、駿河国清水町は年明け早々から騒がしかった。

町の真ん中を流れる巴川は河口が海だ。米は巴川上流の船着場まで陸送されたのち、川を下って清水湊へと運ばれた。

大坂から江戸に向かう菱垣廻船は、清水湊で積荷の一部を荷揚げした。そして船蔵に生じた隙間に年貢米を積み込むのが、いつもの年の船頭の動きだった。

清水湊の米代金は、江戸に比べて一割五分は安い。ここで米を買いつけて江戸で売れば、船頭と水夫には大きな余禄がもたらされる。

ところが文政二年は正月明けから、清水湊で米を買いつける船頭は皆無となった。

「清水の米はなんぼや」

「いつも通り、一石につき銀五十一匁ずら」

「そんな高い米はいらんわ」

気の荒い菱垣廻船の船頭は、地べたに唾を吐き捨てた。

前年（文政元年）は、西国全域で米が大豊作となった。それを受けて、大坂堂島の米相場は激しく下落した。

米一石一両が、公儀の定めた公定相場である。しかし文政元年十一月の堂島相場は、一石銀四十六匁まで値を下げた。

大坂では金貨ではなく、銀貨で相場が立つ。金一両銀六十匁が大坂と江戸との両替相場だ。米一石銀四十六匁は、江戸に比べて二割五分近い安値だった。

ところが幕府膝元の江戸では、一石一両で張りついたままだ。米相場が下落すれば、直参（徳川家直属家臣）の実入りが減る。それを恐れての、政策的な相場だった。

上方の安い米は、高値の江戸へと流れた。廻漕問屋の多くは荷受を加減し、自前で買いつけた米を江戸に向けて積み出した。船頭たちは、清水湊で生み出す余禄の手立てを奪われた。

「えらい年になったもんだやあ」

「大坂の米が、そんなに安かったとはのう」

正月早々から、清水湊の米仲買人たちは顔を曇らせた。

六月二十五日には、江戸の三橋（永代橋、新大橋、吾妻橋）会所が行き詰まった。会所頭取は公儀の米相場高値維持のために、会所のカネの大半を注ぎ込んだ。それでも米相場は上向かず、莫大な損失をこうむった挙句の行き詰まりである。

うわさはすぐに清水湊にも届き、一気に米相場が下落した。

六月三十日に鋳造が始まった『草文小判』『草文一分金』が、清水町の住人の気分をさらに暗くした。

「御上がまたぞろ、御改鋳を始めたらしい」

公儀は金蔵が底を突きそうになると、『御改鋳』と称する通貨の改悪を行った。金貨や銀貨に混ぜ物をし、二枚の小判から三枚を鋳造する。水増し分の出目（差益）を金蔵に収めるのが御改鋳だ。

値打ちの下がった通貨は、物価の値上げを惹起した。

「米と小判の値打ちが、いっぺんに下がってよう。御上は、なにを考えてるんかね」

「わしらには、首をくれと言ってるもおんなじずら」

「富士のお山も泣いてなさる」

頂上が雲に隠れた富士山を指差して、米の仲買人はため息をついた。

夏が過ぎ、秋が深くなっても、清水町の景気は一向に上向かなかった。米蔵に入りきらなくなった年貢米は、巴川東岸の砂地に野積みされた。

「こんなことは、わしが仲買人になって初めてだが」

「わしも見たことがない」

山積みにされた米俵の周りを、赤とんぼが群れ飛んでいる。仲買人には、とんぼを追い払う気力もなさそうだった。


文政二年の大晦日、五ツ(午前八時)。凍てついた朝の気配を突き破った朝日が、清水町にさしていた。遠州蜜柑のような色味の光が、巴川の川面を照らしている。

「えらい年だったがよう。大晦日は、いつもの年とおんなじに晴れたがね」

舫い綱をほどく勇吉が、川の照り返しを浴びて目を細くした。巴川の西岸には、三十杯近い漁船が舫われている。大晦日でも、漁師は海に出るようだ。

「風もあんまり吹いてねえし、真鯛を釣るにはいい日和ずら」

「おめえ、鯛を釣ろうってか」

同じ漁船に乗っている鶴吉が、驚いて目を見開いた。真冬に真鯛を釣るのは、潮の流れが速い清水沖では難儀だからだ。

「雲不見の旦那から言われたんだ。釣らなきゃあ、しょんないずら」

「雲不見さんに言われたんか」

鶴吉が目元を引き締めた。勇吉は船の舵取りで、釣るのは鶴吉の仕事だった。

「おまえの名にかけて、なにがなんでも目の下一尺（約三十センチ）以上の、でけえ鯛を釣ってこいとよ」

鶴と釣るとをかけたわけではないが、清水湊の釣り方のなかでも、鶴吉は腕のよさで知られていた。

「なんでまた、雲不見の旦那は鯛を欲しがるんかね。正月の祝儀魚なら、興津鯛が決まりずら」

「おめえ、知らねえのか」

綱をほどき終えた勇吉が、竿を手にした鶴吉に近寄った。

「知らねえのかって、なんのことだ」

もったいぶった口調の勇吉に気をわるくした鶴吉は、早く言えと声を荒らげた。

「雲不見の旦那のとこで、四人目のこどもがいまにも生まれそうだって、昨日っから大騒ぎしてるのさ」

「大晦日に四人目の赤ん坊かよ。雲不見の旦那は、達者だわなあ」

呆れ顔になった鶴吉は、竹竿を船端に立てかけた。

「なにが達者だ。おめえだって、四人の子持ちでねえか」

「おれと雲不見の旦那とを、一緒にするでねえ。歳がまるっきり違うずら」

雲不見の旦那とは、清水町の船持船頭、美濃輪屋三右衛門のことである。三右衛門は、明日の元日で五十五を迎える。漁師の鶴吉は三十五歳。三右衛門とは二十歳の開きがある。

鶴吉が気色ばんだのも無理はなかった。

「だがよう、勇吉……」

鶴吉は、周りを見回してから声をひそめた。

「その赤ん坊は、ほんとうに今日のうちに生まれるんかね」

「そんなこたあ、分からん。どうした鶴吉、まだなにかあんのか」

「もしも明日までずれ込んだら、元日生まれずら」

「大晦日の次の日なら、元日に決まってるだ」

「おめえ、知らねえのか」

つい先刻の勇吉と同じ口調である。勇吉が頰を膨らませた。

「元日生まれは騒動を引き起こす星だって、おれのおばあさがいっつも言ってた」

「ほんとか、それは」

きっぱりとうなずいた鶴吉は、勇吉に顔を寄せてさらに声をひそめた。

「もしも生まれが明日まで延びたら、今年の不ツキをそっくりひっかぶってっかもしれんぜ」

「ばか言うない」

勇吉は大声で、鶴吉の言い分を撥ねつけた。

「雲不見の旦那のこどもだ。不ツキをしょってるわけがねえ。そんなことしゃりしゃり言ってるひまがあったら、でけえ真鯛を釣る算段でもするずらよ」

言い置いた勇吉は、相棒に取り合おうとはせず、漁船の帆を張った。二畳大の帆が風を受けると、船は音も立てずに船着場を離れた。

遠ざかる富士山を見る鶴吉の目が曇っている。釣りの首尾ではなく、元日生まれになるかもしれない三右衛門の赤ん坊を、鶴吉は案じていた。

二

大晦日の清水町は、毎年、夜の四ツ半（午後十一時）を過ぎると人通りが多くなる。町の西に位置する梅蔭寺への初詣客が、近在から押し寄せるからだ。巴川の西側には、五間（約九メートル）幅の道がおよそ三町（約三百二十七メートル）、南北に通っている。道の両側には、五十軒の商家が軒を連ねていた。いわば清水町の目抜き通りである。梅蔭寺に向から初詣客は、この道を歩いた。

大晦日の夜に限り、通りにはかがり火が焚かれる。薪は、火力が強くて火の粉が飛ばない赤松である。

「あったかい、うどんはいかがですかあ」

「美味しいお茶に、蒸かしたてのまんじゅうがついて十六文ですよう」

かがり火の赤い光を浴びながら、商家の娘や女房が呼び込みの声をあげている。大晦日の夜は、梅蔭寺が除夜の鐘を撞き終わるまでは、多くの店が商いを続けた。四ツ半を四半刻（三十分）ほど過ぎたとき、乾物屋の忠兵衛が美濃輪屋に顔を出した。忠兵衛は、清水町五十軒の商家を束ねる肝煎役である。

「薪が足りなくなりそうだでよう。すまんけど、あと二十束、届けてもらえんかね」

応対に出た手代（てだい）に、忠兵衛は申しわけなさそうに頼んだ。美濃輪屋が取り込み中であるのは、充分に承知していたからだ。

「どこに届ければよろしいんで」

手代の口調が忙（せわ）しなげだ。

「魚秀さんの前まで、お願いできるかのう」

魚秀は、五十軒並んだ商家の中ほどの魚屋である。鮮魚は売り切れていたが、自家製のかまぼこはまだ商っていた。

「分かりました。すぐに小僧に運ばせます」

手代が答えたとき、梅蔭寺が除夜の鐘を撞（つ）き始めた。

「それで……もう生まれたかね」

手代は渋い顔で首を振った。

「やま魚さんところも、まだ生まれんと言っとったが」

「あちらさんも、今夜ですか」

手代が甲高い声で問うた。まさか清水町で、もう一軒お産を控えている家があるとは思わなかったのだろう。

「はやいとこ生まれんことには、あんたも気ぜわしいだろう」

忠兵衛の声に、鐘の音が重なった。あたまを下げた手代は、薪の手配りに急ぎ足で奥に戻った。

美濃輪屋は、四間（約七・二メートル）間口の薪炭屋である。大晦日に焚く縁起物の薪は、美濃輪屋が用意した。清水町に同業者はおらず、町で使う燃料は美濃輪屋が一手に扱っていた。

間口は際立って広いわけではないが、奥行きは十二間（約二十二メートル）もある。敷地は裏の路地まで続いていた。

二階建ての美濃輪屋は一階の真ん中、建家の内に井戸を構えていた。深さ五丈（約十五メートル）の深井戸で、女中は息を切らせて水を汲み上げた。

しかし深いだけに、水の美味さは町でも飛び抜けている。夏場には五升入りの桶に水を汲み入れて、得意先に井戸水を配った。

「美濃輪屋さんの井戸は、富士山の水につながっているずら」

客が大喜びする水を大晦日のいま、女中のおみよがひたいに汗を浮かべて汲み続けていた。除夜の鐘が鳴り終わると、あるじの三右衛門は井戸水で立てた『初春の湯』につかる。おみよはその支度に追われていた。

井戸のわきには、明かり取りの坪庭が構えられている。湯舟を井戸水で満たしたおみよは、汗を拭いつつ坪庭から空を見上げた。

ほどなく迎える元日の晴天を、雲ひとつない星空が請合っていた。

「早く生まれてくんないかねえ」

おみよのそばに寄ってきた女中頭のおそめが、ふうっと吐息を漏らした。

「旦那様のご様子は？」

下働きのおみよは掃除と台所仕事に追われて、夕方から三右衛門の顔を見ていなかった。

「もうひとり、男の子が欲しいと言ってたのにさあ。どっしりと、お座敷の真ん中に座ってらっしゃるがね」

「肚の据わった旦那様だこと」

「四人目だからさ。お産が遅れたって、どうということもねえずら」

「そうはいっても、生まれるまでは落ち着かないでしょう」

五年の江戸暮らしを経たおみよは、きれいな江戸弁を話した。

「こんなにお産が遅れても落ち着いていられるのは、旦那様の肝が太いからですよ」

「そうかねえ……」

おそめがぼそりと応じたとき、また梅蔭寺から鐘の音が流れてきた。

「そろそろ、百が近いずら」

「もうそんなになりますか」

手拭いをたもとに仕舞ったおみよは、たすきを結い直した。

「お湯を沸かしますから」

「あたしも、そろそろ産湯の支度を始めようかねえ。幾らなんでも、もう生まれてもいいころだに」

奥付き女中のおみつを呼び寄せたおそめは、へっついで湯を沸かすように言いつけた。


美濃輪屋から一町（約百九メートル）南には、鮮魚屋のやま魚がある。隣家の米屋甲田屋は目抜き通りの南端で、当主の山本次郎八は美濃輪屋三右衛門の義弟だ。

やま魚の女房おまきは、夕刻六ツ（午後六時）過ぎに産気づいた。すぐさま産婆が駆けつけたが、三刻（六時間）が過ぎたいまも、まだ産まれずにあえいでいた。

通りの外れにあるやま魚までは、初詣客も立ち寄らない。産婆がくるなり、店は雨戸を閉じた。通りのかがり火は、隣家の甲田屋が世話をしていた。

「かあちゃん、すごく苦しそうだよ」

長男の正助が、不安げな声で父親の与吉に話しかけた。

「しんぱいいらん。おめえのときもお産は長かったが、おっかあはなんともなかったで」

「そうかなあ」

六歳の正助は、母親の様子が心配でならないようだ。

「もうお寺の鐘も鳴り終わったよ」

梅蔭寺の除夜の鐘は、百八つを撞き終わっている。すでに年が明けて、文政三（一八二〇）年を迎えていた。

「その調子だよ、おまきさん。深く息を吸いこんで、ぐっといきんでごらん……そうそう、それでいいから」

与吉さんようと、産婆が大声で呼びかけた。ふすまを開き、与吉が部屋に飛び込んだ。

「あんたが入ってくることはないんでさ。産湯の支度はできてるかい」

「とっくに沸いてるずら」

「だったら、たらい一杯に湯を張んなせえ。もうじき生まれっから」

「ありがてえこった」

与吉は台所へと駆けた。正助が追いかけた。釜の湯をたらいに汲み入れた与吉は、息子に水を加えて湯加減を確かめろと言いつけた。

「よかったね、とうちゃん」

正助が声を弾ませた。

「だからおっかあは平気だと、言っただろ」

与吉が釜の湯をひしゃくに汲み入れたとき、座敷から赤ん坊の泣き声が聞こえた。土間にまで響き渡るほどに、元気な産声だ。

「あの声なら、弟だな」

「ほんとう？」

たらいに手をつけた正助が、暗い土間で目を輝かせた。

与吉が見立てた通り、おまきは男児を出産した。目方が一貫（約三千七百五十グラム）もある、大きな赤ん坊だった。

「除夜の鐘を聞きながら生まれた子だからさ。音吉という名前にしたぜ」

「いい名前……」

おまきの顔がほころんだ。

文政三年、一月一日の九ツ半（午前一時）過ぎ、元気な産声をあげたやま魚の次男は、音吉と名づけられた。

一刻（二時間）遅れて、美濃輪屋でも男児を授かった。四人目のこどもで、美濃輪屋の次男である。

三右衛門は、強い響きの名を考えた。

「長五郎と名づける」

音吉と長五郎は、ともに初日の出を迎える前の元日に誕生した。

三

文政三年一月七日。温暖で通っている清水町に、めずらしく粉雪が舞った。

とはいえ、そこは黒潮が流れこむ駿河の海沿いだ。雪は積もることはなく、地べたに薄くかぶさっただけである。それでも、清水町に雪が降ったと、町のあちこちで粉雪が話の種にされた。

七日の七ツ（午後四時）過ぎ。美濃輪屋の台所では、七草がゆの支度が進んでいた。

美濃輪屋が商う薪(まき)は、伊豆の山から伐(き)り出した松と杉がほとんどである。薪の運搬には、自前の船を使った。

海が相手の稼業ゆえ、三右衛門はことのほか縁起をかつぐ男である。一年を通じて、節気ごとの祝い事は欠かさなかった。

正月明けの七日は、七草がゆを祝うのが美濃輪屋の慣(なら)わしである。女中頭のおそめは、たとえ品薄で高値となっても、青物屋に七草の品揃えを頼んだ。

今年は、元日に長五郎が生まれている。今日はその御七夜でもあるのだ。例年にもまして、七草がゆの支度は念入りだった。

「ねえさん、薪を持ってきた」

水夫のひとりが、裏の薪置き場から小割りにされた杉の束を運んできた。

「ごくろうさん、わるいけえが土間の隅においてってくれや」

「あいよう」

杉の薪を積み重ねた水夫は、おそめのわきに近寄った。

「旦那はあいかわらず、これかい」

水夫は両腕を突き出して、赤ん坊を抱く真似をした。おそめは、目元をゆるめてうなずいた。

「旦那は、あれで平気かね」

「平気かって、どういうことさ」

「だってよう、長五郎坊ちゃんは元日生まれずら」

「それがどうしたんだい。妙な言い方はしないでおくれ」

おそめが口を尖(とが)らせた。水夫は一歩あとずさりしたが、口は閉じなかった。

「元日生まれの子は、騒動を引き起こすというぜ。今日だって、雪が降ってるしさ」

「いまはまだお正月の七日だよ。冬に雪が降るのは、当たり前ずら」

「ねえさんは、そう言うけどさあ。雪なんか、滅多に降らんぜ」

「雪が降ったのは、長五郎坊ちゃんのせいだと言いたいんかい」

「そういうわけじゃねえけど……」

「なんだよ、はっきり言ってごらんよ」

おそめは水夫に詰め寄った。産湯を拵(こしら)えたおそめは、長五郎が可愛くて仕方がない。元日生まれうんぬんを耳にするたびに、おそめは気色ばんだ。

「清水の町に、元日生まれの子がふたりもいるからよう。みんな、よくねえことが起きねえかって、心配してるずら」

「ばか言ってんじゃないって」

おそめが声を荒らげたとき、へっついの大鍋(おおなべ)から強い湯気が吹き上がった。おそめが鍋(なべ)に近寄った隙に、水夫は台所から出て行った。

二階の十畳間では、三右衛門が生まれて七日目の長五郎を抱いていた。

「七草の日に御七夜祝いとは、おまえは元日生まれならではの縁起のよい子だ」

綿入れにくるまれた長五郎を抱き、三右衛門は目を細めた。次男の誕生以来、三右衛門の顔はゆるみっぱなしである。

美濃輪屋当主の耳には、水夫たちの陰口はひとことも聞こえていなかった。

「口をあけりゃあ、元日生まれはめでたいって言ってるぜ」

四日の初乗り以来、薪置き場では水夫たちが声をひそめて話を交わしていた。

「あんな調子で、旦那(だんな)は大丈夫かね」

「歳が歳だけに、孫を抱いているような気になってるんじゃねえか」

水夫たちは、陰で遠慮のないことを口にした。耳にするたびに、番頭は顔をしかめて叱った。しかしそのすぐあとには、ほんとうに旦那様は大丈夫なのかと、あごに手をあてて考え込んだ。

三右衛門が『雲不見』と呼ばれる由来は、その豪胆な気性にあった。

駿河の海には、季節を問わずに海岸沿いの山から『山背』が吹き降ろす。他国では山背が吹くのは、おおむね夏場だ。しかし富士山を間近に控えた駿河は、真冬であってもいきなり山背が吹き降ろした。

清水湊の船乗りは、気性の豪胆さで諸国に通っていた。山背を恐れず、多少の荒天でも海に乗り出したからだ。

とはいえ、杉の帆柱が軋むほどの風が吹くと、さすがに帆をおろして船を舫った。

そんなときでも、美濃輪屋は入用とあれば船を出した。

「風を怖がってどうする。山背と話し合って、味方につけるのが清水湊の船乗りだろう」

他の船頭が尻込みするときでも、三右衛門は船を出した。

美濃輪屋は三十石船を二杯に、百石の大型船を一杯、都合三杯の船を有している。

百石船は、三右衛門といえどもひとりでは操船できなかった。が、水夫がいやがると、三十石船に帆を張り、三右衛門は古株の水夫ひとりを乗せて海に出た。

「雲の動きを見ていれば、波と風を味方にできる」

これが三右衛門の言い分である。清水の船乗りたちは三右衛門の口ぐせを逆手にとって、『雲不見の三右衛門』の二つ名を献上した。肝の太い三右衛門を、船乗りたちは恐れながらも敬った。

ところが長五郎の誕生以来、三右衛門は赤ん坊につきっきりとなった。毎年、正月の四日には湊の船が帆を揃えて初乗りを行う。さきがけを務めるのは、三右衛門の操る三十石船と決まっていた。

しかし今年の四日は、三右衛門は店から出ようとしなかった。

「風が冷たい。長五郎に寒風は毒だ」

美濃輪屋の男の奉公人は、全員が口を半開きにした。初乗りのあとも、三右衛門はまだ一度も船に乗っていない。

番頭や水夫が大丈夫かと案ずるのも、無理はなかった。

「だれかいないか」

二階から二度呼ばれて、おそめが階段を駆け上がった。他のふたりの女中は、いずれもおそめの言いつけで買い物に出ていた。

「おしめが濡れたらしい」

長五郎は、耳が痛くなるほどの泣き声をあげていた。おそめは赤ん坊を寝かせて、肌着の前をはだけた。三右衛門が言った通り、おしめが濡れていた。

「ただいま、替えを持ってきます」

音を立てて階段を駆け下りながら、おそめはふっと目を曇らせた。おしめが濡れたことまで気づく男親は、あまりいない。

ほんとうに旦那様は大丈夫かね……。

土間におりてから、おそめは胸のうちでつぶやいた。長五郎の泣き声は、土間にまで届いていた。

四

文政六（一八二三）年五月五日、四ツ半（午前十一時）過ぎ。美濃輪屋の二階十畳間の真ん中には、端午の節句祝いの人形が飾られていた。が、三右衛門も長五郎も、美濃輪屋にはいなかった。

人形が載っているのは、長さ八尺（約二・四メートル）、奥行き四尺（約一・二メートル）の大きな卓である。はたきを手にしたおみよは、卓の隅のちりを払い始めた。

「だめだよ、お人形にはたきがあたっちまうじゃないかね」

おそめがきつい声で叱った。

「鍾馗様に旦那様と長五郎坊ちゃんのご無事をお願いして、ついさっき陰膳をしたばっかりなんだから」

「ごめんなさい、気がつきませんでした」

気づかずに掃除を進めていたおみよは、卓の人形にあたまを下げた。高さ二尺五寸（約七十六センチ）もある、巨大な鍾馗の人形である。障子越しに差し込む五月の陽光を浴びて、人形が腰にさした剣の鞘が、艶々と黒光りしていた。

縁起かつぎを重んじる三右衛門は二月早々、山海堂に鍾馗の誂え注文を出した。山海堂は、目抜き通りの中ほどに店を構える呉服屋である。山海堂は江戸の蔵前に、飛脚便で誂えの手配りをした。

端午とは、月の初めの午の日を意味する。唐土では五月が午の月にあたり、五日も午の日という。その五を重ねて、五月五日を端午の節句とした。

この日に蓬の人形を門にかけて毒気を祓い、菖蒲酒を呑んだ。災厄を除き、病魔を避けるためである。

三右衛門は唐土の故事を、三年前に菱垣廻船の船頭から聞かされた。諸国の湊を行き来する船頭たちは、驚くほどの物識りだった。

今年の一月、三右衛門に故事を聞かせた船頭が、また清水湊に立ち寄った。

「いつぞやあんたから聞かせてもらった、端午の節句に飾る人形というのは、どんなものがいいのかね」

「そら、鍾馗様がよろしいわ」

絵心のあった船頭は、筆で見事な絵を描きあげた。ひげ面の見るからに武勇な鍾馗を、三右衛門はひと目で気に入った。

「この絵のままの人形は、どこで誂えられるかのう」

「江戸の蔵前いうとこやったら、なんぼでも人形師がいてはるやろ」

仔細(しさい)を聞き取った三右衛門は、船頭が描いた絵とともに山海堂に注文を出した。人形は四月下旬に三右衛門の元に納められた。

毎年五月四日の夜は、沼津湊(ぬまづ)の山元が催す宴席に、美濃輪屋当主として出るのが決まりである。沼津の山元は杉と松の持ち主で、美濃輪屋には大事な仕入先である。

五月四日の宴会は、駿河の薪炭商のみならず、小田原(おだわら)の材木商も顔を出す大きな席だ。端午の節句は沼津にいると分かっていた三右衛門は、五月一日に鍾馗人形を二階座敷に飾った。

「こわい顔してるけど、強そうだよ」

数え四歳の長五郎は、人形に見とれた。いかつい顔にも怖がらない息子を見て、三右衛門は目尻を下げた。そして、ふっと息子を沼津まで連れて行こうと思い立った。

長男の佐十郎はひ弱で、どれほど誘っても船に乗ろうとはしない。長五郎は四人のこどもたちのなかで、もっとも色濃く三右衛門の気性を受け継いでいた。

風向きさえよければ、清水湊から沼津湊までは、一刻半（三時間）もあれば行き着ける。しかも五月の駿河の海は、おおむね穏やかだ。

「とうちゃんと行く」

長五郎が行くといえば、それで決まりだった。五月四日の朝五ツ（午前八時）、三右衛門は三十石船におもちゃを山積みにして、長五郎と、控えの船頭銑吉を乗せて沼津に向かった。

卓に載っていたのは、沼津に旅立ったふたりの無事を願っての陰膳である。

掃除を終えたおそめとおみよが、鍾馗人形にふたりの無事を願っていたとき。三右衛門、長五郎、銑吉の三人は、沼津湊を船出するところだった。

「まだ四つで、船も海も怖がらんとは、さすが雲不見さんの息子ずら」

山元に息子を誉められて、三右衛門は人前も構わずに相好を崩した。空からは、心地よい皐月の陽が降り注いでいた。湊から海に向けて、お誂え向きの風が吹いている。

「山元さんに、しっかり手を振るんだ」

舵取りを銑吉に任せた三右衛門は、うかつにも雲を見なかった。そして長五郎と一緒に、船端に立って山元に手を振り続けた。

雲行きのあやしさに気づいたのは、外海に出たあとである。長五郎と甲板の下で遊んでいる間に、船は陸から二千尋(ひろ)（約三キロ）以上も離れていた。

「舵を代われ」

陸から沖に向けて吹く強風のなかで、三右衛門は艫(とも)に座って舵を握った。

「とうちゃん、どうしたの」

「なんでもない。どうして、そんなことを訊(き)くんだ」

「だってこわい顔してるもん」

「海に出たときの船乗りは、こんな顔をするのが決まりだ」

「そんなことないもん。きのうのとうちゃんは、沼津に着くまでにこにこ笑ってた」

長五郎は、父親のごまかしを受けつけなかった。肚(はら)をくった三右衛門は、息子をわきに呼び寄せた。

「雲の動きがおかしい。間もなく波が高くなる。身体にしっかりと綱を巻きつけて、帆柱に縛りつけろ」

「うんと揺れるの」

「揺れる」

「船が沈むの？」

「なにがあっても沈ませはせんが、揺れがひどいと海に投げ出される」

「だから縛るんだね」

まだ四歳のこどもなのに、長五郎の顔に怯(おび)えの色は浮かんでいない。三右衛門はごまかしを言わず、この先なにが起きるかをこどもに話した。

「身体を縛ったら、富士山(おやま)から目を離すな」

「分かった」

綱を帆柱に縛りつけるのは、銑吉が手を貸した。長五郎は身体を横に向けて、富士山を見詰めた。

雲が凄(すさ)まじい速さで、東に向かって流れている。見る間に富士山が雲に隠れた。

「風がくる。しっかり帆柱を摑(つか)んでろ」

三右衛門が言い終わる前に、いきなり陸から強風が吹いてきた。風を受けた帆が、大きく膨れた。

「綱を引いて、帆の向きを変えろ」

銑吉は力一杯に帆綱を引き、風を避けた。吹き始めた強風は、向きを変えても帆を膨らませている。船は韋駄天(いだてん)のような速さで、沖へと流された。

「帆をおろせ」

「へいっ」

三十石船の帆は、六畳分の大きさがある。強風が吹くなかでおろすのは、男ふたりがかりの力仕事だ。しかし舵を握った三右衛門は、手伝うことができなかった。

「おいらも手伝う」

おもちゃをたもとに仕舞った長五郎は、銑吉と一緒に帆綱を掴んだ。が、身体を縛った綱で、うまく身動きができない。

綱の長さは充分だったが、長五郎は巻いた綱を自分の足で踏んでいた。

「とうちゃん、おいらの綱をゆるくして」

「だめだ」

「だって、動けないもん」

長五郎が大声を出したとき、大波が船に襲いかかった。こどもは波にさらわれて、海に落ちた。縛っていた綱が長過ぎたのだ。

船は風に押されて沖へと驀進(ばくしん)している。長五郎の身体に綱が食い込んだ。こどもの悲鳴を、風はまばたきする間に沖合いへと運び去った。

銑吉は帆綱から手を放すと、船端までにじり寄った。立ち上がると、銑吉も海に投げ出されそうだった。

三右衛門は懸命に舵を操り、船の動きをゆるめようとした。風は収まらず、さらに船足を速めた。

「もうちょっとだ、綱をしっかり摑んでろ」

鉄吉が身を乗り出して、綱を引き上げた。船端から海面までは、六尺（約一・八メートル）の高さがある。長五郎はあえぎながらも小さな手で綱を摑んでいた。

あと一尺（約三十センチ）で船端というところで、船はまたもや大波を浴びた。

鉄吉が船端から海に投げ出された。鉄吉の綱は長五郎ほどに長くはない。海面に足をつけながら、船に引きずられていた。

それが分かっていても、三右衛門は動けなかった。舵から手を放したら、船は木の葉のようにもてあそばれるからだ。大波が続けて襲いかかってくる。三右衛門は、おのれの身体を艫の柱に縛りつけた。

船に引きずられながらも、鉄吉は長五郎の綱を摑んだ。そして歯を食いしばって綱を引いた。五寸（約十五センチ）刻みで長五郎が引き寄せられた。

「自分で綱を摑んで、船端までよじ登れ」

怒鳴った鉄吉の口に、海水がなだれ込んだ。激しく咳き込んだ鉄吉は、思わず綱から手を放した。長五郎の身体がふたたび流された。

「大丈夫か、長五郎」

咳き込みながら、鉄吉は身分も忘れて主の次男を呼びすてにした。さきほど引き寄せられたとき、長五郎は綱を引く要領を呑み込んだ。自分の両手で、じわりじわりと綱を引き、身体を船に近づけた。

「その綱を放すんじゃねえ。聞こえたか」

長五郎がうなずくのを見定めてから、鉄吉は先に船端までよじ登った。そして船板に両足を踏ん張り、長五郎の綱を引き始めた。

大波を何度も浴びたが、鉄吉は足の踏ん張りひとつでやり過ごした。長五郎を船端に引き上げたとき、ひときわ大きな波が襲いかかった。鉄吉は長五郎におおいかぶさり、波をいなした。ふたりは息つくひまもおかず、帆をおろした。中途半端な形で風に煽（あお）られていた帆は、剃刀（かみそり）で切り裂かれたような無残な姿になっていた。

それでも帆をおろしたことで、船足は弱くなった。舵の利きが戻り、船は沖合いへ流れるのをやめた。

風は吹き始めたとき同様に、出し抜けに弱くなった。が、風向きは相変わらず陸から沖へである。

「陸まで四千尋（約六キロ）はある」

「それぐらい、どうってことねえずら」

鉄吉が明るい声で応じた。

「そうずら」

長五郎が、鉄吉の口真似をした。

「おまえ、海はきらいじゃないか」

「好きずら」

「ばかやろう」

息子を見る三右衛門の顔に、苦笑いが浮かんだ。

「そういうときには、ずらとは言わず、好きだと言え」

「はい」

親子のやりとりをわき目にしながら、銑吉は長い櫓（ろ）を艫からおろした。

雲が消えている。頂上にまだ雪をいただいた富士山が、陸の先で雄姿を見せていた。

五

四千尋ぐらいはなんでもないと、銑吉は豪語した。だが、いざ漕（こ）ぎ始めると、帆を失った三十石船を走らせるのには往生した。

強風は収まったものの、凪（なぎ）ではない。わずかながらも、陸から沖に向けての逆風は吹いていた。

銑吉と三右衛門は交代で目一杯に漕いだ。しかし三十石船の櫓は、添え物も同然だ。船はわずかな風を浴びただけで、亀の歩みよりものろくなった。

「とても清水湊まで漕ぐのは無理だ。手近な浜に横付けしよう」

手に血豆を拵えていた鉄吉は、口惜しそうな顔を見せながらもうなずいた。

強風で沖へ沖へと流されながらも、船は幸いにも清水湊の方角に運ばれた。ふたりが懸命に漕いで船を着けたのは、興津湊だった。

興津宿から清水町までなら、陸路を行っても三里（約十二キロ）足らずだ。

「船を浜に預けて、陸を歩こう」

下船した三右衛門は、沼津の山元からもらったみやげや、身の回りの品をおろすようにと鉄吉に言いつけた。

「分かりやした」

鉄吉が船に戻ろうとした、そのとき。

「雲不見の旦那じゃねえかね」

呼びかけてきたのは、やま魚の与吉だった。商いの中身も、所帯の大きさも違うが、ともに同じ町内に暮らす商人だ。思いがけない土地で出会ったことに、暴風を乗り切った安堵感が加わったのだろう。三右衛門にしてはめずらしく、親しみを込めた笑みを浮かべた。

「山背に出遭って、帆を傷めてしもうた」

「それはさぞかし難儀じゃったろうに」

与吉も音吉を連れていた。親が話を始めるなり、こどもたちは親から離れて走りだした。

「あの子も一緒に？」

与吉は長五郎を指差した。三右衛門はこどもが海に落ちたことは省いたが、風と波とを怖がらずに乗り切った顚末を聞かせた。

「大した子じゃ……」

与吉は、あとの言葉に詰まった。

与吉もこの日は朝から船を出して、音吉に釣りを教えようとした。持ち船は、二畳大の帆一枚の小さな漁船である。沖合い五百尋（約七百五十メートル）で、釣り糸を垂らした。船が小さいゆえ、さほどの沖には出なかった。

親の血をひいたのか、音吉は生まれつき釣りが好きだった。親子ふたりが夢中になって釣りを楽しんでいたとき、山背に出くわした。

三右衛門の船は沼津から清水に向かって流されていたが、与吉の船は清水から興津の浜へと持っていかれた。幸いにも陸から離れていなかったために、ひどい目に遭うこともなく、興津湊に逃げ込むことができた。

「あれはここに残して、わしの船で清水まで帰らざあ」

与吉の申し出に、三右衛門は軽くあたまを下げた。五月五日の六ツ半（午後七時）

前、夕陽が稜線(りょうせん)の彼方(かなた)に沈み始めたころ、一行五人は清水湊に帰り着いた。

一部始終を聞かされたとよは、しばしの間、三右衛門を見詰めていた。三右衛門も黙したまま、とよの目を受け止めていた。

思いが定まったところで、とよは口を開いた。

「長五郎は、外に出すしかありません」

いささかも、ぶれのない物言いだった。それこそが、とよにはいかほどきつい決断であるかを三右衛門に告げていた。

が、三右衛門には到底受け入れられぬたわごとにしか聞こえなかった。返答すらしない三右衛門に、とよはあとを続けた。

「辰年の元日生まれの子は、親元で育てるには運が強すぎて、家も当人も潰れると言われています」

三右衛門に対しても内に抱えた長五郎への想いを隠すかのように、とよの口調は渇いて聞こえていた。

「あの子のためにも、養子に出しましょう」

あの子という近頃は使ったことのない言い方に、内へと押し殺した長五郎への情愛が噴き出していた。

三右衛門は受けつけなかった。山背の吹き荒れる海を乗り越えて、ますます長五郎の気性を頼もしく思った。そして美濃輪屋を継ぐのは長男佐十郎ではなく、長五郎だと思い定めていた。

「あたしの言うことに得心がいかないなら、梅蔭寺のご住持に訊いてください」

この言葉で、とよは話を閉じた。梅蔭寺は、美濃輪屋の菩提寺である。住持の言うことには、三右衛門も素直に従ってきた。

とよの弟次郎八は目抜き通りの南端、やま魚の隣で米屋を営んでいる。子宝に恵まれない次郎八は、かねてから養子を求めていた。

長五郎が辰年の元日に誕生して以来、次郎八は姉のとよに養子縁組を申し入れていた。

「元日生まれがよくないというのは、話が違う。辰年の元日生まれを親元で育てたら、本人も家も潰れるというのが、ほんとうの言い伝えずら」

次郎八は、元禄時代に記された易断書を携えていた。弟が口にした通りの記述を読んだとよは、次郎八と梅蔭寺をおとずれた。

「折りがきましたら、なにとぞご住持から三右衛門に言い聞かせてください」

次郎八も、梅蔭寺の古い檀家である。次第を呑み込んだ住持は、その折りがくればと、とよの頼みを引き受けた。

連れ合いから強く迫られた翌日、文政六年五月六日。三右衛門は渋々ながらも、梅蔭寺をおとずれた。

「長五郎は利発な子じゃが、そなたと暮らしておっては、遠からずどちらかが潰れる」

物静かながらも、住持は迷いのない口調で断じた。とよと次郎八に頼まれたから、というだけではない。禅宗高僧として、長五郎が抱え持つ『ただならぬ運気の強さと怖さ』を感じていたからだ。

遠からずどちらかが潰れると断じられて、三右衛門も折れざるを得なかった。

五月十五日は、二十四節気の夏至である。

一年で一番昼の長いこの日に、長五郎は甲田屋の跡取りとして養子に出された。

「次郎八おじさんの言うことを、ちゃんときくんだよ」

長姉とりは、自分が一番大事にしていた人形を長五郎に差し出した。人形の髪の毛をむしられて、長五郎を思い切り引っ叩いた、いわくつきの人形である。むしられた髪は、とりがていねいに繕っていた。

「甲田屋さんに行っても、あたいはおまえのねえちゃんだからね」

次女のとみは、長五郎のあたまにコツンと軽い拳骨をくれた。ことあるごとにいがみあってきたふたりだが、とみの目から大粒の涙がこぼれ落ちた。

「達者でな」

長兄の佐十郎は、それしか言わなかった。さまざまな想いが胸のうちで渦巻いて、言葉が出なかったのだろう。

唇を嚙み締めた長五郎は、兄にきっぱりとうなずいた。

「それではあにさん、長五郎を甲田屋跡取りに迎えさせていただきます」

紋付袴の次郎八が、三右衛門に深々と辞儀をした。養子縁組の儀式は、すでに終えていた。正装であたまを下げたのは、三右衛門の胸中を察しての礼儀であった。

三右衛門も正装である。顔がこわばっているのは、内から湧き上がる思いを抑えつけているがゆえだった。

美濃輪屋当主の返礼を受けた次郎八は、目で長五郎を促した。長五郎は、三右衛門の前に進み出た。

「今日まで育てていただいた御恩は、生涯忘れません。ありがとうございました」

次郎八から教えられた口上である。四歳のこどもには言い馴れない言葉を、長五郎はつっかえずに言い終えた。

毎日の喧嘩相手だったとみが、声をあげて泣き始めた。姉に袖を引っ張られても、とみは泣きやまない。姉もつられて涙をこぼした。

次郎八とともに深い辞儀をした長五郎は、南に向かって一歩を踏み出した。美濃輪屋と甲田屋とは、わずか一町の隔たりでしかない。

が、果てしなく遠い一町である。

通りの両側には、見物に出てきた商家のあるじ、女房、奉公人たちが群がっていた。人垣の前列には、音吉もいた。

同い年の長五郎が紋付袴姿で歩くさまを、音吉は不思議そうな目で見詰めていた。

第一章　茄子紺色の船出

一

文政六（一八二三）年八月二十四日の七ツ半（午後五時）前。梅蔭寺住持、甲田屋次郎八、美濃輪屋三右衛門の三人が、巴川西畔の料亭『高砂』に集まっていた。場を設けた三右衛門は、高砂の上客である。女将は、三方が庭に面した二十畳座敷を用意していた。障子戸はすべて開かれており、正面には老松の茂った築山が望めた。松の先には富士が見えた。八月下旬の富士に雪はない。西日を浴びた頂は、まだわずかに青味を残した空を背にして輝いていた。

この眺めを愛でられるのが、高砂の値打ちである。三人は一列に並んで、次第に暮れ行く富士山を眺めていた。

「清水に生まれ育って五十八年になるが、この眺めだけは飽きることがない」

義兄の言葉に甲田屋次郎八が大きくうなずいているとき、酒肴が運ばれてきた。

上方からの菱垣廻船が立ち寄る清水湊には、灘から江戸に向かう下り酒の名酒が数多く出回っている。が、高砂が供するのは駿河の地酒、『正雪』ひと口だ。

蔵元は由比町で、由井正雪の生家に近い。由比宿の紺屋の子として生まれた正雪は、江戸で軍学を学び、そののち旗本や大名家臣に軍学を教えた学者である。

ところが慶安四（一六五一）年に幕閣への批判と旗本救済を掲げて、謀反を企てた。久能山の徳川家康遺金を奪う目的で、駿河へ下ろうとしたが、企ては露見。駿府の旅籠で自刃して果てた。

公儀に対する謀反人といえるが、駿河では正雪の名を冠した酒を醸造していた。灘の酒には目もくれず、正雪ひと口を供する女将の気性に、三右衛門は深い感銘を受けていた。三右衛門が高砂をひいきにするわけは、庭の眺めだけではなかった。

梅蔭寺の住持は、禅宗の高僧でありながらも、世情にもよく通じている。高砂が正雪のみを供することには、三右衛門同様にその姿勢を諒としていた。

「甘さが微塵もない酒だの」

一献干したあと、住持は背筋を伸ばした。両脇に座っている三右衛門と次郎八は、盃を膳に戻して住持を見た。

住持はキセルを手にすると、煙草盆を引き寄せた。寺で酒を飲むときには、住持といえども人目を気にする。しかし煙草は、遠慮無用だった。

三右衛門も煙草好きだが、住持より先に吹かすわけにはいかない。住持が刻み煙草を詰め終えたのを見て、三右衛門も煙草盆の柄に手をかけた。

「四歳とも思えぬ肚(はら)の据わり方だ。それに加えて、知恵もある」

煙草盆の取っ手を摑(つか)んだ三右衛門の手の動きが止まった。住持が口にしたのは、長五郎のことである。それを聞きたくて、三右衛門は座を設けたのだ。

巴川を渡った川風が、座敷に流れ込んでいる。住持の吹かした煙が横に流れた。

甲田屋は五百坪の敷地内に、五つの米蔵を構えていた。甲斐国(かいのくに)から運ばれてくる年貢米は、一番から四番までの蔵に収められる。五番蔵には、搗米(つきごめ)を終えた精米が収められていた。

巴川を使って甲斐国から運ばれた天領米が、清水湊西岸の砂地に陸揚げされた。甲田屋は会所でそれらの米を競り落とし、自前の平田舟で対岸まで運んだ。

底が平らで、喫水(きっすい)の浅い平田舟は、船足は鈍いが大量の荷が運べる。江戸城の石垣に使われた巨石を運んだのも平田舟である。

巴川を東から西に渡った米は、美濃輪屋の船着場に横付けされた。そこから甲田屋までは、大八車で運ぶ。大型の荷車が甲田屋裏に着くと、力自慢の仲仕衆が米蔵に積み上げた。

二ヵ月前に養子となった長五郎は、甲田屋で暮らし始めた日から、一歩も店の敷地から出ようとしなくなった。いつも庭の隅の石に腰をおろして、仲仕の働きぶりに見入っていた。

この年はいつになく梅雨が長引き、五月下旬でも、降ったりやんだりが続いた。カラリと晴れて庭から富士山が眺められたのは、長五郎が養子入りをした五月十五日のみだった。

雨降りの日の仲仕衆は、蓑笠の雨具を着て米を運ぶ。米俵が濡れないように、晴れの日以上に動きは敏捷である。

長五郎はこども仕立ての蓑を着て、仲仕たちの動きに見入っていた。

「長五郎は、あれでいいんかねえ」

店から一歩も出ようとせず、梅雨空の庭に座り続けるこどもを、甲田屋の内儀は案じた。

「いいもなにも、あいつは外に出るのをいやがってるわけじゃない。米運びがめずらしくて、おもしろいんずら」

「そうはいうけんどさあ」

興津浜生まれのふなは、嫁いで十七年が過ぎても浜の訛りが抜けていない。

「美濃輪屋さんにいたときは、ひまさえありゃあ川っぺりで遊んでいたっつうよ」

「おまえは、なにが言いたいんだ」

次郎八に強い口調で問われたふなは、あとの言葉を濁した。

新しい暮らしにまだ馴染めないのだろうと察していた次郎八は、しばらく格別のことはしなかった。梅雨が明けて、朝から入道雲が駿河の海の水平線に湧き上がった。

「どうだ長五郎、たまには外に出て遊んでみろ」

朝飯を終えたあとで、次郎八はこどもに外遊びをうながした。長五郎は、きっぱりと首を振った。

「おいら、米を運ぶのを見ていたい」

七月が過ぎ、八月に入っても長五郎は甲田屋の敷地から出ようとはしなかった。

「折り入って、あにさんに相談ごとが……」

次郎八が三右衛門の元をおとずれたのは、八月三日の四ッ（午前十時）過ぎだった。

「長五郎が、あの日から一歩も外に出ようとしないもんですから」

日がな一日、仲仕が米運びをするのを庭を見ている。飽きると庭を走り回ることはしても、敷地の外には出ようとしない。ふなにはなんでもないと強弁したものの、養子入りをして、すでにひと月以上が過ぎている。

さすがに次郎八も長五郎を案じていた。

「メシはどうだ。しっかり食っているのか」

「三度三度、残さずに食べています」

「だったら大丈夫だ。長五郎なりに、思うところがあってのことだろう」

三右衛門は、義弟が口にした心配事を軽くいなした。

三右衛門は長五郎の実母のとよはもとより、実兄の佐十郎、実姉のとりやとみにも、甲田屋には近づくなと言い渡していた。

「それでもおまえの心配が消えないなら、梅蔭寺のご住持に長五郎から話を聞き出してもらったらどうだ」

「あにさん……それはいい思案ずら」

次郎八はその足で梅蔭寺に出向いた。次第を呑(の)み込んだ住持は、翌日の四ツ過ぎにみずから甲田屋に出向いた。

自分のひとことで、三右衛門は長五郎を養子に出すことを承諾した。こどもの様子を見定めるのは、おのれの務めだと住持は考えていた。

仲仕衆は首筋に汗を垂らしながら、米を運んでいた。が、長五郎は相変わらず庭石に座って夏空を背にした富士山に見入っていた。

「今日はまた、格別に山がきれいじゃのう」

長五郎の隣に座った住持は、檀家(だんか)相手に法話を説くときと同じ口調で、四歳のこどもに接した。

ふたりは半刻（一時間）近くも、庭石に座って話し込んだ。それだけの間、住持が煙草を我慢したのはめずらしいことだった。

こどもに遠慮をしたわけではない。煙草盆を借り忘れて、手許に火種がなかったからだ。

「話し始めのころは、仲仕の動きがめずらしいから見ていて飽きないと、いわば建前を口にしておった」

話の区切りのたびに、住持は新しい一服をキセルに詰めた。

「よくよく聞いているうちに、長五郎は唇を強く噛み締めてのう」

「あの子が本音を口にするときのくせだ」

三右衛門が言い当てた。住持はうなずいてから、話に戻った。

「美濃輪屋のだれもたずねてこないのに、自分から外に出たりすると、兄や姉に会いたがっているように思われる……それがいやだと言いおった」

三右衛門が満足げな顔でうなずいた。

「それだけではない。長五郎は、米屋が好きだと言い切ったでのう」

「ほんとうですか」

次郎八が、住持のほうに身を乗り出した。

「清水の米を、江戸に運んで売りさばいてみたいと四歳の子が口にした」

美濃輪屋にいた当時、長五郎は江戸に向かう菱垣廻船(ひがきかいせん)の船頭と父親が交わす会話を聞いていた。

清水と江戸とは、海でつながっている。見たこともないほど多くの者が暮らす江戸に、長五郎は大きな憧れ(あこが)を抱いていた。

仲仕のなかには、江戸の佐賀町(さがちょう)や蔵前で働いていた者もいた。長五郎はその仲仕から、江戸弁を習おうとしていた。それほどに、江戸への憧れが強かった。

今年の五月、長五郎は三十石船で死にそうな目に遭った。にもかかわらず、船と海に対しても大きな憧れを抱いていた。

「大八車で何十回も運ぶ米を、船なら一度で運べると……とても四歳のこどもが口にすることではない」

住持は、キセルを灰吹きにぶつけた。ボコンと鈍い音が立った。三右衛門と次郎八は、ともに思うところを抱えているような顔つきで、灰吹きを見詰めていた。

二

梅雨明けが遅れた文政六年は、夏が足早に過ぎ去った。八月二十六日には、赤とんぼが清水町の通りを飛び交っていた。

「長五郎、どこにおるの」

四ツ（午前十時）が鳴り終わった甲田屋の米蔵のわきで、女児の甲高い声がした。

「長五郎坊ちゃんなら、庭で遊んでいなさったはずだ」

赤銅色に日焼けした仲仕の源次郎が、歯切れのよい江戸弁で応じた。木綿の下帯と、肩に載った綿入りの当て布しか身にまとっていない。

すでに十歳になっているとみは、仲仕をまぶしそうな目で見詰めた。

「ことによると嬢ちゃんは、とみさんじゃありやせんかい」

肉置きの盛り上がった仲仕に名を当てられて、とみは顔を真っ赤にした。それでも、日焼け顔の源次郎よりは、はるかに色白だった。

「坊ちゃんから、めえにち姉さんの話を聞かされてやすんでね。会えたら、さぞかし喜びやすぜ」

ひたいの汗を拭うと、源次郎はとみに庭の奥を指差した。三本の松に、初秋の陽が差している。陽を浴びた松葉が、遠目には光って見えた。

その松のわきで、長五郎は棒っきれを振り回していた。遊び相手は、群れ飛ぶ赤とんぼである。

「長五郎、いっつもひとりで遊んでんの？」

源次郎がうなずくと、とみは涙目になった。遊び相手のいない弟が、不憫に思えたのだろう。着物の袖で素早く目を拭ったとみは、松の木に向かって駆け出した。

「長五郎」

姉の声が聞こえた長五郎は、棒を振り回すのをやめた。とみは駆け足を早めた。地べたも見ずに走っている。

小さな駒下駄の歯が、庭の小石にぶつかった。とみが前のめりに転んだ。

「おねえちゃん、どうしたの」

棒を投げ捨てた長五郎は、とみのそばに駆け寄った。赤とんぼが長五郎を追ってきた。

四半刻（三十分）後、とみと長五郎は清水湊の砂浜を歩いていた。昼が近く、陽は空の真ん中に移っていた。過ぎ去った夏の名残のように、海と空の境目から入道雲が湧き上がっている。が、入道の形は小さくなっていた。

ふたりとも着物の裾をまくりあげて、裸足で波打ち際を走っていた。姉と弟の間には、六歳の開きがある。長五郎が懸命に追いかけても、姉の足の速さにはかなわなかった。

寄せては引く波にくるぶしまでつかりながら、とみは追ってくる長五郎を待った。手が届きそうになると、さっと身をかわして走り出す。そのさまは、飼い主と子犬がじゃれあっているかのようだ。

「おまえの足は、いつまでたってものろいのう」

久々に姉の憎まれ口を聞いた長五郎は、息を詰めて追いかけた。先へ先へと走っていたとみが、流木のわきでいきなり立ち止まった。

息を切らして駆けてきた長五郎が、姉の帯をしっかりと摑んだ。姉は弟の手を振り解こうともせず、砂浜を見詰めている。長五郎も、砂に目を落とした。

高さ二尺（約六十センチ）はありそうな、砂で拵えた武者人形が立っていた。造りは雑だが、とみと長五郎は見とれた。

「おれがひとりで作ったんだぞ」

背後からの声に、姉弟が振り返った。やま魚の次男、音吉がしゃもじを手にして立っていた。

「久しぶりだな」

音吉と長五郎は、時化に遭った日、興津浜で初めて顔を合わせていた。一緒に清水湊まで、音吉の父親の漁船で帰ってきたが、その日以来、遊んだことはなかった。

「おれ、いまは甲田屋にいるんだ」

「そんなん、だれでも知ってるぞ」

音吉は長五郎と同い年だが、背丈では三寸（約九センチ）近くも上回っている。砂人形を音吉が拵えたと知った長五郎は、まぶしそうな目で相手を見上げた。

「おれ、鍾馗様の人形を持ってる」

「なんだ、それは」

音吉は鍾馗を知らなかった。

「すっごく強いひとだって、とうちゃんが言ってた」

言ってから、長五郎は哀しそうな目で姉を見た。とみも同じような顔で目を伏せた。

「おれに、その人形を見せて」

音吉の元気な声で、とみと長五郎の顔が明るくなった。

「いまからおいでよ」

甲田屋に戻った三人は、ふなが拵えた昼飯を一緒に食べた。

「ごちそうさまでした」

茶碗をおくのももどかしげに、長五郎は鍾馗人形を音吉の前に持ち出してきた。人形の雄姿を見て、音吉から言葉が出なくなった。

「この鍾馗様を砂で作ってよ」

「そんなん、できん」

砂人形作りは拒んだが、音吉は半紙と筆とを欲しがった。

「絵なら描ける」

音吉は四歳児とは思えない筆遣いで、鍾馗の絵を描きあげた。絵の出来栄えには、次郎八も感心した。

「音やん、絵がうまいなあ」

いつの間にか長五郎は、音やんと呼び始めていた。音吉は自慢げに、小さな胸を反り返らせた。

文政六年八月二十六日。長じて『清水の次郎長』の二つ名で呼ばれる長五郎と、隣家に住むやま魚次男の音吉との、生涯の交誼が始まった日である。

三

文政九（一八二六）年になると、清水湊にも江戸の盗賊、鼠小僧次郎吉のうわさがさまざま聞こえてきた。

「大名屋敷ばっかりを狙ってるそうだ」

「仲間はいねえで、ひとりだけで忍び込んでるずら」

「盗んだカネを、貧乏人にばら撒いてるつうでねえか」

清水湊の漁師たちは、耳にしたうわさを交わし合った。口調は、おおむね鼠小僧に好意的である。

江戸の大名屋敷と、幕閣と気脈を通じて巨利を懐中にしている豪商を、鼠小僧が狙い撃ちにし始めたのは、文政五（一八二二）年。長五郎が三歳を迎えた春先からだ。

盗みに入られた大名の多くは、公儀に届出をしなかった。訴え出たところで、盗まれたカネが返るわけではない。しかも警護が手薄であることを、世間に知られてしまう。

なによりも体面を重んずる大名には、耐え難い屈辱である。

大名の多くは世間の評判とは裏腹に、上屋敷の警護をさほど厳重にはしていなかった。あまりに警備が厳しいと、「謀反の恐れあり」と、公儀からあらぬ疑いの目を向けられるからだ。

鼠小僧に忍び込まれた豪商もまた、奉行所への届出は控えた。被害届けを出せば、何度も奉行所から『差し紙』を受け取ることになった。差し紙が届くたびに、被害者である商人は奉行所まで出頭しなければならない。

被害額が十両を超えれば、捕縛された盗人（ぬすっと）は死罪である。ゆえに被害者に対しても、奉行所の吟味は厳しかった。

手代や番頭ではことが足りず、商家の当主みずからの出頭を命じられることもある。

四ツ（午前十時）に呼び出されながら、吟味開始は昼飯後の九ツ半（午後一時）ということもざらにあった。

しかも出頭は当主ひとりではなく、町の五人組同道が定めである。往き帰りの足代、昼飯代まで、差し紙を受け取った商家が負担をした。

被害届けを出すと、盗まれたカネはほとんど返らぬうえに、さらに大きな出費を強いられるのだ。

「盗まれたカネは仕方がない」

商家もよほどの大金ではない限り、奉行所に訴え出ることはしなかった。

しかし大名や豪商がいくら口を閉ざしていても、奉公人の口から漏れた。

文政八年（一八二五）に入ると、江戸の方々で鼠小僧のうわさが交わされ始めた。

「伊勢屋さんも、鼠小僧にやられたらしい」

隠せば隠すほど、うわさは広まった。

「大名の金蔵に、ひとりで盗みにへえってるんだ。てえした肝の太さだぜ」

「大名ばかりじゃねえやね。あくどいゼニ儲けをしている商人からかっさらって、暮らしに詰まった連中に配ってるらしい」

鼠小僧からカネをもらった者は、だれひとりいないという。にもかかわらず江戸の町民たちは、鼠小僧は義賊だと称えた。

そのうわさが、一年遅れで清水湊にも届いたのだ。江戸から東海道を下るなかで、うわさにはさまざまの尾ひれがついた。

「おれは鼠小僧様だ。頭が高いずら」

音吉と梅蔭寺境内で遊んでいた長五郎は、隣町のガキ大将浜吉が言ったことを聞いて、強い舌打ちをした。

「ばか言ってらあ。盗人のくせに、なにが頭が高いだよ」

源次郎から江戸弁を教わっている長五郎は、遠慮のない物言いをした。それを聞いた仲間が、浜吉に告げ口をした。

「おめえ、鼠小僧様をわるく言ったずら」

小枝を手にして、浜吉が長五郎に詰め寄った。仲間を六人、引き連れていた。

「言ったよ」

長五郎は一歩も引かずに応じた。七歳になっていたが、長五郎の背丈はまだ三尺五寸（約百六センチ）だ。詰め寄った相手は、四尺（約百二十一センチ）を超えていた。

「鼠小僧様は、わるいやつから盗んだカネを、貧乏人にばらまくいいひとだって、とうちゃんが言ってた。お奉行様もあたまを下げるのに、なんでおまえはわるく言うずら」

「盗人だから」

長五郎は言葉を吐き捨てた。

甲田屋の仲仕衆も、鼠小僧のうわさを交わしていた。義賊だと称える者もいたが、源次郎は違った。

「おれたちは、蔵に米を運ぶことに命をかけている。甲田屋さんは、この米を売りさばいて、ひとの役に立っている。みんなが汗を流してやっと手に入れたカネを、鼠小僧は掠め取ってやがる。たかが盗人のくせに、でけえつらをするんじゃねえ……」

世のために役立ちたいなら、自分が汗を流して稼いだカネを使え……。

源次郎は、地べたに唾を吐き捨てた。七歳の長五郎は、その言葉を小さな胸に刻みつけた。ゆえに、鼠小僧に「様」をつけて得意顔をする浜吉には、我慢がならなかった。

「盗人とはなんだ」

浜吉は左手に小枝を持ったまま、長五郎に殴りかかろうとした。長五郎は地べたに足を踏ん張り、身体をかわそうともしない。わきにいた音吉が、長五郎をかばおうとして前に出た。音吉は九歳の浜吉と同じ背丈があった。

「おまえも仲間ずら」

浜吉は右手に素早く持ち替えた小枝で、音吉の右肘を打った。こどもゆえに、手加減がない。音吉はその場にうずくまった。

長五郎は敏捷に動いた。浜吉目がけて突進し、両手でしっかりと帯を摑んだ。浜吉は小枝で長五郎の背中を叩いた。長五郎はがっぷり四つのまま、一気に押した。

浜吉は小枝を振り回したが、もはや背中を叩くこともできなかった。

境内の玉砂利まで押してから、長五郎は右から上手投げを仕掛けた。仲仕の源次郎から、毎日のように稽古をつけられている技だ。見事に決まり、浜吉の身体は宙に浮いたあと、玉砂利にしたたかに投げつけられた。

五寸（約十五センチ）も背の低い相手から、上手投げを仕掛けられたのだ。浜吉はわけが分からず、いきなり泣き出した。

「おれは甲田屋の長五郎だ」

浜吉を見下ろして、名乗りを上げた。これも源次郎から教えられたことである。

「坊ちゃんは甲田屋の長五郎だ。喧嘩を仕掛けられたら、一番強そうなやつをやっつけなせえ。そいつを思いっきり投げ飛ばしたら、あとのやつらは腰砕けだ」

投げたあとは、堂々と名乗りなせえ。それが相手へのとどめになる。

源次郎の教えを、この日初めて実践した。浜吉が投げ飛ばされたあと、六人の仲間は泣きべそ顔になった。長五郎が名乗ると、浜吉を残したまま、境内から逃げ出した。

「音ちゃん、ごめんな」

長五郎が音吉の元に駆け寄ったとき、浜吉はまだ玉砂利の上で泣いていた。

たまたま通りかかった住持は、松の木陰で一部始終を見ていた。鼠小僧を盗人だと切って捨てたとき、長五郎のひたいに一本のしわが寄ったのを、住持は見逃さなかった。

七歳までのこどもに浮かぶひたいの一本じわは、吉凶相半ばする相とされている。吉であれば世の中をも動かす器量だが、凶ならば十七歳までは生きられない。

住持は吉凶を見定めようとして、目を凝らした。音吉が小枝で肘を打たれるなり、長五郎は五寸も背の高い相手に臆(おく)せず組みついた。そして、見事に投げを決めた。のみならず、堂々と名乗りをあげた。

あの子は、運を吉とした。

住持は、七歳のこどもに向かって木陰で合掌した。顔つきは引き締まっており、長五郎を見る両目には、敬いにも似た光が浮かんでいた。

四

天保(てんぽう)五(一八三四)年元日、四ツ(午前十時)。高砂の二十畳間には、甲田屋夫婦に長五郎、美濃輪屋夫婦と子女三人の八人が一堂に会していた。

例年の元日は甲田屋も美濃輪屋も、四ツに奉公人があるじの前に集められた。そして新しいお仕着せと帯、足袋、それにお年玉を当主から手渡されるのが慣わしだった。

今年はいつもの年より一刻（二時間）早く、五ツ（午前八時）に元日の仕来りは終わった。両家とも、奉公人に正月のあいさつを済ませてから高砂に集っていた。

今年で長五郎は十五歳、元服である。

長五郎は床の間を背にして座っていた。武家にしか着用が許されていない、黒羽二重五つ紋の羽織を着ている。集うのは内輪の者だけで、しかも気心の知れた高砂の座敷ゆえにかなった装束だ。

元日早々、次郎八は髪結い職人を呼び寄せて長五郎に髷を結わせた。障子戸越しに差し込む初日のなかで、月代が鮮やかな青さを見せている。

佐十郎は、身じろぎもせずに弟の晴れ姿を見詰めていた。

とり、とみのふたりの姉は、弟を見る目に晴れがましさを宿していた。

実母のとよは、養子に出した次男の元服式に臨んで、さまざまな思いが胸のうちを行き交っているのだろう。長五郎を見ては吐息を漏らし、その目を畳に落とすことを繰り返している。

三右衛門は長五郎とは目を合わさず、床の間の軸を見ていた。

「ただいまより、甲田屋長五郎の元服式を執り行う」

紋付羽織姿の次郎八が口上を述べた。一同が背筋を伸ばして、長五郎を見た。目を見開いた長五郎は、両手を膝に乗せて正面を見詰めている。

　元服式が始まった。

　唐土に古代から伝わる元服儀礼は、おもに公家や武家において行われた。思うところあって次郎八は、武家の儀礼に即して長五郎の元服式を執り行うことにした。

　十五歳の元服以前の男児は童と呼ばれ、いわばこども扱いだ。元服は、こどもからおとなへの通過儀礼である。

　武家の元服儀式では、元服する者に烏帽子をかぶらせた。かぶる者を冠者と称し、烏帽子をかぶらせる者を烏帽子親と称した。

　冠者と烏帽子親との間柄を、武家は親子に擬して重んじた。ゆえに有力者に金子・贈答品を包んで、烏帽子親を頼み込むことが多かった。

　前年の十二月初旬に次郎八は長五郎の烏帽子親を、三右衛門に頼んだ。

「このところの長五郎は、同じ年頃の連中を集めてよその町やら浜やらで、喧嘩に明け暮れております」

　義兄に対する次郎八の物言いは、ていねいである。が、語調には息子をきつく戒めてほしいとの思いが強く滲んでいた。

　武家の慣わしである元服式をあえて執り行おうと決めたのも、烏帽子親役の三右衛門から、きつい灸をすえてもらいたかったからだ。

息子の行状を聞かされた三右衛門は、五日の間、返事を留保した。そして、ひとを使って仔細を確かめた。

「おまえの申し出を受けさせてもらおう。烏帽子親は、わしが務める」

三右衛門は重々しい声で、義弟の頼みを聞き入れた。ことさら美濃輪屋当主の威厳をひけらかしたわけではない。丹田に力をこめた声音だった。

引き受けたあと、三右衛門は梅蔭寺の住持をたずねた。

「長五郎の烏帽子親を引き受けましてな」

次郎八から聞かされた次第と、ひとを使って調べ上げた仔細を、三右衛門はなにひとつ省かずに住持に話した。締めくくりには、元服式でなにをするか、その思案も口にした。

「三右衛門殿の思う通り、存分になさるがよろしい」

住持は、三右衛門の思案を後押しした。美濃輪屋当主が寺を出たあとは、本堂で四半刻（三十分）も読経した。元服式の上首尾を念じての読経だった。

三右衛門が実の息子に烏帽子をかぶせると、一同が申し合わせたかのように吐息を漏らした。三右衛門の言いつけで、客間には火鉢が出されていない。銘々の口の周りで、吐息が白く濁った。

「長五郎」

三右衛門が当人に向かって呼びかけたのは、十一年前の夏至の日以来である。長五郎の背筋が伸びた。

「おまえも今日、ただいまをもっておとなの仲間入りをした」

三右衛門は言葉を区切って長五郎を見た。強い目である。長五郎は神妙な顔でうなずいた。

「それが分かっているなら、この場で確かめたいことがある」

「なんでしょうか」

源次郎から十年以上も仕込まれて、長五郎は流暢に江戸弁を遣った。その物言いを聞いて、三右衛門の目はさらに強い光を帯びた。

「おまえは興津浜から清水湊にかけての若い者を束ねて、掛川にまで出張っているな」

「それは……」

「話をするのはわしだ」

三右衛門は、この元日で六十九歳を迎えた。が、開きかけた長五郎の口を塞ぐ気迫には、いささかの翳りも衰えもなかった。

「行った先の町で、おまえはわざと喧嘩騒ぎを起こしている。相手を叩きのめしたあと、おれは清水の長五郎だと、自慢げに名乗りをあげているのも、わしは知っている」

ひとを使って、三右衛門は実態を調べ上げている。物言いには迷いがなかった。

「喧嘩をするにおいて、おまえは道具を使ったり、仲間の後ろに隠れたりの、卑怯な振舞いには及んでいない。それはよしとしても、仲間をあごで使うとは、どういう了見だ」

三右衛門は静かな手つきで、五つ紋の羽織の紐をほどいた。

「勝負で勝ち名乗りをあげたいなら、ひとを使わず、おまえひとりでやれ」

三右衛門は二十畳座敷の真ん中に移り、長五郎を呼び寄せた。烏帽子をかぶった正装のまま、長五郎は三右衛門と向き合った。

ふたりとも背丈は五尺五寸（約百六十七センチ）、目方は十四貫七百（約五十五キロ）で、互角である。が、気合は三右衛門のほうが大きく勝っていた。

「清水の長五郎がどれほどのものか、烏帽子親のわしが、この身体で検分してやる。羽織と烏帽子をとって、かかってこい」

裂帛の気合を込めた三右衛門の声で、座敷の気配が張り詰めた。この勝負を果たすために、三右衛門は火鉢を出すなと言いつけたのだった。

「ぐずぐずするな、烏帽子と羽織をとれ」

きつい調子で指図されて、長五郎は羽織の紐をほどき始めた。

座敷のだれひとり、三右衛門がなにを為そうとしているか知らなかった。実の親子が立ち合おうとしているのを見て、姉と兄は息が詰まったような顔つきになっている。

実母のとよは違った。先刻は正面から息子を見られなかったのに、いまは静かな眼差しでふたりを見詰めていた。

「いつでもいいぞ」

三右衛門は両手を垂らし、両足を開き気味にして息子をうながした。

いまでも源次郎相手に、長五郎は相撲の稽古を続けている。つい先日も十番立ち合って、四番は五尺九寸（約百七十九センチ）、十八貫（約六十八キロ）の源次郎を、上手投げで下した。

米蔵のわきで長五郎が相撲の稽古を続けているのも、技量が大きく上達しているのも次郎八は知っている。

いかに雲不見の三右衛門といえども、いまの長五郎には勝てない……そう案じつつも、次郎八は口を挟まずに成り行きを見守った。

長五郎は大きな息をひとつ吸ってから、立ったままで実の父と対峙した。三右衛門は眉ひとつ動かさず、長五郎が発する気合を受け止めた。

いまにも組みつきそうに見えた長五郎が、動けずに立ちすくんでいる。次第に息遣いが乱れて、あごがわずかに上がった。

両手を垂らしたまま、三右衛門は一歩を詰めた。いきなり、右手が長五郎の頬に伸びた。

逃げられなかったのか、逃げようとはしなかったのか……長五郎はまともに張り手をくらい、横倒しになった。

「おのれが動いて、仲間を募るな」

あたまを下げた息子に、三右衛門は立ち姿のままで諭し続けた。

「おまえに器量があれば、求めずともひとは寄ってくる。唐土の三国志を精読して、劉備や諸葛孔明のありかたを学べ」

元禄二年（一六八九）から五年にかけて湖南文山が訳した『通俗三国志』は、諸国に大きく広まった図書である。三右衛門も、菱垣廻船の船頭からこの書物を入手していた。

「読めない字や、分からないことがあったら、梅蔭寺のご住持が教えてくれるぞ」

三右衛門の物言いが穏やかになっていた。

ともに暮らしながら、佐十郎は一度も父親から三国志を読めとは言われていない。唇をきつく閉じ合わせた佐十郎は、弟とおのれの器量の差に向き合っているかのようだった。

「おまえは甲田屋の跡取りだ。今日を限りに、身を慎め」

「分かりました」

畳に両手をついて、長五郎は烏帽子親の叱責を受け止めた。

五

天保五年一月下旬から、長五郎は『通俗三国志』を読み始めた。しかし幾らも読み進まないうちに、書物をめくる手が止まった。

駿河国しか知らない長五郎には、物語で語られる唐土の情景がうまく浮かばなかったからだ。

清水湊は目の前には青い海原が広がり、振り返れば緑濃い山々が連なっている。海に出れば三保（みほ）の松原（まつばら）の美景があり、先には富士山が優美な姿を見せているのだ。

果てしなく続く平原。草木のない、荒涼たる荒地。ひとを拒む峻厳（しゅんげん）な山。三国志で描かれた情景は、長五郎の想像力の埒外（らちがい）だった。

登場人物も理解できなかった。

「親仁（おやじ）さん、宦官（かんがん）とはなんのことですか」

米穀の商いには長（た）けていたが、次郎八は書物を読むことのない男だ。父親に問うても、答えは得られなかった。

それでも、本を放り出さなかった。三右衛門に言われたことが、楔となって長五郎の胸に打ち込まれていたからだ。

梅蔭寺の住持に教わればいい。

二月下旬、長五郎は三右衛門の言いつけに従い、書物を携えて寺をたずねた。いつもなら、境内に植えられた梅は花の盛りをとうに過ぎたころである。ところがこの年は、やっとつぼみが膨らみ始めたばかりだった。

「近いところで言えば、浜松の砂丘が似ておるじゃろう。折りを作って、行ってみなさい」

作中で描かれた情景を、住持は細かに説き聞かせた。唐土の朝廷のありかた、宦官とはなにかも、分かりやすい言葉で教えた。

住持の教えを受けて、長五郎の理解力は大きく高まった。そして、物語にのめり込んだ。

「音やんも一緒に、三国志を読めよ」

気乗りのしない音吉を、無理やり梅蔭寺に連れて行った。住持は十五歳の若者ふたりに、三国志読書の手助けを続けた。

「おれが劉備で、おまえが諸葛孔明だぜ」

初めはいやがっていた音吉も、おのれが知恵袋の諸葛孔明だと言われてからは、目の色が変わった。

物語を読み進むなかで、ふたりは多くの文字を覚えた。ひとが示す信義、裏切り、姦計なども物語から学んだ。

赤壁で曹操の軍船を焼討ちする章では、ふたりとも顔を朱に染めた。劉備が義兄弟の契りを結んだ関羽と張飛が相次いで討ち死にの目に遭ったときには、長五郎は目を潤ませながら書物をめくった。

天保五年の十月十三日、長五郎は音吉を誘って浜松までの旅に出た。

「梅蔭寺のご住持から聞かされた、浜松の砂丘を見に行かせてください」

こう告げて、次郎八の許しを得た。しかし長五郎が旅に出た真のわけは、甲田屋にいたくなかったからだ。

天保五年は春先から陽気がおかしかった。春のおとずれが遅く、桜が咲いたのは四月に入ってからだった。

「今年は米の出来がわるくなる」

次郎八は三月に入るなり、凶作を見込んでの空米買いを始めた。

「ばか言うでねえ。甲斐国の陽気は、いつも通りだと川船の船頭が言ってるずら。甲田屋はなんも知らねえ」

ことあるごとに次郎八と張り合う遠州屋は、薄ら笑いを浮かべてカラ売りに出た。

六月になっても曇り空が続き、一向に暑くならない。加えての、空梅雨である。空は重たいのに、雨はほとんど降らなかった。

曇天は冷夏をもたらし、空梅雨は田んぼを干上がらせた。八月には諸国から凶作のうわさが清水湊にも届き、会所の米は暴騰した。八月晦日に手仕舞いをしたとき、次郎八は三月の空米買いで得た米を売りさばき、二千両近い儲けを手にした。

大金を得たのみならず、商売敵の遠州屋を叩きのめしたのだ。次郎八は得意の絶頂で、胸を反り返らせて清水町の通りを歩いた。美濃輪屋の前を通り過ぎるときも、会釈をしなくなっていた。


「あんた、また出かけるんかい」

清水町の夜空に満月が浮かんでいた、九月中旬。次郎八とふなは、この月何度目かの夫婦喧嘩を始めた。ふなは興津の浜育ちで、気性がはっきりしている。手も早い。

「あんたに言い寄る女どもは、みんなあぶくゼニが目当てずら。それも知らんのか」

次郎八の遊里通い続きに我慢の切れたふなは、手当たり次第に物を投げつけた。山海堂から届けられた、仕立て下ろしの紬を着ていた次郎八は、手向かいもせず、さっさとふなの前から逃げ出した。

「あの、ばかたれが」

怒りの収まらないふなは、長五郎を呼んだ。

「白粉まみれのあまっこに根こそぎゼニをかっさらわれるぐれえなら、おめえが好きに遣えばいい」

小判の隠し戸棚を開くなり、二十両のカネを無造作につかみ出した。

「おまえも、もう男ずら。町に出かけて、いい女になにしてもらってきなさい」

長五郎は、女の尻の丸さが気になって仕方のない年頃だった。

元服前までは、他町に出向いて喧嘩を仕掛け、たぎる血の熱さを身体から散らした。

一月下旬からは、三国志に夢中になった。発散場所を失った血潮は、身体の芯に熱を蓄えていた。

そんなとき、母親から筆おろしを勧められ、大金二十両をもらった。

「しっかり身なりを調えて、甲田屋の跡取りの恥にならんように遊んできな」

身づくろいは、ふなが手伝った。小判二十枚をふところに収めた長五郎は、音吉と源次郎を誘って江尻宿近くの花町に出かけた。

大坂と江戸とを結ぶ菱垣廻船と、巴川を行き来する川船の船頭と水夫。米会所の仲買人。荷運びに従事する、車力や仲仕。

清水湊には、懐具合が豊かで女を欲しがる男が群れていた。ゆえに遊里は大きく、遊女の数も多い。

「若旦那(わかだんな)の筆おろしとなりゃあ、半端な見世(みせ)にはへえれねえ」

花町に明るい源次郎は、中規模ながらも女の揃っている見世に十五歳の若者ふたりを案内した。大見世に入ると、清水湊の遊郭といえども、仕来りがうるさい。それを嫌って、中規模の見世を選んだ。

一夜を遊女と過ごしても、ひとり二分（二分の一両）もあれば費えは充分だ。長五郎は倍の一両、三人分で三両を牛太郎(ぎゅうたろう)（遊郭の若い衆）に手渡した。

「いただきやしたぜえ」

威勢のよい声を帳場に投げ込んだ牛太郎は、三人を二階座敷に案内した。敵娼(あいかた)にも、長五郎の金払いのきれいなことは、すでに伝わっていた。

女の胸の膨らみと尻の丸さ、潤いに溢(あふ)れた秘部の心地よさを堪能(たんのう)して、長五郎は『男』の朝を迎えた。

ふなも長五郎も、筆おろしの一件は次郎八に口を閉ざした。

二十両ものカネをくすねたにもかかわらず、次郎八からはなにひとつ詮議(せんぎ)をされなかった。小判二十枚が消えても分からないほどに、隠し戸棚のなかはカネが溢れていた。

その後も、次郎八の夜遊びは一向に収まらなかった。亭主が出かけると、ふなは長五郎相手に愚痴をこぼし始めた。ふたりは筆おろしと、二十両の秘密を共有している。

それゆえか、次郎八のいないところでは、ふなの物言いと振舞いが妙になれなれしくなった。

そんな母親とふたりで過ごすのが億劫で、長五郎は浜松への旅立ちを決めた。

「梅蔭寺のご住持から、浜松の砂丘を見てこいと勧められました。浜松への旅をお許しください」

長五郎の願い出を、次郎八はふたつ返事で認めた。梅蔭寺の住持が口添えの書状を認めてくれていたし、次郎八には遊郭通いの負い目もあったからだ。

「甲田屋の名を、浜松にも広めてこい」

カネに無頓着になっていた次郎八は、十両の路銀まで手渡した。旅の友が隣家の音吉であることにも、次郎八は異存を唱えなかった。

江尻宿から浜松宿までは、府中・丸子・岡部・藤枝・島田・金谷・日坂・掛川・袋井・見付と、間に十の宿場がある。が、道のりは二十二里半（約九十キロ）だ。

十五歳の若者の二人旅である。足を急がせれば三日もかからずに踏破できただろう。

しかし長五郎は急がず、丸子、藤枝、島田、掛川と、ほぼ一宿置きに投宿した。

江尻から丸子の間は、わずか四里半（約十八キロ）でしかない。十月十三日の朝五ツ（午前八時）に江尻宿を出たふたりは、八ツ（午後二時）前には丸子宿に入った。

秋の陽は、まだ西空の手前にあった。

「うめ若菜、丸子の宿のとろろ汁と、芭蕉が詠んでる。とろろを食わざあ」

道中の仔細を、音吉はあらかじめ念入りに調べていた。

「おれはおめえの知恵袋だからよう」

諸葛孔明の役どころを、音吉は大いに気にいっている。丸子のあとも、すべての宿場の名所や名物と、名の通った旅籠を調べ上げていた。

旅籠との掛け合いも、すべて音吉が受け持った。

「旅籠賃は言い値を払うからよう。相客なしで、ふたりだけの部屋が欲しいやあ」

十五歳の音吉も長五郎も、すでに髷を結っていた。しかも音吉は背丈が五尺七寸（約百七十三センチ）に届くほどだ。

長五郎は山海堂仕立ての上物を着ている。

「相客なしだとひとり七百五十文をもらうが、それでいいかね」

ふたりの身なりを見た旅籠の番頭は、目一杯の高値を口にした。東海道沿いの宿場は朝夕二食の賄いつきで、ひとり二百五十文を超える旅籠はなかった。

七百五十文は、相場の三倍だ。が、長五郎は値切りもせずに旅籠賃を呑んだ。なにしろふところには、十両を超える路銀を持った旅である。

一両五貫文が、小判と銭との両替相場だ。音吉とふたりで一貫五百文の旅籠賃など、さほどのことではなかった。

長五郎は年若いにもかかわらず、相手を喜ばせる心付の出し方にも通じていた。出立前に、仲仕の源次郎から教わっていたからだ。

「部屋掛りの女中には、銀の小粒一粒（約八十三文）を握らせてやんなせえ。扱いがまるっきり違ってきやす」

並の旅人なら、せいぜい十文が限りである。心付に小粒銀を渡すと、女中の目の色が変わった。

「あんたら若いのに、ようく分かってんなあ」

浜松までの宿場ごとに、ふたりは格別の扱いを受けた。夜更けてから、飯盛り女が床にもぐりこんできたのも、一再ならずである。

清水湊から浜松の行き帰り、長五郎は二十日間の旅をした。

浜松の砂丘は、梅蔭寺の住持から聞かされた通り、地の果てまで続いているかのようだった。長五郎と音吉は、日に何度も砂丘をおとずれた。

海から昇る朝日を浴びて、鼠色からあかね色へと次第に色を変えていく砂丘。

真上からの陽を浴びた砂が、風に吹かれてさまざまに模様を織り成す眺め。

稜線の彼方に夕陽が沈むときの、蜜柑色の光を浴びた砂。

陽の当たり方、風の加減次第で、砂はまるで違う顔を見せる。ふたりは過ぎ行くと

き を 忘れて、砂丘に見入った。

浜松を発つ前夜も、砂丘に向かった。月星のおぼろげな光に照らされた砂丘は、潮騒までも吸い込んでしまいそうに静かである。

「関羽と張飛が暮らした国も、夜はこんなふうに静かだったのかなあ」

砂丘の静寂に気圧されたのか、長五郎がこどものような物言いをした。

「おれも、おんなじことを考えてた」

長五郎を見詰める音吉の瞳が、月光のなかで蒼く潤んでいる。長五郎も同じ目で見詰め返した。

「どこまでも、おめえについて行くぜ」

「劉備と、諸葛孔明だもんな」

月の砂丘で、長五郎は手を差し出した。音吉が強く握った。

旅を通じて、長五郎は大いに見聞を広めた。そして、生涯の友もこの旅で得た。

六

天保六年（一八三五）も相変わらずの冷夏で、米は二年続きの凶作となった。

「まだ売っては駄目だ。九月まで待てば、三割は高くなる」

去年の相場で大儲けをして以来、次郎八はひとが変わった。

ひとは米を食べて生きる。

これを忘れて、米を金儲けの道具としか考えない男になった。安く売って人助けをする気はさらさらなく、血眼になって米を買い占めた。

「もう、蔵にはへえりやせん。このまま野ざらしにしていたんじゃあ、でえじな米が傷んじまいやす。売りさばいて、蔵を空けてくだせえ」

「たかが仲仕の分際で、えらそうなことを言うんじゃない」

金儲けに気がいっている次郎八は、源次郎を怒鳴りつけた。それでも仲仕たちが甲田屋を離れなかったのは、次郎八が給金は惜しまずに弾んだからだ。

「おれは江戸に出てみる」

相撲稽古を終えた九月初旬の夕暮れどきに、長五郎は江戸行きを口にした。

「若旦那がいなくなるのは、旦那にもいい薬かもしれやせん」

源次郎もうなずいた。

「近々、おれの心安い船頭が清水湊に立ち寄りやす」

樽廻船の船頭で、江戸まで酒と醬油を運ぶ船だという。

「去年から米のできがよくねえもんで、酒樽が少ねえはずですから」

酒が少ない分、醬油が増えているだろうが、江戸までは三日の船旅である。船蔵の醤油くささを我慢できるなら、品川沖までの乗船を口添えするという。

「ぜひ、口利きをしてください」

源次郎に頼み込んだ長五郎は、音吉と一緒に旅支度を進めた。

カネの亡者と成り果てた次郎八に眉をひそめていた梅蔭寺の住持は、仔細を問い質すこともせずに、関所手形と道中手形二人分を発給した。

十月一日は、新月である。星は夜空に散っていたが、地べたを照らすほどの明るさはない。五ツ（午後八時）を過ぎると、次郎八は提灯も持たずに遊郭へと出かけた。

ふなはもはや文句も言わず、店の小僧に戸締りを言いつけた。

四ツ（午後十時）には、甲田屋から明かりが消えた。長五郎は奉公人に気づかれぬように、粗末な瓦灯の明かりだけで次郎八の居室に忍び込んだ。そして、小判の隠し戸棚を開いた。

樫板作りの銭函を開き、音がせぬように気遣いながら、ありったけの小判と一分金を布袋に収めた。

旅の道具は、あらかじめ源次郎の部屋に移してあった。金貨で膨らんだ布袋を手にして戻ると、音吉と源次郎がこわばった顔で待っていた。

三人は、甲田屋の潜り戸から通りに出た。音吉には、魚のにおいが染みついている。通りの辻で、三匹の野良犬が唸りながら近寄ってきた。

「おれに任せろ」

闇のなかで、長五郎は頭領格の犬と睨み合いを始めた。後ろに控えた源次郎は、小石を握っている。成り行き次第では、鼻面めがけて投げつける気だ。

長五郎は落ち着いた息遣いで、笠をかぶったまま犬と対峙した。犬は、あごを地べたにつけて身構えている。長五郎は一歩を踏み出し、犬の鼻にしたたかな蹴りをくれた。キャインッと声をあげて、犬が横倒しになった。二匹が先に逃げ、頭領格があとを追った。

「源次郎さんの教えを覚えてますから」

暗闇のなかで、長五郎と源次郎が互いの目を絡め合わせた。

夜明けまで、源次郎も船蔵で旅立つふたりに付き合った。

「四百五十二両三分もありました」

船蔵でカネを数え終わったとき、長五郎もカネの額に顔色が変わっていた。

「それだけのカネを持ち逃げされたら、旦那も放っておくことはできねえ」

遠からず、追っ手がかかるだろうと源次郎は見当を口にした。長五郎は唇を閉じ合わせてうなずいた。

「捕まるときにどう振舞うかが、男の値打ちですぜ」

源次郎はそれしか言わず、答えを長五郎にゆだねた。夜明けの船出まで、三人は船蔵で黙り込んだまま過ごした。

明け六ツ（午前六時）の鐘で、船に帆が張られた。

海の果てから朝日が昇っている。船端に立つ長五郎は、船着場で見送る源次郎に手を振った。小さな振りで、源次郎が応じた。

空はまだ茄子紺色である。薄暗い空を背にして、影絵のように富士山が浮かび上がっていた。

湊を出るまで、長五郎は源次郎を見詰め続けた。

第二章　塩浜暮景

一

天保六（一八三五）年十月二日。明け六ツ（午前六時）の清水湊は、雲ひとつなく晴れ渡っていた。ところが陽が昇るに連れて、西空の果てから大きな雲が東に向かって流れ始めた。

「だめだっけよ、今日は」

「まったくだ」

巴川の船着場で、漁師の勇吉と鶴吉が雲の動きを見てため息をついた。

「うっかり沖に出たりしたら、ええ目に遭っちまう」

鶴吉は、手にした竿を船端の竿箱に戻した。杉の丸太から、大鋸を使っておのれの手で挽き出した、厚さ二寸（約六センチ）の自慢の箱である。

一寸五分（約四・五センチ）の薄板が挽ければ、大鋸職人として一人前だと言われる。鶴吉は素人ながらも、二寸の長い板を挽き出したのだ。

漁師なのに、鶴吉は竿よりも竿箱を自慢にしていた。

「こんな日はさっさとけえって、もういっぺん寝ようっと」

「そうずらなあ……」

返事を渋りながら、勇吉は沖合いの海面に目を走らせた。風は穏やかで、海も静かだ。しかし雲は見ている間にも、東へと大きく流れていた。

「きのうからアジが群れになってるでよう。それを思うと惜しいけえが、この空じゃあ、しょんないなあ」

舫われた漁船は、一杯も沖には出ていない。まだ朝の六ツ半（午前七時）である。

漁師の姿がほとんど見えない船着場は、静まり返っていた。

やっと諦めがついた勇吉は、相棒と連れ立って漁船からおりた。

「四ツ（午前十時）ごろには、相当に荒れてくるずら」

海ではなく、勇吉は富士山を見てぼそりとつぶやいた。夜明けごろには見えていた富士山の頂が、いまは雲に隠れていた。

勇吉の空見（天気予報）は、見事に当たった。

　四ツになると、清水湊の空には分厚い雲がべったりとおおいかぶさった。風も海から陸に向かって吹き始めた。雨こそ降らなかったが、天気は大きく崩れ始めた。

　四ツを迎えて荒れ模様となったのは、天気だけではない。甲田屋次郎八の居室では、野分も顔負けの大風が吹き荒れていた。

「わりゃあ朝から晩まで一緒にいながら、あいつがなにを考えてるか、なんも見抜けなかったんか」

　おめえの目は節穴かと、次郎八は女房を怒鳴り飛ばした。

「節穴でわるかったね」

　ふなは、亭主に負けない大声で応じた。

「わしの目が節穴なら、あんたの目んたまはなんずら」

「何こきゃがる。一家のあるじに向かって言うことでねえぞ」

「おだをこくでない。ゼニこと、あまっこのケツばっか追っかけて、なにがあるじだ」

　気を昂ぶらせた次郎八とふなは、互いに土地の訛り丸出しで怒鳴りあった。

「ええ加減に、おめえのきたんない口を閉じるだ」

　次郎八は、膝元に置いてあった黄表紙を手に取った。長五郎が楽しみに読んでいたうちの一冊だ。

　黄表紙は、安永から文化にかけて刊行された読み物である。使われている紙は安物の半紙で、書かれているのも紙に釣り合った『洒落（しゃれ）』や『滑稽話（こっけいばなし）』がほとんどだ。

半年ほど前に、黄表紙を読む長五郎が笑い転げていたことがあった。笑い声につられて、次郎八は長五郎から黄表紙を取り上げた。そして表紙をめくった。

黄色の表紙に描かれた絵には、読む気をそそる工夫が凝らされている。ところが表紙をめくると、文字が多くて挿絵はほとんどなかった。

それでも読んではみたが、なにがおかしいのかが分からない。大いに気分を害して、長五郎に突き返した。

その、いわくつきの黄表紙だ。手にするなり、途方もない大金を持ち逃げした長五郎への怒りが胸のうちで膨れ上がった。さらには、意味が分からず、本にばかにされたような気になった日のことをも思い出した。

ふたつの怒りが重なり合い、次郎八は我慢がきかなくなった。

「こんなくそみてえな本ばっかり読むあいつを、かわいいとか、清水湊で一番かしこいとか言って、節穴の目んたま細めてたずら。このばかたれが」

次郎八は、手にした黄表紙をふなに投げつけた。狙ったわけではなかっただろうが、本はふなの顔面に命中した。

「長五郎が大事にしてた本でねえか」

怒りで顔を真っ赤にしたふなは、居室の棚に飾ってある茶碗（ちゃわん）に近寄った。次郎八の顔色が変わった。

相場で大儲けをしたとのうわさを聞きつけて、興津の道具屋が次郎八の元をおとずれてきた。

「相場を見事に読み切った甲田屋さんほどのお方なら、この茶碗の値打ちもお分かりでございましょう」

言葉巧みにおだてられた次郎八は、値段も訊かず、胸を反り返らせて茶碗と大皿を買い込んだ。

茶碗一客が三十五両、差し渡し一尺（直径約三十センチ）の大皿が、じつに七十三両二分もした。

「なんだね、こんな茶碗。となりのやま魚さんが飼ってる犬の茶碗のほうが、これよりずっとましでえ」

三十五両だと聞かされたふなは、呆れ返ってこき下ろした。その茶碗を、怒り心頭のふなが手に取った。

「おめ、それはやめれっ」

次郎八の顔から血の気がひいていた。

「なんだ、こんな茶碗。黄表紙ぶつけたバチずらよっ」

ふなは、力任せに茶碗を畳に投げつけた。拍子のわるいことに、投げたところに煙草盆が置いてあった。

相場で儲けた次郎八が、別誂えさせた桜材の煙草盆である。何度も塗りを重ねられて、渋い艶が美しい次郎八自慢の煙草盆だ。

茶碗は盆の角にぶつかり、粉々に砕けた。

盆の角にも、深い傷跡がついた。

三十五両の茶碗はかけらに変わり、七両三分の煙草盆は傷物になった。

「ばかたれが……」

次郎八は、怒鳴る気力も失せたようだった。

二

十月三日の明け六ツ過ぎ。甲田屋の台所に顔を出したふなは、鼻歌混じりの上機嫌だった。前日のひどい夫婦喧嘩は、奉公人の間にも知れ渡っていた。

次郎八、ふなのふたりとも、昨日は終日奉公人の前には姿を見せず、ともに居室にこもりきりだった。昼食、夕食とも供さぬままに一日が過ぎた。

その翌朝、いきなりふなが上機嫌な顔を見せたのだ。へっついの前で火加減を見ていた女中ふたりは、わけありげな顔を見交わした。

「旦那様のごはんは、どのお釜で炊いてるんかね」

女中に問いかけるふなの声は、昨日とは別人のように弾んでいる。

「これですけんど……」

女中のひとりが、小さな釜を指差した。へっついの薪の強火が、釜に回っている。分厚い杉板のふたを押しのけるようにして、強い湯気が立ち上っていた。

「炊けたら呼んでちょうだい。今朝はあたしがごはんを用意するから」

いつもはわしとしか言わないふなが、自分のことをあたしと言った。面食らった女中は、戸惑い気味の返事をした。

「それじゃあ、お願いね」

軽い足取りで台所から出て行ったふなを、女中ふたりは呆気にとられて見ていた。

甲田屋の奉公人は、米蔵で働く仲仕まで加えれば三十人を数える大所帯である。一日の始まりの朝飯は、一升炊きの大釜三つで白米を炊く。給金のよさに加えて、奉公人の賄い飯の美味さでも、甲田屋は評判が高かった。

薪の脂が燃えたのだろう。いきなり炎が強くなり、三つの釜から湯気が噴出した。

ふなの後姿を見ていた女中たちが、我に返ってへっついの前にしゃがみ込んだ。

「おカミさん、どうしたんかね」

「そんならこと、決まってるずら」

年長の女中が、心得顔を拵えた。

「ゆんべはきっと、旦那さんが大汗かいて可愛がったんだわさ」

「そうかね……旦那さんも大変だったなあ」

女中ふたりは、またもやわけあり顔を見交わした。

五ツ（午前八時）には、甲田屋の庭に十月初旬の朝の陽が届き始める。次郎八の居室は、東と南の二方が庭に面した造りである。障子戸を開けば、濡れ縁の先に庭が広がっている。

昨日とは打って変わった上天気の朝だ。柔らかな朝の光を浴びた仲仕の源次郎が、居室の障子戸の前に立った。

「旦那さん……源次郎でやすが」

響きのよい野太い声である。一度呼びかけただけで、すぐさま障子戸が開かれた。

「どうした、なにかあったか」

昨日一日、次郎八はだれとも顔を合わせていなかった。

「夕べ遅くに、美濃輪屋さんから使いがありやして」

「おまえのところにか？」

うなずいた源次郎は、今夜五ツ（午後八時）に三右衛門から呼び出しを受けていると伝えた。

「そうか……」

つかの間、次郎八は思案顔になった。が、表情を元に戻したあとは、源次郎を居室に招き上げようとした。

「あっしは仕事着でやすから」

「そんなことはどうでもいい。とにかく、上がってくれ」

源次郎が庭から座敷に上がると、あるじの目配せを受けたふなが座布団を勧めた。向かい合わせに座ったあとには、茶が出された。

破格の扱いに戸惑いながらも、源次郎は茶を口にした。

「長五郎が逐電したのは、おまえも知ってるだろう」

「へい」

源次郎は素直に答えた。長五郎と、やま魚の音吉がいなくなったことは、通りの商家の端まで知れ渡っていた。

「あにさんからの呼び出しは、そのことをおまえから聞きたいからだろう」

「そうだと思いやす」

長五郎がことのほか源次郎を慕っていたのは、次郎八も三右衛門も承知していた。

「それで……おまえには、長五郎の逐電先に心当たりはあるのか」

「あります」

返事を聞いて、次郎八よりもふなのほうが大きく目を見開いた。が、わきから口を挟むことはしなかった。

「どこだ、あいつの立ち回り先は」

「江戸でやす」

「やっぱり江戸か……」

つぶやきを漏らしたあと、次郎八は腕組みをして黙り込んだ。障子戸が開かれたままである。次郎八は、朝の光が降り注ぐ庭を見詰めて思案をめぐらせていた。

「江戸のどこさ行ったんかね」

初めて口を開いたふなは、子を案ずる母親の口調である。源次郎が答える前に、次郎八が腕組みを解いた。

「昨日のうちに、おまえに訊けばよかったんだろうが……」

次郎八はそれ以上は言わず、煙草盆を引き寄せた。障子戸が開かれた座敷には、明るい光が差し込んでいる。煙草盆に残った傷跡が、はっきりと見て取れた。

「昨日一日、あれこれと考えた。このところのわしは米屋の商いには身が入らず、金儲けに走ってばかりだった。長五郎がそんなわしを見限ったのも無理はない」

次郎八は、驚くほど正直な気持ちを話し始めた。源次郎の人柄をそれほどに買っていたからだ。

　ふなと大喧嘩をしたあと、次郎八は相場で大金を掴んだあとの自分の姿を振り返った。源次郎に対して穏やかな話ができているのは、深くおのれを正したがゆえだった。

　いまの次郎八は、長五郎をどんな男に育てるか、その一点に思いを集めていた。

「おまえの正直な気性は、わしも充分にわきまえている、よくぞ、長五郎が逃げ出した先を隠さずに話してくれた」

　キセルに火をつけぬまま、次郎八は源次郎の目を見詰めた。源次郎は、顔つきをあらためて軽くあたまを下げた。

「あいつが大金を持ち出したのも、おまえは知ってるだろう」

「へい」

「正直に言うが、幾ら持ち出されたか定かには分かってない」

　隠し戸棚に幾らのカネを入れていたのか、次郎八は掴んでいなかった。

「四百五十二両と三分でやした」

「そんなにあったか」

　次郎八から吐息が漏れた。ところがふなは、安堵したように顔つきを明るくした。

「なんだおまえ、嬉しそうな顔をして」

「そんだけあれば、江戸でカネに詰まることもないずら」

渋い顔で女房を見詰める次郎八に、ふなは膝を動かしてにじり寄った。

「相場と、米の買占めとで儲けたあぶく銭だがね。長五郎が江戸できれいに遣ったほうが、あんたの罪滅ぼしになるずら」

ふなは本心からそう思っているらしい。あっけらかんとした物言いを聞いて、次郎八はあとの言葉が出ないような顔を見せた。

「そうでないかい、源次郎さん」

ふなに問われても、源次郎には答えようがない。黙ったまま、茶の残りを飲み干した。火をつけて一服吸い終わった次郎八は、キセルを膝元に置いてから源次郎に目を戻した。

「長五郎は、わしのあとを継いで甲田屋を切り盛りする男だ。十六の男が四百五十二両をどう遣うか、わしも見てみたい」

「あんた……」

ふなの目に、連れ合いを敬うような色が宿された。

「そうは言っても、カネを持ち逃げした倅を放っておいては、甲田屋ののれんに障る。あいつのためにも、いいことじゃない」

長五郎が土地の若者を集めて喧嘩に明け暮れていたことは、興津から掛川にまで知れ渡っている。大金を持ち逃げしたうわさも、あっという間に広まるだろう。

親の思いとは別に、世間に対しての見せしめとけじめを示す必要がある……次郎八の言い分には、ふなも得心した。

「おまえが江戸に出向いて、長五郎を連れ戻してくれ」

「分かりやした」

源次郎は即答した。そう指図されることを覚悟していた。

「今夜あにさんに会ったら、おまえが江戸に出向くと伝えてくれ」

「よろしくお願いします」

ふなが深く辞儀をした。


「昨日、通りに流れたうわさを聞いたときには、次郎八は怒りにまかせておまえを問い詰めるとばかり思っていたが……次郎八の器量を、わしは見誤っていた」

この日の朝の顚末(てんまつ)を聞き終えた三右衛門は、正直におのれの誤りを正した。

「まさしく、今度のことでは世間に対してのけじめがいる」

三右衛門は、源次郎を見据えた。

「どんなわけがあろうとも、商いのカネを持ち逃げしたことを見過ごしにはできん。おまえは、その片棒を担いだ男だ」

三右衛門の物言いは、源次郎にもけじめをつけろと迫っていた。

「長五郎がこころを許しているのは、実の親のわしでもなく、養い親の次郎八でもない。おまえだ」

語調の厳しさに、源次郎は背筋に震えを覚えた。

「くれぐれも、長五郎のことは頼むぞ」

源次郎はわれ知らぬ間に、畳に両手をついていた。

三

十月二日の夜明けに清水湊を出帆した樽廻船は、沖合いに出たところで強い追い風に恵まれた。空には分厚い雲がかぶさったが、波はさほどに高くはない。

長五郎と音吉は、船端に寄りかかって移り変わる陸の様子を眺めた。陽が西空に移ったころ、船の左舷に沼津湊が遠望できた。

「音やんと初めて会った日、おれはあそこの湊から船出をした」

「そのあとで、山背に吹かれたんだな」

うなずいた長五郎は、あのときは二度も海に落ちたと、過ぎし日の出来事を話した。

「あんときは、まだ五つか六つだったなあ」

「四つだ」

音吉と初めて出会った日である。長五郎は、はっきりと自分の歳を覚えていた。

「興津の浜を走り回ったっけ」

「そうだ。あのころから、おまえは背が大きかったよな」

「おめえと江戸に逃げることになるとは、あんときは思わなかったなあ」

「ああ……考えてもみなかった」

長五郎のつぶやきは、追い風に乗って舳先のほうへと流された。沼津を過ぎたあとも、ふたりは半刻（一時間）以上も船端で思い出話を続けた。

秋の夕暮れは、海の上でも足早にやってくる。船は戸田湊の灯火が見え始めたところで帆を畳んだ。樽廻船は、船頭が自分の目で陸地を見ながら走る。そして、日没とともに海岸に近寄り、錨を打った。

千石船、二千石船などの大型船を操る船頭のなかには、按針箱（方位磁石）と星を頼りに、夜の海を突っ走る豪気な者もいた。その手の船頭たちは、積荷が少々傷んでも気にもとめず、一刻でも早い到着を競った。

しかし長五郎と音吉を乗せた樽廻船は、速さではなく、確実に江戸に着くことがなにより大事である。積荷は酒・醤油・味噌などで到着を急ぐ生ものではない。

それどころか酒や醤油は、遠州灘や駿河湾でゆっくりと揺られたほうが、樽に馴染んで味がよくなるのだ。ゆえに樽廻船の船頭は、陽が落ちたあとは無理な航海をしなかった。

長五郎たちを乗せた船は、十月二日は西伊豆戸田の湾内に投錨して夜明かしをした。

十月三日は、夜明けから晴天に恵まれた。下田湊に入ったのは、七ツ(午後四時)前。湊には、まだたっぷりと陽の明るさが残っていた。

「わしらは陸にあがるわ。あんたらもそうするなら、一緒にきてもかめへんで」

水主長(水夫長)に言われた長五郎は、一緒に行きますと即座に応じた。醤油樽のにおいには、いささか閉口気味だったからだ。

湊には、船乗りが泊まる旅籠が、十二軒も軒を連ねていた。旅籠の番頭は、長五郎と音吉をきつい目で睨め回したあと、物置のような三畳間に連れて行った。

「おまえさんたちは、まだこどもだ。ひとり百五十文で、晩飯と朝飯をつけてあげるよ」

「助かったなあ、音吉」

番頭に気づかれないように目配せをした長五郎は、大げさに喜んだ。人前では、大金を持っていることに気づかれるなと、源次郎からきつく言われていた。

部屋はひどかったが、湯舟は長身の音吉が手足を伸ばせるほどに大きかった。しかも湯は温泉で、湯舟には次々と新しい湯が流れ込んでいる。

ふたりは湯のぼせするまで温泉につかった。

「明日(あした)は浦賀(うらが)船番所を抜けた先にとまるけんど、あさってはいよいよ江戸だな」

「はやく着けばいいのになあ」

　はやる気持ちに押された長五郎は、こどものような物言いに戻っていた。

　一夜明けた、十月四日。この朝も、凄(すご)みを消した晩秋の朝日が海から昇った。浦賀船番所で形ばかりの積荷調べを受けたのが、八ッ（午後二時）過ぎ。船頭は巧みな舵(かじ)さばきで、追い風を捉(とら)えた。日没の四半刻（三十分）前には、神奈川宿の沖合いまで船を走らせた。

「おい、長五郎……」

　引きつったような顔で、音吉が南西の空を指差した。夕焼けを背にした富士山が見えた。

「あんな形の富士山を見るのは初めてだ」

「清水で見るよりは、えらくちっこいなあ」

「でも、きれいだぜ」

　ふたりとも、富士山を東から見たのは初めてである。夕陽が沈みきるまで、樽廻船の艫(とも)から富士山を見続けた。

「明日は、いよいよ江戸だぜ」

「町のどっからでも、御城が見えるってさ」

「なんで、そんなことを知ってんだよ」

「水夫さんが言ってた。ばかでけえ御城だってさ、はやく見たいずら」

「おれは御城を見るよりも、真っ先にしたいことがある」

「なんでえ、そりゃ」

「源次郎さんがいっつも言ってた、鮨を屋台で食うことさ」

十六歳の若者ふたりは、醤油樽に寄りかかりながら、眠さを忘れて声をはずませた。

話に飽きて眠ったのは、夜明け近くである。船頭が帆を張れと指図したとき、長五郎も音吉もまだ深い眠りに落ちていた。

「あんたら、ええ加減に起きたらどないや。もうじき、品川やで」

水主長の大声で、長五郎は飛び起きた。慌てて甲板に上ると……。

北の彼方に、ひときわ高い江戸城が見えた。陽を照り返して、御城の甍がキラキラと輝いている。

ほかにも、幾つも大きな屋根が見えた。どの屋根も本瓦葺きで、黒光りしていた。屋根の周りは、どこも樹木に囲まれている。

正午過ぎの秋日を浴びて、江戸の町が光り輝いていた。

「家と森とが、群れになってる」

長五郎は、江戸の町の美しさと大きさに気圧されていた。

「長五郎、あれを見てみろ」

音吉は、品川沖に停泊している船の多さに度肝を抜かれていた。

帆柱が空に向かって屹立している、大型の千石船。錨を引き揚げて出帆しようとしている、菱垣廻船。大型船から積荷を受け取っている、大小さまざまのはしけ。

海に落とした丸太に乗って寄せ集めて、いかだに組もうとしている川並（いかだ乗り）。

数え切れないほどの船の間を、売り声を張り上げて物売り船が回っている。

いまのいままで、長五郎も音吉も、清水湊よりも賑やかな湊はないと思っていた。

途中で立ち寄った下田湊を見たときも、清水のほうが大きいとふたりで話し合っていた。

「江戸の町は、桁違いに大きいですぜ」

毎日のように源次郎から聞かされてはいたが、長五郎があたまに描いた江戸は、清水湊よりも小さかった。

品川沖に投錨した、船の多いこと。江戸城の大きいこと。寺社と森の多いこと、きれいなこと……。

ふたりとも、まだ江戸の町に一歩を踏みしめてはいない。沖合いから眺めただけである。

それなのに驚きのあまり、長五郎と音吉は呆けたような顔つきになっていた。

四

永代橋の東詰には、長さ四半里（約一キロ）もある佐賀町河岸が広がっていた。ここには大小百を数える蔵と、はしけや乗合船がひっきりなしに横付けされる船着場がある。

十月五日の八ツ下がりに、長五郎と音吉は佐賀町河岸の船着場ではしけからおりた。江戸で初めて踏んだ地べたには、行き交う大八車が轍をくっきりと残していた。

「明るいうちに、洲崎に行こうぜ」

河岸の外れで、長五郎はふところから半紙を取り出した。清水湊で、源次郎から手渡された絵図だ。細筆で、佐賀町から洲崎までの道順が細かく描かれていた。

ふたりとも、遠国からの旅人とは思えない軽装である。ふところ具合が桁違いに豊かな長五郎は、入用なものは江戸で買い揃えようと決めていた。

「あれが永代橋だ。とにかく、橋のたもとまで出よう」

人ごみに目を見張りながら、ふたりは永代橋東詰まで歩いた。

『東詰より洲崎までは、大路の一本道でおよそ半里（約二キロ）。途中の富岡八幡宮が、道のりの半分』

源次郎が記した通り、橋のたもとから東に向かって、一本の大路が通っていた。大きな鳥居と、黒くて高い火の見やぐらが前方に見えている。

「行くぞ、音吉」

絵図をふところに仕舞った長五郎は、先に立って歩き始めた。四町（約四百三十六メートル）ほど歩いたところで、富岡八幡宮一ノ鳥居をくぐった。すぐ先が大きな辻になっており、辻の根元には高さ六丈（約十八メートル）の火の見やぐらが聳え立っていた。

「なんてえ高さだ。おっかさが見たら、ぶったまげて腰を抜かすかもしんねえ」

音吉が、火の見やぐらを見上げて吐息を漏らした。長五郎は、絵図を取り出して場所を確かめた。

『一ノ鳥居が、永代寺門前仲町の西の端。土地の者は、仲町と詰めて呼ぶ。鳥居をくぐれば、富岡八幡宮までおよそ五町（約五百四十五メートル）。一ノ鳥居から富岡八幡宮までは、人通りがいきなり増える』

絵図には目印となる辻や建物などが、細かく描かれている。江戸に不慣れなふたりを案じた源次郎は、小さな文字で細々と書き込みをしていた。

「源次郎さんの書いてある通りだ。凄い人ごみだ」

晴天につられたのか、大路には富岡八幡宮に向かう参詣客が群れをなしている。ふたりは、参詣客の流れに溶け込んで歩いた。

八幡宮を過ぎると、人通りが半減した。

『富岡八幡宮を過ぎたあと、橋をふたつ渡る。二番目の橋から二町（約二百十八メートル）歩けば、洲崎の大門通りの辻。辻を北に折れて半町（約五十五メートル）歩けば武蔵屋』

源次郎から教えられた江戸の投宿先は、武蔵屋である。

「武蔵屋の女将とは、長い付き合いがありやす。これを見せれば、按配よく取り計らってくれやすから」

絵図と一緒に、源次郎が武蔵屋の女将に宛てた添状もふところに仕舞っていた。大路の端に寄った長五郎は、ふところに手を入れて、添状があることを確かめた。

「宿までは四半里だ。一気に行こう」

武蔵屋が近いと分かり、音吉の足取りが俄かに軽くなった。まるで駆け足のような歩みで、ふたりは洲崎の大門通りに行き着いた。

ところが辻に立つなり、ふたりは顔を見合わせた。

「本当に、ここでいいのか」

「間違いないさ。源次郎さんの絵図通り、そこに蕎麦屋がある」

絵図には、大門通りの辻に「しのだ」という屋号の蕎麦屋が記されている。目の前には、しのだの看板が見えていた。

ふたりは、まぎれもなく大門通りの辻にいた。戸惑っているのは、大門通りの先に、洲崎遊郭の『大門』が立っていたからだ。

源次郎は、洲崎が遊郭だとは教えていなかった。ゆえにふたりは、旅籠が集まった宿場のような町を思い描いていた。

「とにかく、武蔵屋を見つけようぜ」

源次郎の絵図を頼りに、ふたりは辻を北に折れた。幾らも歩かないうちに、武蔵屋は見つかった。

「なんだ、これはよう」

音吉が素っ頓狂な声をあげた。

格子戸のはまった玄関の両側には、盛り塩がしてある。二階建ての武蔵屋は、黒板塀で囲まれていた。

格子戸のわきには、行灯造りの看板が立っている。まだ町は明るく、行灯に灯は入っていない。しかし、看板の文字は読むことができた。

『かし座敷あります』

看板の文字を、音吉は声に出して読み上げた。が、なんのことだか分からないらしい。

「おめえ、かし座敷ってなんのことだか知ってっか」

「ああ、源次郎さんから聞いたことがある」

「なんだ、いったい」

問われた長五郎は、きまりわるそうな顔つきになっている。

武蔵屋は、男女が睦み合ったり密会したりするときに使う、出合茶屋だった。

五

武蔵屋に着いたのは、七ツ（午後四時）を四半刻ほど過ぎたころである。源次郎の添状を読み終えた女将は、大門通りを真下に見下ろす二階の八畳間に案内した。

「いつまででも、居たいだけ居てくだすって結構です」

女将が口にした宿賃は、朝夕の賄いつきでひとり一泊銀十匁だった。

天保六年に入ってからは、銭相場が大きく値崩れしていた。小判一両が銀六十匁であるのは同じだが、銭は小判一両につき六貫文にまで値打ちを下げていた。

銀十匁は、銭一貫文相当だ。銭相場は安くなってはいたが、江尻宿の旅籠賃はいまでもひとり三百文が相場である。

武蔵屋の宿賃は、旅籠相場の三倍を上回っていた。が、長五郎は女将の言い値を受け入れた。武蔵屋は、源次郎が添状を書いてくれた出合茶屋だ。長五郎たちの足元を見て、高値を吹っかけているとは思えなかった。

それに路銀代わりに持ち出したカネは、ずしりと持ち重りのする大金だ。ふたりで三十日泊まったとしても銀六百匁、小判に直せば十両である。

真っ当な暮らしを営む者には大金だし、十両を盗めば首を刎ねられるという額だ。しかし四百五十二両を持っている長五郎には、腹の痛まない金高だった。

「幾日分を前払いすればいいですか」

「幾日でも、あなたのご都合次第です」

女将は物静かな口調で応じた。が、長五郎を見詰める目は、器量を値踏みするような色を帯びていた。

江戸では、ほどほどに見栄を張りなせえ。

源次郎に教わったことを思い出した長五郎は、背筋を伸ばした。

「あとで十日分を届けます。そのあとも、十日分ずつの前払いでいいですか」

「結構です」

女将の目を見た長五郎は、目利きにかなったという手応えを感じた。十日分の前払いは、多過ぎも少な過ぎもしない、ほどよい金高だったのだ。

なぜ、源次郎が出合茶屋を逗留先に選んだのか。泊まった最初の夜に、長五郎はそのわけを察した。

日暮れになると、洲崎は町の様子が一変した。大門通りが、派手な色味の行灯や提灯の明かりで飾られた。

半纏姿の職人。羽織を着たお店者。恰幅のいい、商家の番頭風の者。身なりの整った隠居。そして、浅黄裏の羽織を着た、お国訛り丸出しの江戸勤番者。

通りを行き交うのは、雑多な男たちである。どの顔も、長五郎の目にはしまりがないように見えた。

建前を捨てて、本性丸出しになった男たちが、ひっきりなしに武蔵屋の下を通り過ぎて行く。

「ひとは幾つも顔を持っておりやす」

長五郎が清水で元服儀式を終えたころ、源次郎は折りに触れて『ひとの見極め方と、ひととの付き合い方』を話すようになった。

「男の本性が剝き出しになるのは、博打をやるとき、大きなカネを握ったとき、女遊びをするときの三つでやす」

源次郎はこのことを、江戸でも名の通った貸元（賭場の親分）に教えられていた。

「大きな商いをする相手の本性を知りたいときには、この三つのどれかを試せば、おおむね間違えることはありやせん」

源次郎から教わったことを、長五郎はすぐに目の当たりにした。相場で大儲け（おおもう）けをした次郎八が、いきなり胸を反り返らせ始めたのだ。

米問屋の商いは番頭まかせになり、次郎八は相場にのめり込んだ。米が大凶作だと分かると、買占めに走った。

米相場は、博打と同じだ。堰（せき）を切ったようにカネが流れ込み始めると、女遊びに夢中になった。夫婦喧嘩（げんか）が絶えなくなり、長五郎がなにをやっているかにも関心が薄くなった。

そして……長五郎の実家に対しても、謙虚さがなくなった。

博打。大金。女遊び。

源次郎から教わった、人の本性が剝（む）き出しになる三つを、次郎八はわが身で示した。

遊びのときには、あんな顔になるのか。

江戸で過ごす初めての夜。長五郎と音吉は、大門が閉じられる真夜中まで、武蔵屋の二階から通りを見続けていた。

六

江戸で過ごし始めてから三日間は、長五郎と音吉は連れ立って見物に出歩いた。

最初の日は朝飯も食わず、六ッ半（午前七時）に武蔵屋を出た。佐賀町まで歩き、乗合船で大川を吾妻橋まで上った。橋のたもとに出ていた蕎麦の屋台で、朝飯を済ませた。

「仲見世を通って、浅草寺にお参りしようや」

音吉は『江戸名所図会』を精読して、見物の道順を組み立てていた。

浅草寺から蔵前に出たあと、ふたりは両国橋西詰の盛り場へと向かった。芝居小屋、見世物小屋、軽業小屋などが、西詰の広場を埋めている。

「おれ、軽業が見てえ」

小屋に急ごうとする音吉の袖を引き、長五郎は鮨の屋台に連れて行った。

「江戸で美味いものは、蕎麦、てんぷら、蒲焼に鮨でさ。あっしは鮨が一番好きでね」

源次郎から何度も聞かされて、なによりも長五郎は鮨が食べたかった。両国橋の屋台で、その望みがかなった。

「へい、お待ち」

威勢のいい職人が握った鮨を、大皿の下地（醤油）につけて、手で食べる。

「にいさん、下地に二度づけはいけねえぜ」

身なりを見て、江戸者ではないと鮨職人は見抜いたらしい。ふたりは作法を教わりながら、初めての鮨を味わった。

二日目は、尾張町、日本橋、神田駿河台を歩いた。日本橋大通りの商家で、長五郎と音吉は着替えや日用品を買い求めた。

しつけの行き届いた手代は、店には似合わない田舎拵えの若造にも愛想がよかった。長着、下着、足袋に小物と、長五郎は手当たり次第に買い物をした。

「江戸の品は、どれも上物でございます」

長五郎の買いっぷりのよさに、手代は目を細めた。

「しめて四十三匁と七十文でございます」

勘定を聞いた長五郎は、胴巻から一両小判を取り出した。手代の様子が変わった。

「お客さん、歳はお幾つで？」

十六だと答えると、手代は逗留先はどこかと問うた。

「洲崎の武蔵屋です」

小判を長五郎に返すなり、手代は奥に引っ込んだ。戻ってきたときには、年嵩の番頭を伴っていた。

「お客さんの、道中手形を見せてもらいましょう」

番頭は、ぞんざいな口調で問いかけた。

江戸滞在中は、どこに行くにも道中手形を持っていなさいと、長五郎は梅蔭寺の住持からきつく言われていた。番頭に言われるままに、紙入れから取り出した。

在所、氏名、生まれ年、菩提寺が書かれた道中手形を、番頭はつぶさに見てから長五郎に返した。

「買い物をするときは、銀と銭とを用意したほうがいい」

若い者が小判を出したりすれば、余計な勘繰りをされますよ……番頭に言われたことを、長五郎はしっかりと胸に刻みつけた。

三日目は、佐賀町河岸、富岡八幡宮、永代寺、深川不動尊などを見物して回った。

「明日っからは、別々に出歩こうぜ」

その日の夕食の折りに、長五郎は翌日からのひとり歩きを口にした。

この日までに見物した場所を、ふたりはあれこれと話し合った。そのなかで、もう一度詳しく見たいと思う場所が、互いに違っていることが分かった。

長五郎は蔵前の御米蔵と、佐賀町の蔵をゆっくり見たいと思っていた。次郎八と暮らした十数年のうちに、知らぬ間に米問屋の商いに面白味を感じていた。

魚屋で育った音吉は、家業にかかわりのある日本橋の魚河岸を見たいと言う。七日は尾張町を見物したあと、日本橋へと足を延ばした。途中の京橋で昼飯を済ませたために、日本橋に着いたときには八ッ（午後二時）を過ぎていた。魚市場に入ることはできたが、ほとんどの店が商い仕舞いをしていた。それでも音吉は、市場の大きさに目を見張っていた。

「三、四日ぐらいは、ひとり歩きもわるくねえな」

音吉は、長五郎の思いつきを受け入れた。

十月九日の朝五ッ（午前八時）。音吉と永代橋の東詰で別れた長五郎は、佐賀町から柳橋行きの乗合船に乗った。

江戸に着いてからは、晴天続きだ。この朝も空は高く晴れ上がっており、大川の真ん中を走る乗合船からは新大橋と、その先の両国橋とが一度に見られた。

下げ潮にぶつかった上に三十人の客を乗せた乗合船は、船足が亀の歩みのようにのろい。わきを三挺櫓の快速船が抜き去ると、道具箱を膝元に置いた職人が舌打ちをした。それでも四半刻（三十分）後には、柳橋の船着場に着いた。

船着場の二町（約二百十八メートル）北が、蔵前御米蔵である。年貢米を運び込む大型のはしけ接岸のために、御米蔵には一番から八番までの堀が作事されていた。

十月下旬には、徳川家直参家臣に『大切米』が支給される。いまは米搬入の最盛期である。蔵前界隈は、仲仕と米俵と大八車とでごった返していた。

長五郎は五ツ半（午前九時）から四ツ半（午前十一時）まで、蔵前の喧騒ぶりを飽きずに見ていた。

清水湊の巴川東岸にも、甲州から運ばれる年貢米置き場がある。米の収穫が始まる秋口からは、毎日のように大型の川船が米を運んできた。

長五郎はまだこどもの時分から、年貢米置き場の賑わいを見るのが好きだった。何十人もの仲仕が、両肩に一俵ずつの米俵を担いでいる。男衆の分厚い胸板や、力瘤で膨らんだ太い腕を見ると、その力強さに胸が高鳴った。

蔵前で働く仲仕の数は、勘定するまでもなく、清水湊とは桁が違っていた。しかも両肩に二俵ずつ担いでいる男もめずらしくはなかった。一度に三俵を運ぶ猛者もいた。二俵、三俵を担いでいるのに、仲仕の動きは敏捷である。はしけが横付けされると、差配役が笛を吹く。たちまち仲仕の群れが、はしけの周りに集まった。

あのひとたちは、今までどこにいたんだろう。

笛とともに集まる仲仕が、長五郎には不思議でならなかった。知りたいという思いを抑え切れなくなり、米蔵の敷地内に入った。

髷は結っているものの、まだ童顔である。米運びに忙しい仲仕は、こどもには無頓着である。長五郎が敷地をうろついているさなかに、また笛が鳴った。

前方の平屋から飛び出した二十人近い仲仕が、はしけに向かって駆けていった。間口が十間（約十八メートル）はありそうな、大きな平屋である。長五郎は建物に近寄った。

板戸はすべて開け放たれており、前に立つと中が素通しに見えた。長五郎の両目が大きく見開かれた。

土間には一間（約一・八メートル）幅の卓が、数え切れないほど並んでいた。杉板の長い腰掛が、卓の両側に置かれている。腰掛に座った仲仕たちは、茶を飲んだり、うどんや蕎麦を食べたりしていた。

仲仕の休み場所と、食事場所を兼ねた平屋だった。

ざっと見ただけでも、百人近い仲仕がいた。戸口近くに座った五人の男が、揃ってうどんを食べていた。

今朝も長五郎と音吉は、朝飯を食べずに武蔵屋を出ていた。出合茶屋は朝が遅く、五ツにならなければ朝食が用意されないからだ。ダシの利いたつゆの香りをかいで、長五郎は鼻をひくひくさせた。

「どうした、小僧。腹が減ってるのか」

長五郎と目を合わせた仲仕が、腰掛から立ち上がった。

「はい」

うどんが美味そうに見えた長五郎は、つい素直な返事をした。

「へえってきねえ。おれがおごってやる」

長五郎を招き寄せた仲仕は、奥から新しいうどんを運んできた。

「食っていいぜ」

うどんには、揚げ玉とかまぼこ一切れが載っている。立ち昇る湯気は、ダシの香りに富んでいた。

食い物を勧められたときは、断わらずに気持ちよく受けなせえと、常から源次郎に教わっていた。

「いただきます」

大声で答えると、仲仕が目元をゆるめた。

「おめえ、どこの小僧なんでえ」

「清水湊の、米問屋のせがれです」

「聞いたかよ、清水湊だぜ」

仲仕は、仲間に向かって大声を投げた。長五郎の返事に気をそそられたのか、何人もの仲仕が卓に集まってきた。

「おめえひとりで出てきたのか」

「なんでここにいるんでえ」

「清水湊てえのは、富士山の近くだろうが」

方々から問いが発せられた。うどんを食べ終えてから、長五郎はていねいに答え始めた。突然、鋭い笛の音が聞こえた。

「小僧、達者でけえんなよ」

仲仕の多くが、平屋を飛び出した。が、うどんをおごってくれた男は、まだ残っていた。

「おにいさんは、なんで行かないんですか」

「おれは交代したばかりだ。あと三回笛が鳴るまで、休んでられるのよ」

男が話している間も、休みになった多くの仲仕が入ってきた。

「何人ぐらいのひとが働いてるんですか」

「今月は、千二百はいるぜ」

男は富士山が大好きだと言った。富士山を間近に見る清水湊からきたというのを、男は気に入ったようだ。加えて、長五郎がまだ十六歳だったことも幸いした。

初対面ながらもすっかり気を許した仲仕は、出面（日当）が幾らかまで長五郎に話した。

「ここの仲仕を束ねるのは、吾妻橋の長兵衛てえ親方だ」

「千二百人みんなをですか」

「そうさ。江戸で一番、肝の太いお方だぜ」

仲仕が長兵衛の話を始めたとき、三度目の笛が吹かれた。

「じゃあな、小僧。おれは丈太郎(じょうたろう)だ、縁があったらまた会おうぜ」

「おれは長五郎と申します」

「いいなめえだ」

長五郎の肩を叩(たた)いてから、丈太郎は三番堀に向かって駆け出した。

千二百人の男を束ねる仕事か……。

長五郎は、おのれが吾妻橋の長兵衛になった姿を思い描いた。米問屋よりも、はるかにやりがいがありそうだと思った。

こころから慕う源次郎も、元は江戸で働いていた仲仕だ。

いつの日にか、源次郎さんと一緒に働いてみたい……。

夢を膨らませながら、長五郎は船着場へと戻り始めた。御米蔵で、また笛が鳴った。

七

十月十三日も、まだ夜明けから晴天が続いていた。

「今日は佃島(つくだじま)に渡るつもりだが、おめえはどうするだ？」

江戸に逗留(とうりゅう)を始めて八日目の朝。音吉は、清水訛(なま)りと江戸弁とが混ぜこぜになった物言いをしていた。

若いだけに、言葉への順応は早かった。長五郎のように、江戸弁を話したいという見栄もあるのだろう。

「今日は一日、寝ていたいよ」

昨夜口にしたてんぷらの油が、長五郎には合わなかったらしい。朝から何度もかわやに通っており、外出をする気にはなれなかった。

「一日寝れば、治るずら」

土地の言葉で気遣ってから、音吉は武蔵屋を出て行った。正午前には、長五郎の腹の調子は元に戻った。が、ものを食べる気にはなれない。

浅い眠りと目覚めとを繰り返しているうちに、晩秋の陽は西空へと移っていた。

「若旦那（わかだんな）……若旦那……」

二度呼びかけられて、長五郎は薄目を開いた。声の主が源次郎だと分かると、布団から飛び起きた。

「いつ江戸に？」

「たった今、着いたところでやす」

「まさか……源次郎さんが……」

「お察しの通りでさ」

源次郎が追っ手だと分かり、長五郎は言葉を失った。

「いろいろ話もありやす。少しばかり、あっしと一緒に出てくだせえ」

長五郎を伴い、源次郎は塩浜に向かった。塩浜は洲崎の奥に広がる二十万坪の埋立地で、浜一面が塩作りの塩田となっている。浜辺には、十戸の塩焼き小屋が設けられていた。

塩分が凝縮された鹹水を石釜で煮立てて、塩を作るのが塩焼き小屋である。源次郎と長五郎は、塩焼き小屋前の砂浜に腰をおろした。

正面は、品川につながる海である。夕暮れが迫っているが、空は雲ひとつなく晴れている。南西の遠くには、富士山も見えた。

「明日にも江戸を発って、音吉と一緒に清水湊にけえってくだせえ」

海を見詰めたままの源次郎は、静かな口調である。長五郎は真横を向いて相手を見た。

「帰るけど、源次郎さんも一緒でしょう？」

「あっしは江戸に残りやす」

「どうしてそんなことを」

「甲田屋の旦那さんには、暇乞いをしてきやした」

驚きのあまりに絶句した長五郎に、源次郎は顚末を話した。三右衛門からけじめをつけろと迫られたことも、隠さずに話した。

「雲不見の旦那さんに言われるまで、あっしもけじめをつけなけりゃあならねえとは、うかつにも思いもしやせんでした」

源次郎は、そんなおのれを深く恥じていた。

「生涯、二度と若旦那に会わねえことで、てめえにけじめをつけやす」

「そんなこと、言わないでくれよ」

声を震わせた長五郎を、源次郎はいままで見せたことのないきつい目で見据えた。

「若旦那には、雲不見の旦那さんの血が流れておりやす。あっしの言うことを黙って受けてくれるのが、若旦那の器量でやしょう」

持ち逃げしたカネの始末をどうするか、その決着のつけ方で男の値打ちが決まる。けじめをつけるためにも、かならず清水湊に帰ってほしい……。

源次郎の口調は相変わらず物静かだったが、長五郎の身体の芯にまで染み込んだ。

「若旦那は、あすこにめえる富士山を背負って立つ男でさ。思案に詰まったときは、それを思い出してくだせえ」

こみ上げる涙を、長五郎は懸命にこらえた。ここで泣いたりしては、源次郎を裏切ると思ったからだ。

塩浜が暮れ始めていた。長五郎は潤んだ瞳のまま、夕闇のなかに溶け込んでゆく富士山を見詰めていた。

第三章　見切り千両

一

塩浜で仲仕の源次郎と話を終えたあと、長五郎はひとりで武蔵屋に帰ってきた。源次郎とは、汐見橋のたもとで別れた。

「明日、江戸を発って清水に帰る」

出し抜けに言われて、音吉は目を見開いた。が、大金を持って出奔したからには、こころの底では追っ手が来ると覚悟は決めていたのだろう。なぜだとは、長五郎に問い返さなかった。

音吉を二階に残したまま、長五郎は女将に翌朝の出立を伝えた。

「いろいろとお世話になりました」

長五郎は、半紙にくるんだ小判二枚を差し出した。

「行き届いたことです。ありがたく頂戴します」

礼を言ったあと、女将は長火鉢の引き出しから、御守札を取り出した。

「これはついさきほど、洲崎の弁天様から授かった御守です」

源次郎が顔を出したことで、女将は長五郎の出立を察したのだろう。男ふたりが塩浜に出かけた合間に、女将はみずから洲崎弁天まで出向いていた。

「おまいさんの器量は、堅気の稼業には収まりきらないでしょう。先々きっと、この弁天様の御守が役に立つと思いますよ」

御守には、首からさげられるように長い黒紐がついていた。深い辞儀をした長五郎は、女将の見ている前で御守の紐に首を通した。

十月十四日は、雨模様で明けた。いつもは朝の遅い武蔵屋だが、この朝は六ッ（午前六時）の鐘で朝餉の支度を始めた。

「この焼き海苔も、ゆで卵にかける塩も、ここいらの名物だからさ。たっぷり食べて、洲崎に名残を惜しんでちょうだい」

長五郎は世話になった仲居、下足番、飯炊き女にいたるまで、ほどよい心付を昨夜のうちに渡していた。飯炊き女は、炊き立ての飯、焦げ目から脂の滲み出しているアジの干物、焼き海苔、ゆで卵、それにしじみがたっぷり入った味噌汁の朝餉を調えていた。

朝飯を済ませて旅支度が調ったのが、六ッ半（午前七時）である。清水湊へと帰る若者ふたりを、武蔵屋の奉公人は総出で見送った。

「みなさん、どうかお達者で」

別れを告げた長五郎は、合羽の胸元をきつく合わせて小雨のなかに一歩を踏み出した。永代橋に向かう一本道の辻には、乾物屋と煙草屋が軒を連ねていた。

洲崎の遊郭が近い大門通りには、煙草屋が二軒も店を構えている。わずか二町（約二百十八メートル）の間に二軒の煙草屋が成り立つほどに、遊郭の客や女郎衆は煙草を好むのだろう。

辻の煙草屋の軒下には、いつも通りに犬が寝そべっていた。昨日も日本橋の魚河岸に出かけた音吉には、魚のにおいが染み付いているらしい。犬はむっくりと起き上がり、雨もいとわずに音吉のあとを追ってきた。

煙草屋の前を通るたびに、汐見橋の先まで音吉を追ってくる犬だ。

「今日は相手をしてやれねえだ。おまえも達者でな」

ふたりは先を急いでいた。あたまを軽く撫でて、音吉は犬に別れを言い聞かせた。

昨夜遅くまで、音吉は街道宿場図と首っ引きで、宿場間の里程を勘定した。そして、旅立ちの初日の泊まりは、戸塚宿だと定めた。

江戸から戸塚宿までは、およそ十里十町（約四十一キロ）の道のりである。年若いふたりは、足には覚えがある。十里など大したことはないと、昨夜はうなずきあった。

ところがあいにくの雨空である。途中には六郷(ろくごう)の渡しもあるし、神奈川宿近くでは崖道(がけみち)を歩くことにもなる。しかも清水湊から江戸までは、樽廻船(たるかいせん)に乗ってきた。ふたりとも、江戸から清水湊までの東海道は、どこも初めて歩く道だ。

旅なれた者には、出立の朝が雨にぶつかっても、大したことはないだろう。しかし江戸から清水湊への東海道を初めて歩く長五郎と音吉は、夜明けの雨を見て先行きに不安を覚えた。

不安は、年若いふたりの気持ちを急(せ)きたててしまう。江戸にいる間になついた犬に、かまってやる気持ちのゆとりが音吉にはなかった。

雨脚はさほどに強くはないが、降り止む気配は皆無である。長五郎が先を歩き、音吉があとを追った。

汐見橋の真ん中で、雨の向こうに消え行く音吉の後姿を、煙草屋の飼い犬が尻尾(しっぽ)を垂らして見送っていた。

二

十月十四日は、予定通りに戸塚宿に投宿した。カネはうなるほど持っていたが、清水湊に帰ると決めたいまは、無駄遣いはしたくなかった。

「布団部屋の隅でよけりゃあ、ひとり百八十文でいいよ」

まだこどもだと見たのか、旅籠の番頭はまともに応じようとはしなかった。布団部屋は一階階段わきの小部屋で、となりはかわやである。しかし、本来は客を泊める部屋ではなく、相客はいない。

「そこで構いませんから」

長五郎はふたり分の旅籠賃に、ひとり四文の心付を加えて差し出した。

部屋は暗くて狭く、かわやの悪臭が流れ込んでくる。が、長五郎は気にもしなかった。

清水湊に帰ったあとには、きつい仕置きが待ち受けている。それを思うと、横になって寝られて、二食が食べられ、しかも湯に浸かれるだけでもありがたかった。

「おれたちには、こんな部屋でもぜいたくずら」

清水へと帰り始めるなり、音吉には土地の訛りが戻っていた。

十月十五日は、曇り空ながらも雨は上がった。六ツ（午前六時）に戸塚宿を出たふたりは、藤沢、平塚、大磯、小田原の四宿を経て、箱根の山道を一気に登った。

箱根の関所が開くのは、明け六ツである。開門と同時に関所に入るためには、箱根宿に泊まるのが一番である。

戸塚宿で布団部屋に泊まるという手を知ったふたりは、ここでもそれを申し出た。

「どうしてもあさってには、清水湊に着きたいんです。なんとか、ひとり二百文で泊めてください」

「おまえさん、どうして布団部屋に泊まるなどということを知ってるんだい」

番頭に問われた長五郎は、戸塚宿の話を聞かせた。

「あいにくうちには、布団部屋というのはないんだが……」

朝飯の支度前に起きるなら、大広間の隅に寝てもいいと番頭はいう。旅籠賃は、二食ついてひとり百八十文、戸塚宿と同じである。ふたりは深々と辞儀をして、番頭の申し出を受け入れた。

十月十六日も、空一面に分厚い雲がかぶっていた。それでも、なんとか降らずに済みそうな空模様である。

関所に明け六ツ前から並んだふたりは、わずかな吟味で関所を通ることができた。梅蔭寺の住持が発給した関所手形と道中手形は、いずれも見事に書式が整っていたからだ。

箱根から三島(みしま)までは三里二十八町（約十五キロ）、沼津までが一里半（約六キロ）である。

「次の原宿(はら)まで行かざあ。そこまで行ったら、富士山が目の前だからよ」

空はべったりと曇っており、駿河国に入ったというのに、沼津のどこにも富士山が見えない。音吉の勧めを長五郎は受け入れた。茶店で手早く昼飯を済ませたが、原宿に着いても、やはり富士山は見えなかった。

ふたりは、吉原、蒲原の二宿を通り抜けて、由比宿で泊まることにした。

由比までくれば清水湊までは、あとひと息も同然である。

「明日は、きつい仕置きが待ってるからさ。今夜は思いっきり羽根を伸ばそうぜ」

音吉に異存のあるはずがない。

「おれは清水湊、甲田屋の惣領息子で長五郎といいます」

しっかり名乗ったあと、長五郎は相客なしで一部屋を使いたいと申し出た。長五郎は、この短い旅を通じて低くも高くも自在に出る術が備わっていた。

「さようでございますか。それはごひいきを賜りまして」

番頭はひとり八百文でよければと、相客なしの一部屋使いを受け入れた。長五郎は言い値に加えて、小粒銀二粒の祝儀を渡した。

「おくつろぎのところ、失礼いたします」

布団のうえに寝転んでいるところに、番頭が顔を出した。

「もしよろしければ、女按摩をいかがかと存じまして」

薄物一枚の女が、身体中を揉みほぐしてくれるという。薄物一枚と聞いて、音吉がごくんと音を立てて生唾を呑み込んだ。

「お願いします」

長五郎は値段も訊かずに受け入れた。

「お客様のお好みは、どんな按摩がよろしいので」

「お好みって？」

長五郎も音吉も、番頭に問われた意味が分からなかった。

「ありていに申し上げれば、乳が大きいとか、尻が丸いとか、顔は少々見栄えがわるくても、肉置きのよい按摩とか……さまざまにお好みがございましょう」

「おれ、尻も身体も乳も、全部おっきな按摩さんがいい」

長五郎よりも先に、音吉が好みを口にした。

「おれは……」

言いかけた長五郎は、番頭の顔を見た。わけ知り顔の笑いを浮かべて、番頭は長五郎に目を合わせている。

「番頭さんのお勧めの按摩さんにします」

「うけたまわりました」

四半刻（三十分）もしないうちに、ふたりの女按摩が部屋をおとずれた。番頭に任せてよかったと、長五郎は音吉の按摩を見て強く思った。

一刻（二時間）の間、按摩たちは長五郎と音吉のこわばりを、ていねいにほぐした。

満足しきったふたりの寝顔には、明日の仕置きを案ずる色は皆無だった。

三

十月十七日、朝五ツ（午前八時）。長五郎と音吉は江戸を旅立ってから初めて、気持ちのよい晴天の朝を迎えた。

昨夜は按摩の効き目があらたかで、身体のこわばりも芯からほぐれた。

「また、ぜひてまえどもにお越しを」

番頭に送られて、長五郎と音吉は晴れ晴れとした顔つきで旅籠を出た。

由比から清水湊のある江尻宿までは、間に興津宿を挟むだけの、三里十四町（約十三・五キロ）の隔たりでしかない。しかし道のりは短くても、薩埵峠の難所が待ち構えていた。

峠越えの駕籠を頼めば、平地の六倍もの酒手（心付）を求められる急な登りである。

「道はきついが、峠の途中に見晴台があるそうだ。性いれて、一気に登ろう」

昨夜の按摩がよほどに心地よかったのだろう。音吉の物言いは威勢がよく、背筋もぴんと張っている。

「おれが調子を取って、先を歩くでよ。おまえはおれのあとをついてこい」

上背のある音吉は、長い足を活かしてずんずんと登った。長五郎は、さほどの大荷物を担いでいるわけでもない。それなのに、音吉のあとを追っているうちに、息遣いが乱れた。

先を歩く音吉は、背中の気配で長五郎の遅れを感じ取ろうとしている。あからさまに振り返ったりすれば、長五郎の誇りを傷つけると思ってのことだろう。

細い登り道の海側には、手すりも柵もついていない。見晴台が見えたところで、音吉は山肌に寄りかかって足をとめた。

音吉に追いついたとき、長五郎のひたいは、汗の粒にまみれていた。

「笠を取って、振り返ってみい」

言われるままに振り返った長五郎は、目を見開いて息を呑んだ。

崖の端に、富士山の雄姿がはみ出していた。

ときはまだ、四ツ（午前十時）を過ぎたころだ。海を照らす十月中旬の陽には、真夏のような猛々しさはなかった。

それでも雲ひとつない空から降り注ぐ陽光は、群青色の海原をキラキラと輝かせている。海岸近くに見える無数の白帆は、興津浜と由比浜から海に出た漁船である。その小船の遥か先を、大型の千石船が下田湊を目指して走っていた。

見晴台から上体を乗り出して振り返ると、富士山の雄姿が望めた。真っ青な空を、背負うようにして立つ富士。両側には、なだらかな裾野が伸びている。
江戸からも富士山は眺められた。が、大きさも形も、まるで違っていた。
こどものころから見慣れた、途方もなく大きくて、美しくて、神々しい形の富士山を、ふたりは薩埵峠の崖の先に望むことができた。

「帰ってきたなあ」

「ああ……帰ってきただ」

互いに言葉は無用だった。手拭いでひたいの汗を拭いつつ、長五郎は富士山と駿河の海に見入った。一歩下がったところで音吉も、同じ山と海とを見詰めていた。

「音吉……」

振り返った長五郎が呼びかけた。音吉は笠を左手に持ち替えて、長五郎に目を合わせた。

「おまえとは、どっちかが死ぬまで一緒だ。おまえが後に残ったときは、かならずおれの死に水を取ると約束しろ」

「なんだ、いきなり」

「おまえは先を登りながら、一度もおれを振り返ったりはしなかった」

「それが、どうしただ」

「振り返ろうとしないおまえの気持ちが、たまんなく嬉しかった」

おまえとは死ぬまで一緒だと、いま、あらためてはっきりと決めた……。

長五郎は、低い声で言い切った。

「いまさら言わんでもええ」

ぼそりとつぶやいた音吉は、海原の果てに目を移した。まぶしそうに細めた目が潤んでいた。

四

十月十七日の七ツ（午後四時）過ぎに、長五郎と音吉は清水湊に帰りついた。商家の並んだ通りに入ったときには、笠を取り、胸を張って歩いた。

先を歩くのは長五郎で、一歩あとに音吉が従っている。美濃輪屋の前では足をとめて、深い辞儀をした。

甲田屋まで四半町（約二十七メートル）のところで、長五郎は立ち止まった。

「どんな仕置きをされても、おれは親仁様には逆らわない」

「おれもだ」

「親仁様が本気で怒ったときには、気の強いおふくろも口出しをしなくなる」

音吉は、長五郎から目を逸らさずにうなずいた。

「腕の一本くらいは、へし折られるかもしれない」

「そんときゃあ、梅蔭寺の和尚(おっさん)に骨接ぎを頼むだ」

「そんなこと、あのおっさんはできるのか」

「清水湊で一番うめえって、おれのおっとさが言ってただ」

「そうか……」

笠を右手に持ったまま、長五郎は深い息を吸い込んだ。ゆっくりと吐いてから、音吉をしっかりと見詰めた。

「なにがあっても、家から出るなよ」

「分かっただ」

「親仁様とのケリがついたら、おまえのところに顔を出すから」

もう一度深い息を吸い込むと、長五郎は確かな足取りで甲田屋に向かった。


「おい、権蔵(ごんぞう)」

店先に立った長五郎を見るなり、次郎八は仲仕のひとりを呼びつけた。滅多に聞くことのない、腹の底から発した次郎八の怒鳴り声である。

ひと声で、権蔵は土間に駆け込んできた。

「こいつを荒縄で縛り上げて、二番蔵に叩(たた)き込め」

「えっ……」

「なにがえっだ。おれの指図が、聞こえねえのか」

目の前で怒鳴り上げられた権蔵は、大慌てで荒縄と鎌とを手にして駆け戻ってきた。

長五郎は父親に見据えられながら、振分け荷物を肩からおろし、道中合羽を脱いだ。

「ちゃっと縛り上げろ」

仁王立ちになった次郎八は、鬼のような形相で怒鳴っている。甲田屋と通りを挟んだ向かい側の乾物屋の店先では、集まってきた住人が様子を見ていた。

権蔵は荒縄で長五郎の身体を縛り始めた。

「なんでえ、そのあめえ縛り方は」

手加減をしながら縄をかける権蔵に、次郎八はさらに怒りを募らせた。

「米俵さ締め上げる要領で、ぐいっと縄を食い込ませろ」

いまにも土間に飛び降りて、次郎八はおのれの手で縛り上げんばかりである。肚をくくった権蔵はぎゅうぎゅうと音をさせて、長五郎の身体に縄をかけた。

権蔵は、だれよりも縄かけには長けている。本気で縛り上げられた長五郎は、食い込む縄の痛みで唇を嚙み締めた。が、顔をゆがめることはしなかった。

「これでどうでえ」

荒縄を十文字がけにされた長五郎は、身じろぎもできずに突っ立っている。

「そんでいい」

次郎八の答えを聞いて、権蔵は縄の端に鎌の刃を当てた。毎日のように研がれている鎌の刃は、鮮やかに荒縄を断ち切った。

怒りに煮えたぎっているはずの次郎八だが、土間におりる足取りは落ち着いていた。正面から長五郎を見据えると、音を立てて深い息を吸い込んだ。

その息を止めたまま、右手で長五郎の頬を張り飛ばした。身体がよろけそうになったが、長五郎は倒れ込まずに踏ん張った。上体が元に戻ったのを見定めて、今度は左からの張り手が頬を捉えた。

次郎八は左利きである。右の一発よりも、鈍くて強い音がした。踏ん張りきれなくなった長五郎は、わきに積まれた米俵に倒れかかった。

「商売物の大事な米に、きたんない身体をくっつけるでねえ」

次郎八の怒鳴り声が、土間に響き渡った。長五郎は身体を起こそうとしたが、縛られた身体はうまく動かない。

「引っぱり起こせ」

指図をされた権蔵は、長五郎を米俵の山から引き起こした。

一部始終を、ふなは口を閉じたまま座敷から見ていた。権蔵が長五郎を蔵に連れて行こうとしたときは、怒りを宿した目で仲仕の後姿を見詰めていた。

おのれの居室に戻った次郎八は、長五郎の振分け荷物の中身をあらためた。木綿の布袋三つに、金貨・銀貨・銭貨が仕分けして収められていた。

小判で二百六十三両。

一分金が七十五枚、十八両三分。

二十匁のなまこ板銀が二十四本、八両。

小粒銀が百二十粒で二両。

あとは百文緡が十本である。金貨と銀貨を合わせると、二百九十一両三分が残っていた。

長五郎が持ち出したカネは、金貨銀貨を合わせて四百五十二両三分である。十月二日から十七日までの間に、百六十一両の大金を使っていた。

秋は足早に日暮れがくる。そして十月中旬の闇は、冷えを一緒に連れてくる。

梅蔭寺が五ツ（午後八時）の鐘を撞き始めたとき、次郎八は五十匁ろうそくの灯った燭台を手にして二番蔵に向かった。

権蔵は言いつけられた通り、しっかりと錠前をかけていた。鍵を差し込んで錠前を外した次郎八は、そっと蔵の戸を開いた。

蔵にこもっていた冷気が、出口に向かって流れてくる。ろうそくの炎が、ゆらゆらと揺れた。

「長五郎……どこだ」

「ここです」

しっかりとした返事が返ってきた。長五郎は、杉板の階段に寄りかかっていた。次郎八が近寄ると、まぶしそうに目を細めた。いきなり光を見て、瞳が強い明るさに追いつけないのだ。

次郎八は、階段に燭台を載せた。すぐわきの戸棚には、道具箱が置いてある。箱から鎌を取り出した次郎八は、長五郎を縛った縄を断ち切った。

「身体を動かして、血の巡りをよくしろ」

「はい」

素直に答えた長五郎は、手足をぶるぶると震わせた。いきなり動いたことで、身体に悪寒が走ったらしい。手足だけではなく、背中までが小刻みに震えていた。

「どうした長五郎、どこか身体の具合がわるいのか」

「大丈夫です」

口では大丈夫だと言いながらも、身体の震えが止まらない。鎌をその場に放り投げた次郎八は、長五郎の身体をしっかりと抱きしめた。

父親に抱かれて、張り詰めていた気がゆるんだのだろう。長五郎の身体から力が抜けて、腰から崩れ落ちそうになった。その身体を、次郎八は両手で抱きかかえた。

長五郎は、旅装束のままである。合羽を着て道中を行くと、身体中から汗が出る。その汗を吸ったままの装束で、長五郎は縛り上げられていた。

抱きしめた息子は、身体から高熱を発していた。

長五郎を左肩に担いだ次郎八は、右手に燭台を持った。蔵を出るときは燭台を地べたに置き、片手で器用に錠前をかけた。

「権蔵のばかっつらが」

長五郎を肩に担いだまま、次郎八は声に出して毒づいた。

「ちったあ縛りにも手加減をするもんだ」

ぶつぶつと文句を言いながら、次郎八は居室へと戻り始めた。ふたりを照らす月は、わずかに端が欠け始めていた。

五

蔵から出された長五郎は、そのまま寝込むことになった。手持ちの風邪薬を煎じて飲ませたが、容態は回復しない。

一夜明けた十月十八日になっても、長五郎の熱は下がらなかった。

「長五郎、あたしの声が聞こえるけ。聞こえたら、手ぇ握れ」

ふなが呼びかけると、長五郎は弱い力で握り返した。ひたいに手を触れると、尋常の熱ではないと分かった。井戸水にひたした手拭いをひたいに載せると、半刻（一時間）もしないうちに乾いた。

白湯に砂糖を溶かして飲ませようとしても、長五郎には飲む力がなかった。

「ちゃっと美濃輪屋さんにお願いして、先生を呼んでもらってくれ」

ふなに強く言われるまでもなく、次郎八も三右衛門に頼む気でいた。

清水湊を近くに控えた江尻宿は、本陣二軒、脇本陣三軒、旅籠五十軒を擁する大きな宿場である。周辺には、二十を超える宿場町が広がっていた。

ところが町人を診る医者は骨接ぎ医がひとり、内科医がひとり、内科・外科に歯科までも診るという『なんでも医者』がひとりで、都合三人の医者しかいなかった。

『なんでも医者』は、手遅れ医者と陰口を叩かれている藪医者である。診立てを口にするときは、「手遅れかもしれぬが、それでもよろしいか」と付け加える物騒な医者だ。

もうひとりの内科医は、頭痛でも腹痛でも、調合するのは葛根湯のみ。高価な薬でもいいという患者には、熊胆を小刀で削って服用させる『葛根湯・熊胆医者』だ。

そんな医者でも手遅れ医者よりはましだということで、命の惜しい患者は葛根湯医者をおとずれた。

江尻宿でまともな医者は、骨接ぎ医だけである。が、怪我でもないのに、骨接ぎ医を頼むわけにはいかない。重病患者を抱えた家族は、駕籠を誂えて一里二町（約四・二キロ）離れた、興津宿から医者を呼び寄せた。

ふなが美濃輪屋さんにお願いしてと言ったのは、江尻宿の本陣遠州屋お抱え医者、藤堂梅軒のことである。

梅軒が長崎で蘭学修業をする手配りも費えも、すべては遠州屋木助が負担した。それゆえ梅軒は、江尻宿に帰ったあとは遠州屋お抱え医者となることを受け入れた。

遠州屋は蘭学医者がいることを売り物にして、大名の宿泊を諸藩の道中奉行に売り込んだ。それが受けて、参勤交代以外の折りにも、諸藩大名や重臣たちが遠州屋を名指しで投宿した。

梅軒は本陣に投宿する大名・重臣の御用達医者である。町人から診察を頼まれても、木助は断固として断わった。

遠州屋木助と美濃輪屋三右衛門とは、同い年の幼馴染だ。こども時分には、三右衛門が身を盾にして悪童のいじめから木助を守った。ひ弱な本陣のせがれは、いじめの標的にはうってつけだった。

いまに至るも、木助は美濃輪屋に恩義を感じている。そのことを知っている次郎八は、三右衛門から口利きをしてもらおうと考えたのだ。

「分かった。わしが遠州屋に出向く」

た。

長五郎が臥せっていると聞かされた三右衛門は、十八日の午後に遠州屋へと出向い
「ほかならぬ、あんたの頼みなら是非もないが……せめて夜の往診にしてもらえんか」

三右衛門からわけを聞かされた木助は、人目のない夜ならばということで、梅軒の往診を承知した。

十月十八日の五ツ（午後八時）。人目をひかない粗末な四つ手駕籠に乗って、梅軒は甲田屋まで出向いてきた。

「わるい風邪でもひいたんじゃろう。わしが調合した丸薬を朝夕の二度飲んで、滋養のつくものを食べておれば、案ずるまでもなく二日のうちに治る」

持参した薬箱から、梅軒は黒い丸薬二粒を取り出した。

「砂糖湯をこれにお持ちなさい」

ふなはすぐさま砂糖湯を拵えてきた。梅軒は長五郎を抱え起こすと、先に丸薬二粒を含ませた。長五郎が顔をしかめたのは、丸薬が途方もなく苦かったからだ。

「良薬は口に苦しだ。砂糖湯と一緒に、しっかりと飲み込みなさい」

梅軒の指図には威厳があった。長五郎は言われるまま、砂糖湯と一緒に飲み込んだ。

「それでよろしい。二日のうちに、そなたは治るぞ」

言い聞かせてから、梅軒は長五郎を寝かせた。薄目を開いて、長五郎は医者を見た。

梅軒に診てもらって、わずかながらも元気が出た様子である。

「明日、明後日分の八粒を置いておく。朝夕、忘れずに飲ませなさい」

「ありがとうございます」

次郎八とふなは、畳に両手をついて礼を言った。

「十六歳にしては、血の管がまことに太い。少々のことでは、へこたれんじゃろう」

長五郎は丈夫な身体だと医者に言われて、ふなは安堵の吐息を漏らした。梅軒の乗った駕籠が夜の闇に溶け込むまで、ふなは店先に立って見送った。

六

十月二十一日の八ツ（午後二時）下がりに、次郎八は美濃輪屋三右衛門の元に出向いた。五つ紋が描かれた羽織に、仙台平の袴を着用した正装である。

三右衛門は、二階の居室に次郎八を招き上げた。

「このたびは、まことにお手をわずらわせました」

次郎八は、過日の梅軒手配りの礼を口にした。三右衛門はうなずきで、甲田屋当主の礼を受け止めた。

次郎八は背筋を張って、ふところから袱紗を取り出した。開くと、書付のようなもして参りました」

のが収められていた。

「本日四ツ半（午前十一時）に代官所をおとずれまして、長五郎勘当の願い出をいたして参りました」

これが願い出の写しですと言ってから、次郎八は代官所の朱印が押された書付を差し出した。三右衛門は一瞥（いちべつ）しただけで、次郎八を見詰めた。

『雲不見の三右衛門』の二つ名で、豪胆な気性を知られている男が、両目に力を込めて見詰めたのだ。次郎八は居心地がわるくなって、尻（しり）をもぞもぞと動かした。

「本勘当らしいのは分かった」

三右衛門はにべもない口調とともに、書付を次郎八に返した。

「あんたは、そんなものを見せたくてうちに顔を出したのか」

物静かな口調だが、相手の胸を射抜くような強さがある。三右衛門が口を開くと、次郎八の膝元（ひざもと）の書付がひらひらと動いた。

長五郎が大金を盗み出して江戸に出奔したことは、清水湊中に知れ渡っていた。とはいっても甲田屋の奉公人は、小僧にいたるまで堅く口を閉ざしていた。

話は、やま魚の長男正助の口から漏れた。

「甲田屋の跡取りとおれの弟が、またアホなことをしでかしただ」

町外れの飲み屋で、正助は顔を歪めて話を始めた。聞いていたのは、清水町の商家の惣領息子たちである。

弟の音吉が実の兄よりも長五郎を敬い、大事にしていることを、正助は常から腹立たしく思っていた。従順な飼い犬のように長五郎に従う弟を、情けなくも感じていた。

そんな思いを募らせていたとき、長五郎は音吉を連れて江戸に出奔した。大金を持ち逃げしたらしいというのは、次郎八とふなの夫婦喧嘩から知った。

たまたま御用聞きで甲田屋に居合わせた酒屋が、派手な喧嘩の物音と、ふたりの怒鳴り声を聞いていた。

甲田屋を出た酒屋は、隣のやま魚に顔を出した。だれかに話したくてうずうずしていた酒屋は、正助相手にたったいま耳にしたあらましを聞かせた。

「甲田屋の跡取りは、何百両ものカネを持ち逃げしたんだと」

正助はカネが幾らであるかは、口にしなかった。酒屋がそれを言わなかったからだ。

ところが話を聞いた面々は、好き勝手に金高を言いふらした。

そのうわさが次郎八の耳に届いたときには、千両箱を持ち逃げしたことになっていた。

次郎八が相場で大儲けしたことは、清水湊はもとより、興津宿にまで知れ渡っていた。

「親が手に入れたあぶく銭を、跡取り息子がかっぱらって逃げたってか」

「千両ぐれえは、甲田屋にはどってことねえさ」

「それにしてもよ、アホな親子だのう」

世間は好き勝手に尾ひれをつけて、うわさを広めた。

「跡取り息子を甲田屋がどうすっかは、えらい見ものだがね」

日に日に話が大きく膨らんでいく。しっかりとけじめをつけないことには、甲田屋の商いにも障りが出そうになった。

熟慮の末、次郎八は長五郎を勘当にして店から叩き出すことを決めた。そうしないことには、世間はいつまで経っても言いたい放題の取り沙汰を続けると思えたからだ。

ただし、口先だけの勘当では世間は得心しない。また、たとえ文書にして勘当を言い渡しても、それはただの内証勘当に過ぎない。

周りをしっかりと納得させるには、代官所に届け出る『本勘当』しかなかった。

宿場の代官所に勘当を願い出ると、代官は江戸の町奉行所に帳付け（登録）をしてもらう手続きを起こす。願い出書類を代官所から受け取った町奉行所は、言上帳にその旨を記入する。

そののち、書替（謄本）が代官所を経て勘当の願い出人へと交付され、そのときに本勘当が成立する。

次郎八は世間を納得させんがために、代官所に本勘当を願い出たのだ。怒りにまかせてとか、愛想尽かしの末の勘当ではない。あくまでも、世間に向けて建前を示すための勘当だった。

「他人だの世間だのに対してはともかく、わしにまでもっともらしい建前を、くどくどと話すことはない」

次郎八が願い出た本勘当が、世間向けの建前であることを三右衛門は見抜いていた。

このうえの言い逃れは無駄だと悟った次郎八は、肩の力を抜いて膝元の茶を飲んだ。

答え始めたのは、茶で口を湿してからだった。

「銭一貫文だけを渡して、甲田屋から放り出したことにしました」

「奉公人にも、そう話したのか」

次郎八は、ふうっと吐息を漏らしながらうなずいた。

「それで、まことのところはどうだ」

「江戸から持ち帰った二百九十一両三分を、そっくり持たせました」

「ほう……それはまた豪気だな」

長五郎に渡した金高を聞いて、三右衛門の目元がわずかにゆるんだ。

「あのカネの元は、あたしが相場で稼いだものです」

浜松には、清水湊以上に大きな米会所がある。そこに出向き、二百九十一両三分を元手にして、持ち出したのと同じ四百五十二両三分まで増やす。そのカネができたら帰ってこいと言い渡して、次郎八は長五郎を旅に出した。

「長五郎に才覚がなければ、カネを増やすことはできません。ことによると、無一文になるかもしれません」

一年過ぎても清水湊に帰ってこられないときは、本当に勘当する……長五郎の実父を前にして、次郎八はこう言い切った。

「いい思案だ」

三右衛門は、短い言葉で次郎八の言い分を受け入れた。

おれの血をひいた息子だ、かならずやり遂げて帰ってくる……次郎八を見詰める三右衛門の目には、はっきりとそのことが書かれていた。

七

次郎八が三右衛門の元をたずねる三刻（六時間）前の、十月二十一日、朝五ッ（午前八時）。勘当を言い渡された長五郎は、甲田屋の外に出た。

「永らくお世話になりました。親仁様（おやじ）もおっかさも、どうぞお達者で」

勘当が甲田屋の奉公人や、世間に向けての建前であるのは、長五郎、ふな、次郎八の三人には分かっていた。いわば、示し合わせた芝居も同然である。

しかし別れのあいさつを口にしはじめるなり、長五郎は胸の奥底から湧き上がってくる哀しみを、どうにも抑え切れなくなった。

義母のふなは、長五郎が寝込んでから快復するまでの三日間、ほぼ終日枕元を離れなかった。そして手拭（てぬぐ）いを井戸水の入った桶（おけ）にひたしては、熱を帯びたひたいに載せた。

余りの熱の高さに、長五郎は何度も気が遠くなりかけた。その都度、義母は大声で呼びかけて引き戻してくれた……。

浜育ちゆえ物言いも振舞いも、遠慮のないふなである。次郎八とぶつかると激しい言葉のやり取りでは収まらず、手元の皿だの土瓶だのを投げつけることもしばしばだった。

ふなは長五郎に対しても手こそ上げなかったが、物言いは加減なしである。

そんなふなが、看病では長五郎のそばにつきっきりだった。

高熱に襲われて三途の川に近づいた長五郎を、渡らせてはなるものかと、ふなは声を限りに引き戻した。

その母の声で、長五郎は命を取り留められた。

さまざまなことが思い返されたが、長五郎は丹田（たんでん）に力をこめて甲田屋の店先から離れた。一歩を踏み出したあとは、振り返らずに先へ先へと歩いた。

美濃輪屋の前では、笠をかぶったまま浅く辞儀をした。立ち止まって笠をとったり、深い辞儀をしたりしては、甲田屋の両親に申しわけが立たないと思ったからである。

清水町の通りを、一歩ずつ確かめるように歩いた。

かならずこの町に戻ってくる。

かならずこの通りを、また胸を張って歩いてみせる。

そう胸のうちに刻みつけながら、一歩ずつをしっかりと踏みしめて歩いた。

江尻宿の大木戸の手前で、音吉が待っていた。目の前の木戸を出て、ふたり連れ立って東海道を西に向かうのは、これで二度目だ。

しかし前回とは異なり、今回の浜松行きは二度と清水湊には帰れなくなる旅かもしれない。昨夜、ふたりはそのことを話し合った。

相場をしくじれば、帰る町が消える旅。

分かっていても、出かけるしかない旅。

「男なら、一生に一度はそんな旅をすることになるずら」

音吉は、長五郎が拍子抜けしたほど軽い調子で言い切った。しかし軽い物言いゆえに、聞き終わるなり、ずしりと肚に響いた。

大木戸を晩秋の陽光が照らしている。ふたりは道中合羽の背に陽を浴びながら、笠のあご紐を結わえ直した。

「行かざあ、長五郎」

「ああ、行こう」

短い言葉を交わしただけで、江尻宿の西木戸を通り過ぎた。

大木戸の先半里（約二キロ）のところから、東海道は海に向かって大きく蛇行を始めた。昨夜音吉と話したときに、この夜の泊まりはおよそ十二里（約四十七キロ）先の藤枝宿だと決めた。

ときは、かれこれ五ツ半（午前九時）の見当だ。目一杯に足を急がせても、藤枝宿まで四刻はかかる。途中の休みと昼飯を勘定に加えれば、段取り通りに歩いたとしても、宿場到着は六ツ（午後六時）を過ぎるだろう。

西空に移ったあとの晩秋の陽は、駆け足で沈んで行く。陽が落ちたあとの街道を西に向かって歩くのは、縁起に障る。

旅籠の手配り、歩く道のりの段取り決めは、例によって音吉の役目だ。

「長五郎、もうちっと早く歩くだ」

音吉が気ぜわしげな声で、早足を促した。

「おれに思案がある。今夜は隣の府中宿に泊まろうぜ」

出し抜けに言われた音吉は、笠の内で顔をしかめた。

「そんな顔をするなよ。大事な思案だ」

これを言っただけで、長五郎は口を閉じた。

江尻宿から二里二十五町（約十・七キロ）西に歩けば、府中宿である。四ッ（午前十時）を四半刻（三十分）過ぎたころには、宿場の大木戸をくぐっていた。

「渡し場の原っぱに座ろうぜ」

長五郎は旅籠の前を通り抜けて、安倍川の川越場まで歩いた。十月十七日から今日まで、晴天続きである。安倍川の流れは穏やかで、浅瀬のあたりは川底の小石も見えていた。

東海道は、多くの川が街道を横切っている。そのなかの幾筋かは、公儀は架橋を禁じていた。いずれも、謀反者が江戸に攻め入るのをその川で食い止めるためだ。

架橋を禁じた川は、渡し船も御法度である。渡河するには、川越人足の手を借りて歩いて渡るほかはなかった。

安倍川は、公儀が架橋を禁じた流れである。西に向かう旅人たちは、川越人足小屋の前に長い列を作っていた。たとえ今日のように川底が見えていても、人足の先導なしには渡河が許されないからだ。

「おまえの思案てのは、なんだ」

いきなり宿場を変えるわけも聞かされずに、江尻宿から黙り通してきた。原っぱに座った音吉の声は、いささか尖(とが)りを含んでいた。

「源次郎さんがときどき口にしていた、見切り千両という言葉を思い出した」

「なんのことでぇ、それは」

「元は、相場の引きどきを教えた言い伝えらしいけど、源次郎さんは物事を始めるときに、この心構えを持てと言ってた」

相場でも博打(ばくち)でも、引きどきを誤るとせっかくの儲(もう)けを吐き出す羽目になる。

勝っているうちに、いかにして勝負から離れるか。

負けを膨らませないように、どこで勝負を捨ててその場から去るか。

勝ち負けのいずれにおいても、引きどきが肝心だと『見切り千両』は教えていた。

「おまえの知恵は大したものだと思うけど、おれもおまえも相場にはずぶの素人だ」

笠をとった長五郎は、身体を動かして音吉を真正面から見詰めた。強い気迫を感じたのだろう、音吉も笠をとった。

「おれたちふたりだけの知恵には、限りがある。このままでは、勝負を始める前から負けが見えている」

勝つためには、ふたりだけという形に見切りをつけて、仲間を増やすしかないと長五郎は言葉を続けた。

「江尻宿には、一緒に暴れた仲間がいる。あの連中を呼び集めて、相場に立ち向かう組を作ろう」

算盤（そろばん）に長けた者。ひとのうわさを聞き込むことに長けた者。遠目の利く者。足が速い者。馬に乗れる者などなど。

なにかしら特技を持っている者を集めて、組を作ろうというのが長五郎の思案だった。

「浜松で、おれたちが束になって戦（いくさ）を仕掛けるんか」

長五郎の思いつきを、音吉はしっかりと飲み込んでいた。

「集めるのは、おれたちと同じ年頃の者とは限らない。もしも相場を知っているひとがいるなら、年上のおとなでもいいとおれは思っている」

「おとなかよ……」

音吉の返事が渋くなり、顔には戸惑いの色が浮かんでいた。自分たちよりも年長者が加わったりしたら、差配役がだれだか分からなくなると思ったのだろう。

「知恵袋はおまえだ。だれを仲間に引き込むかも、集めた仲間を差配するのも、全部おまえに任せる」

音吉が案じていることを、長五郎はすぐさま察した。差配はおまえだと言われて、音吉の顔から迷いが消えた。

「いよいよ、三国志の始まりだな」

「そうずら。おまえは諸葛孔明だ」

十六歳の若者ふたりは、しっかりと目を絡め合わせた。

「そうと決まったら、おれはもういっぺん江尻に戻る」

「その前に、ここの旅籠の手配りを忘れるなよ」

「がってんだ……で、いいずら？」

久々に、音吉の口から江戸弁らしきものが飛び出した。長五郎がうなずくと、音吉は旅籠の手配りに駆け出した。

どこかの飼い犬が、音吉を追っていた。

第四章　軍師の産声

一

天保六（一八三五）年十月二十七日、七ツ（午後四時）。袋井宿の旅籠『葛城（かつらぎ）』の二階十二畳間には、音吉が呼び集めた七人の男衆が顔を揃えていた。

音吉は葛城の番頭と掛け合い、床の間の拵え（こしら）がある客間を手配りした。

「こちらが清水湊の甲田屋長五郎親分です」

音吉が顔つなぎの口上を口にした。長五郎と向かい合わせになった七人が、とりあえずという調子で軽くあたまを下げた。

長五郎は、富士山が描かれた屏風（びょうぶ）を背にしている。これも音吉が旅籠の番頭と談判して借り受けた屏風である。甲田屋の定紋が染め抜かれた羽二重の羽織を着た長五郎は、息を詰めたままで七人の顔を順に見た。年長者七人を前にして息を吐くと、気力も一緒に吐き出しそうな気がしたからだ。

　長五郎も音吉も、まだ十六歳である。

「今日から来年の米の刈り入れまで、みんなの身体を預けてもらいたい」

　この日の八ッ（午後二時）前に、長五郎は宿場の髪結い床で貸元髷を結っていた。髷の元結に金糸が使われており、縛り方も太い。

　丹田に力を込めた長五郎は、江戸弁で話を進めた。

「ひとに指図をするときには、江戸の貸元の話し方を真似たほうがいい」

　塩浜で名残を惜しんだとき、源次郎は別れ際にこう助言をした。声変わりをした長五郎には、十六歳ながらに野太くて張りのある声が備わっていた。

「下腹に力を込めて話をなされば、若旦那の指図はしっかりと通りやす」

　源次郎の教えを、長五郎は身体の芯に取り込んでいる。一語ずつが七人の男に染み透るように、ゆっくりと話した。

「おれは文政三年の元日生まれで、まだ十六歳だ。あんたらのだれよりも年下だが、歳のことは忘れてくれ」

　言い終えたあと、長五郎は七人の男を順に見た。だれもがひとことありそうな目で、見詰め返している。長五郎はそれらの目をすべて受け止めた。

「おれは江尻宿の熊五てえもんだ」

右から三番目の場所に座っている男が、長五郎に向かって腕まくりをした。あたかも、腕っ節くらべを挑むかのような振舞いである。

長五郎は熊五と正面から向き合った。

「おれは十五の歳から八年、江戸の蔵前てえところで仲仕をやってきた」

「道理で、江戸弁がきれいなわけだ」

長五郎が軽く受け流すと、熊五の目には強い光が宿された。

「あんたは十六で、おれは二十五だ」

「それがどうかしたか」

「頭と仰ぐ者が、おれより九つも年下だとは聞かされてなかった」

「聞いていたら、どうしたというんだ」

長五郎は感情を押し殺した物言いで、熊五に応じた。歳を教えなかったのは、長五郎が音吉にそう指図をしていたからだ。

熊五以外の男たちも、長五郎が十六歳だと知って少なからず衝撃を受けているようだ。六人それぞれが、熊五と長五郎のやり取りに見入っていた。

「あんたがその歳でおれを舎弟にしようてえなら、よほどに腕っ節が強いんだろう。ここでおれと腕相撲をやってくれ」

「おれが勝てば、言うことをきくのか」

「その通りさ」

熊五はさらに袖を捲り上げた。

「あんたには、とってもかなわない」

背筋を張ったまま、長五郎は言い切った。あまりにあっさりと負けを認められて、熊五は啞然とした顔で長五郎を見詰めた。

「あんたに限らず、ここに集まってもらった七人全員に、おれは技ではかなわない。おれがかなわない技を持っているからこそ、音吉はあんたらをここに集めた。その技と力をおれに貸してくれ」

そう言って、長五郎は両手を膝に置いてあたまを下げた。その下げ方には、頭領としての風格のようなものが備わっていた。

長五郎の背後には、富士山を描いた屏風が立っている。あたまを下げた長五郎を、富士山が後押ししていた。

「こちらこそ、よろしく願いやす」

熊五は両手を畳について辞儀をした。残りの六人も、熊五に倣ってあたまを下げた。

二

顔合わせの後、十二畳間で酒宴が始まった。屏風が片付けられた床の間を背にして、長五郎と音吉が並んでいる。

向かい側には、七人の箱膳(はこぜん)が長五郎と音吉を取り囲むようにコの字に並んでいた。

「おれ、興津浜の小太郎(こたろう)だわ」

左端に座った小太郎が、おのれの素性を話し始めた。酒肴(しゅこう)を味わいながら、七人が互いに顔つなぎをするようにと、長五郎が最初の指図を下したからだ。

興津浜の小太郎は、今年で二十歳。七人のなかでは最年少である。音吉が小太郎を選んだのは、足の速さを買ってのことだ。

「走ることなら、おれはだれにも負けねえよ。半刻(一時間)ありゃ、四里(約十六キロ)の山道を走れるで」

「そいつあ、まるで韋駄天(いだてん)さまだぜ」

感心した熊五が、小太郎に徳利(とっくり)を差し出した。が、膳が離れていて徳利が届かない。

小太郎は目元をゆるめて断わった。

小太郎をわき目に見ながら、隣に座っている長身の男が立ち上がった。男は総髪(そうはつ)である。ひたいの月代を剃らず、髪を束ねて後ろで結っていた。

「このなかではわしが一番の年上だと思うが、空見（天気予報）の辰丙だ。よろしく頼む」

辰丙は歳も最年長の三十だが、背丈は五尺八寸（約百七十六センチ）もあった。音吉を一寸（約三センチ）超えて、一番の上背である。

辰丙の在所は、江尻宿の西の外れだ。二十歳の秋に江戸に出た辰丙は、神田駿河台下の師匠について、七年間空見の術を学んでいた。

米作りの百姓にも、海に出る漁師にも、空見は欠かせない。江戸仕込みの空見の技を持つ辰丙は、田んぼと海の両方が揃った江尻宿では大いに重宝がられた。

「辰丙さんの空見は、よく当たるずら」

評判を耳にしていた音吉は、一年中、好きなだけ酒を呑んでいいからと口説いて、仲間に引き入れた。辰丙は、一夜で一升酒を飲み干すほどの酒豪だった。

長五郎も音吉も、米相場の勝負は来年だと踏んでいる。米の豊作・凶作の見極めには、抜きん出た技量の空見師が欠かせなかった。

「辰丙さんの腕を頼りにしてるから」

座った辰丙に、音吉が徳利を差し出した。辰丙が喉を鳴らして盃を干したとき、次の男が立ち上がった。

「おれは馬走りの土光だ」

土光は府中宿生まれで、五尺三寸（約百六十一センチ）、目方十四貫（約五十三キロ）の男である。今年で二十四歳の土光は、七歳のときから馬小屋で寝起きをした。

「土光には、馬がしゃべってることが分かってるずら」

近所の農家がうわさを交わしたほどに、どの馬も土光になついた。

音吉は土光のうわさを、江尻から袋井宿に向かう途中で耳にした。乗馬に長けた者が仲間内にいれば、なにかと役に立つ。そう判じた音吉は、すぐさま土光が暮らす農家に向かった。

「米相場で大儲けをして、きれいな馬小屋を普請してやればいいずら」

音吉が口にしたこのひとことで、土光は仲間に加わった。

「おれと同い年だけんど、籾の目利きに滅法強いのがいるんだけんど……」

籾の目利きと、作付けの吉凶判断に長けた籾殻の佑吉は、馬走りの土光と幼馴染である。

「来年分の籾の選り分けは、もう終わったでさあ。米相場でひと暴れできるんなら、おれも一緒に行くで」

佑吉は五尺五寸（約百六十七センチ）と、ほどほどの上背があった。毎日の野良仕事で日焼けした顔は、甘さが微塵もなく引き締まっている。

しかし物静かで、おのれの名前を口にしただけですぐに座った。佑吉は、まるで土光のおまけのような存在だった。

「おれたちは三人とも、江尻宿が在所でやす。あっしは先にも言いやしたが熊五でやす。こいつらは、総一郎と孝次郎てえ双子の兄弟でやす」

熊五が名を口にすると、双子が順にあたまを下げた。

江尻宿の熊五は、音吉が興津浜の小太郎の次に声をかけた男である。

江戸帰りで、一度に米俵を六俵運ぶ男がいるとのうわさを聞いて、音吉は熊五に会う気になった。甲田屋で仲仕頭を務めていた源次郎でも、一度に運んだのは四俵だった。

「おめえ、なんだって源次郎あにいを知ってるんでえ」

話の成り行きから、音吉は源次郎の話をした。熊五は源次郎と会ったことはなかった。が、蔵前で働いていたときも、江尻に帰ってきたあとも、何度も男気に富んだ源次郎のうわさは耳にしていた。

音吉は長五郎と源次郎のいきさつを細かく話した。今回、浜松の米会所に出向くわけも、隠さずに話した。

「いいじゃねえか、甲田屋の跡取りは。なによりも、源次郎あにいが買っているてえのが気に入ったぜ」

二つ返事で仲間に加わることを承知したあとで、熊五はあごを引き締めた。

「そうは言うものの、十六歳の若造が年長者を引っ張っていくには、相応の器量がなくちゃあできねえ」

まだ会ったことがないだけに、熊五は長五郎の器の大きさを案じた。

「源次郎あにいが買っているてえだけで、およその察しはつくが……ほかの連中の手前もあるからよう。おれなりに試させてもらうぜ」

全員が揃った場で、わざと長五郎に挑みかかるというのが、熊五の思案だった。

「それをどう取りさばくかで、跡取りの器量が分かるてえもんだ。おめえは余計なことを跡取りに言わず、黙って見ていてくれ」

音吉は、熊五の思案を受け入れた。長五郎なら、うまくさばくに決まっていると確信していたからだ。

「おめえも肝の太い男だぜ」

いささかも動じない音吉を見て、熊五は大層に感心した。

「ところで、狼煙を巧みに操ることのできる双子が、江尻の在にいるんだ。一度、会ってみねえか」

狼煙の達人と聞いて、音吉の顔色が変わった。

米相場に挑むために浜松に向かう……。それには仲間が必要だ……。
長五郎からこれを聞かされるなり、江尻に戻った音吉は仲間集めと並行して米相場のあらましを調べまくった。わからないことは梅蔭寺の住持に聞いた。

「東海道四十二番目の宿場は桑名じゃが、あそこは東海道でただひとつの海路、七里の渡しで名高い宿場での」

四十一番目の宮（熱田）宿と桑名宿との間およそ七里（約二十八キロ）を、大型の渡し船が結んでいた。

「少々揺れても、海なら真っ直ぐに行けるんだからさあ……」

船に尻込みをする旅人には、連れが対岸を指差していかに海路が早いかを示した。宮から陸路を行こうとすれば、佐屋街道経由で大変な遠回りとなる。船なら、海を一直線に渡るだけだ。

参勤交代で江戸に向かう大名の多くは、桑名宿に投宿した。ゆえに桑名には二軒の本陣と、四軒の脇本陣が普請されていた。旅籠も百二十軒もある大きな宿場だが、桑名は米相場の町としても近隣諸国に知られていた。

尾張徳川家を間近に控えた桑名宿の米相場は、他国にはない『夜立ちの場』が立った。諸国に先駆けて開かれる立会い場は、大坂や江戸の米相場をも左右するといわれるほどである。

定まった相場を一刻も早く伝えるために、桑名の仲買人たちは養老渓谷の嶺にやぐらを組んだ。そして狼煙を繋いで、上方大坂の仲間に相場を知らせていた。

宮宿と桑名宿とは、海を隔てて向かい合っている。桑名の狼煙は、宮宿を経て東海道を下ることもあった。

そうした桑名宿のあらましを、音吉は梅蔭寺の住持から聞かされていただけに、熊五に狼煙の達人を顔つなぎすると言われて、喜びの色を隠し切れなかった。

双子の名は総一郎と孝次郎で、ともに二十二歳である。ふたりは自分たちが狼煙をあげるだけではなく、他人の狼煙の意味もほとんど誤りなく読み取ることができた。

ふたりの父親は、伊賀者に雇われて狼煙の術を学んだ。会得した術を、双子が三歳のときから仕込んだ。

「この技が伊賀者でもないお前たちにどう役に立つか、わしにも分からんが……覚えておいて、害にはならんら」

父親は双子が十七歳の夏に、心ノ臓に発作を生じて急逝した。以来五年間、総一郎と孝次郎は狼煙の技を磨き続けていた。

熊五、総一郎、孝次郎の三人が座って、全員の顔つなぎが終わった。

「明日のうちには、浜松宿に入る。細かな段取りは向こうに着いたあとで、音吉から話をさせてもらう。音吉は全員の知恵袋、軍師だと思ってくれ」

いつの間にか最年長の辰丙までが、長五郎の言うことにしっかりと耳を傾けていた。

三

長五郎たちが浜松で逗留(とうりゅう)場所に定めたのは、馬込(まごめ)川近くの龍禅寺(りゅうぜんじ)である。梅蔭寺と同じく禅宗の寺で、梅蔭寺の住持がていねいな添状をしたためてくれていた。

「境内奥の竹藪(たけやぶ)のそばに、納戸代わりに使っておる平屋がござる。そこをそなたらが手入れして使われるなら、半年でも一年でも好きなだけとどまってもよろしいぞ」

梅蔭寺は、龍禅寺よりも格の高い寺である。添状を一読した龍禅寺の住持は、仔細(しさい)をたずねることをせずに長五郎たちの住居を用意してくれた。

平屋は三十畳大の板の間で、むしろが敷かれていた。土間の広さは二十坪もあるし、水は竹藪のわきに湧水池(ゆうすいち)がふたつもあった。

「手を加えれば、格好の住処(すみか)になる」

長五郎は、ひと目で平屋が気にいった。裏に馬がつなげると分かり、土光も大いに気に入った様子を見せた。

「板の間に寝るのは、冬に向かって寒すぎるだろうよ」

「まさに、その通りだ」

熊五と辰丙が、ともに難色を示した。

「ご住持に断わって、畳を入れさせてもらえばいいずら」

音吉は、暮らしの費えのやり繰りも長五郎から任されていた。入用な改修普請なら長五郎が費えを惜しまないことを、音吉は分かっている。

到着したその日のうちに住持に断わりを入れた音吉は、翌日から職人を雇って平屋の手入れを始めた。畳とふすまが入っただけで、平屋は見違えるほど暮らしやすくなった。

土間には、焚(た)き口三つのへっついを据えつけた。流しも造作したし、鍋(なべ)、釜(かま)に食器類も入用な数だけ調えた。敷布団と厚手の掻巻(かいまき)も、全員の分を新調した。

なにしろ早くても来年の夏までは、男九人が暮らす平屋である。改修普請とはいえ、音吉は入用な品には費えを惜しまなかった。

が、年長者の職人や商人を相手に、相当に手ごわい談判を繰り返した。半端な値切りは一切やらなかったが、足元を見て高値を吹っかけたり、普請に手抜きをする職人にはいささかも容赦をしなかった。

「掻巻に詰まっている綿は、店で見たときの半分しか入ってねえずら」

掻巻を納めにきた布団屋には、綿の詰め直しをさせた。

「板の厚みが五分（約一・五センチ）も薄くなってるずら」

物差しで板の厚みを測った音吉は、上がり框の造作をすべてやり直せと命じた。

「ここまで作ったあとで、板が厚いの薄いのとこきゃがりやがって」

職人はこめかみに青筋を浮かべて息巻いた。音吉は一歩も譲らず、約束通りの板を使えの一点張りで押し通した。

板が五分薄くても、格別に不具合が生じるわけではない。が、普請を請負った職人は、明らかに手抜きをしていた。

音吉は七人の男衆の手前も考えて、容赦をしなかった。幾つか小さな揉め事が生じたが、十一月七日にはすべての改修普請を終えた。

「明日から手分けして、浜松の米相場の聞き込みを始める」

音吉は七人それぞれに、聞き込みの指図書を書き上げていた。

まず、小太郎には、浜松の会所で羽振りのよい問屋を聞き出すようにと指図がなされた。小太郎は五尺二寸（約百五十八センチ）、十三貫（約四十九キロ）と身体つきは小柄である。駆けていないときの小太郎は、大きな両目が潤んでおり、ひとに警戒心を抱かせない童顔である。ゆえに、聞き込みには打ってつけの男だった。

辰丙には、泊まりがけで浜松周辺の米どころを見て回るようにとの指図が書かれていた。

「幾日でも、辰丙さんの好きなだけ見回りをしてきてください」

江尻宿と浜松宿とでは、空の様子も風の吹き方も大きく違った。浜松周辺には、幾つも大きな米どころがあった。なかでも舘山寺から弁天島にかけては、浜松藩の領内でも指折りの穀倉地帯だ。

「空と風のくせを、わしの身体でしっかりと見極めてくるで」

好きなだけ旅籠に泊まれるのが、辰丙にはことのほか嬉しそうだった。

馬走りの土光と籾殻の佑吉には、田んぼの見回りが指示された。十一月初旬のいま、稲刈りはとうの昔に終わっていた。しかし佑吉は、あぜ道の稲叢（刈った稲や稲わらを積み重ねたもの）を見ただけで、およその収穫量を判ずることができた。

馬を引いた土光と一緒に見て回る分には、農夫に余計な警戒心を抱かせることもない。浜松周辺の米の収穫量の把握は、見知らぬ土地で米相場に臨む長五郎には、欠かせぬ大事といえた。

総一郎と孝次郎の双子には、桑名宿まで出向くようにとの指図がなされていた。

「桑名の米商人たちがどんな報せ方をしているか、しっかりと見定めてきてくれ」

双子に異存のあるはずもない。音吉の指図を、総一郎と孝次郎はしっかりとうなずいて受け入れた。

熊五には浜松でもっとも有力な米問屋で仲仕を務めてもらうというのが、音吉の考えだった。

「小太郎さんが聞き込んでくる米屋のなかから、熊五さんが一軒を選んでくんない」

「がってんだ」

熊五は威勢のよい応え方をした。

羽振りのよい米問屋相手に、ことによると相場で戦うことになるかもしれない。相手の様子を把握しておくのは、戦に臨むための大事な用心だった。

「米相場で戦うのは来年が本番だが、備えはいまから抜かりなくやる」

長五郎が気合を込めて言い切った。音吉を含めた八人の男たちが、手を突き上げて短く「おう」と答えた。

平屋からこぼれ出た男たちの気合が、竹藪の笹に葉ずれを起こさせた。

四

龍禅寺に逗留を始めておよそ三月（みつき）が過ぎた、天保七（一八三六）年二月四日。浜松には時季外れの雪が積もった。

遠州灘を流れるのは、暖かい黒潮である。その海に近い浜松は、真冬でも雪が積もるのはまれだった。

ましてや、立春をはるかに過ぎたあとの二月四日である。この時季には、雪が降ることがめずらしかった。それなのに、一夜で二寸（約六センチ）も積もったのだ。

「今年はまたまた、夏が寒くなりゃあせんかいのう」

「立春過ぎての雪なんぞ、おとましくてやってられんら」

年寄りたちは、ひと一倍春のぬくもりを待ち焦がれている。おとましい（うっとうしい）という土地の言葉に、時季外れの雪を疎んずる思いがこもっていた。

龍禅寺の竹藪にも、二寸の雪が積もっている。年寄りたちは雪を嫌ったが、龍禅寺の九人は違った。

「いい按配に、鍋が噴いてきたぜ」

熊五の大声を聞いて、男衆が座敷の真ん中に集まった。

平屋の雨戸は、すべて開け放たれている。正面に見える竹藪の笹が、たっぷりと雪をかぶっていた。笹と雪とが、竹藪のなかで色味を競い合っているかのようだ。

座敷の真ん中には、長さ二間（約三・六メートル）、奥行き四尺（約一・二メートル）の大きな卓が据えられていた。男九人が一度に食事ができる、別誂えの食卓である。

小太郎と総一郎のそれぞれが、真っ赤に炭火が熾きた七輪を運んできた。

土光と佑吉は、大きな土鍋を両手で持っている。土鍋からは、威勢のいい湯気が立ち昇っていた。

雪は積もっているが、空はすっかり晴れ上がっている。五ツ半（午前九時）の柔らかな日差しが、雪に埋もれた寺の境内に降り注いでいた。その照り返しが、平屋の座敷にも届いている。座敷の寒さは一入だが、春真っ只中のような明るさに満ちていた。九人の男たちは、朝から湯豆腐を楽しむ気だ。豆腐は龍禅寺の雲水（修行僧）の手作りである。長五郎は平屋への逗留代として、月に三両の寄進をしていた。浜松城下なら、泉水・庭付きの二階家が借りられる店賃である。

寺は長五郎の寄進を多とし、折りにふれて精進料理を振舞ってくれた。月初に雲水たちが作る豆腐は硬くて見た目も粗野だが、豆の味が濃い。冬の間、長五郎たちはこの豆腐に舌鼓を打った。

今度の豆腐は、湯豆腐でと言い出したのは熊五である。ひげも体毛も濃い力自慢の熊五だが、意外にも庖丁使いに長けていた。

寺の庭には、真冬でも濃緑が鮮やかな酢橘が植わっている。それを見つけた熊五は、二月の豆腐は湯豆腐だと言い出した。間のよいことに、三日の夜から雪が降り始めた。熱々の湯豆腐を味わうには、息が白く見える寒さが格別の隠し味である。

土鍋のなかには、厚手の板昆布が敷かれていた。強い炭火で炙られた土鍋のなかで、板昆布が舞い踊っている。

湯の沸き具合を見定めてから、熊五は豆腐を入れた。毛におおわれた太い指には似つかわしくない、ていねいな手つきである。

七輪も土鍋もふたつずつが、卓に置かれていた。

「まだ食ってはいかんか」

「いい按配に、豆腐が踊ってるやあ」

箸を手にした男たちが、鍋差配の熊五に許しを求めた。

「ひと煮立ちするまで待てや」

ふたの小穴から勢いよく湯気が立ち上ったところで、熊五は箸をつけることを許した。銘々の箸が、白い豆腐を目指した。

寺の境内に暮らしているゆえに、酒はない。それでも男九人が雪を愛でつつ、朝から湯豆腐を楽しんでいた。どの顔も晴れ晴れとしているのは、この日までの聞き込みや支度が、すこぶる上首尾に運んでいたからだ。

昨秋から、小太郎は幾日もかけて、ていねいな聞き込みを果たした。その結果、伝馬町の平野屋が城下でもっとも内証のよい米屋だと分かった。身代の大きさや米蔵の多さでは、平野屋を上回る問屋は何軒もあった。が、商いの儲けぶりでは平野屋が図抜けていた。

平野屋の当主定九郎は、独特の商いの流儀を持っていることで知られていた。

「儲けは相場。小売りはお情け」

これが定九郎の流儀である。身代を大きくする儲けは、相場から稼ぐ。米の小売りは、儲けを考えない「お情け」だと公言してはばからなかった。

浜松の米会所では、一年を通じて九十万石もの米の売買相場が立った。

「清水湊の三倍の規模だ……」

小太郎が調べ上げた石高を聞いて、長五郎はあらためて浜松の大きさを思い知った。

米価は、玄米一石あたり一両が幕府の定めた基準相場である。しかし相場通りに取引されることなど、皆無に近い。豊作なら三割近くも値下がりしたし、凶作だと分かれば一石三両まで暴騰することもめずらしくなかった。

二年前の天保五（一八三四）年は、諸国が大凶作に見舞われた。しかしこの年の正月には、だれもそんなことを思ってはいなかった。ゆえに一升の米が、百五十文で買えた。

天保時代に入るなり、銭相場は大きく下落を始めた。天保五年正月には、小判一両で銭が六千五百文も買えた。一石一両の米相場だとすれば、米一石が六千五百文という勘定である。

一石は百升、一升なら六十五文だ。それを倍以上の百五十文で売るのは、精米だの運賃だのの諸掛を上乗せしているからだ。

とはいえ、米屋の口銭（こうせん）（手数料）は六割を超えた。野菜や魚介の口銭は、二割五分から三割である。

米屋の儲けがいかに大きいかを、庶民は本能的に察していた。天明（てんめい）年間には、諸国で米屋を標的にした打毀（うちこわ）しが頻発した。買占めと売り惜しみに走り、巨万の富をひとりじめにする米屋に対しての、庶民の憎悪ゆえだった。

天保五年は、いつまでたっても夏が暑くならなかった。刈り入れの九月には、諸国から凶作のうわさが浜松にも聞こえてきた。米価はいきなり暴騰を始めた。

正月に一升百五十文だった米が、十月には三百二十四文にまで跳ね上がった。あまりの高値に音を上げた庶民は、伝馬町の平野屋店頭へ押しかけた。

「今年の凶作で、桁違（けたちが）いの儲けをふところに入れたずら」

「小売りはお情けを見せてくれ」

平野屋の店先に群れ集まった庶民は、口々に米の安売りを求めた。平野屋定九郎は、一日わずか二斗に限って、百五十文で小売りを始めた。しかしこれではひとり一升として、たかだか二十人分に過ぎない。

「ばかにすんじゃねえよ」

日ごろの大口とは裏腹に、定九郎が指示をした安売りは、あまりに量が少なすぎた。相場では目覚しい才覚を示し、仲間内の尊敬も得ていた。しかし定九郎の町での人気は、地に堕ちていた。

　小太郎が聞き込んだ評判をもとに、熊五は平野屋に通いの仲仕として雇われた。

「給金はわるくねえが、平野屋はしみったれた野郎だ。あいつと相場で戦う日が待ち遠しいぜ」

　相場で争う相手は平野屋だと、熊五はすっかり意気込んでいた。

　空見師の辰丙。馬走りの土光と、籾殻（もみがら）の佑吉。韋駄天（いだてん）の小太郎。狼煙（のろし）の総一郎と孝次郎。そして、仲仕の熊五。

　七人の男衆それぞれが、おのれに課せられた役目をしっかりと果たしていた。

「三月一日から、相場を始める」

　長五郎が開戦の日を初めて口にした。

「豆腐は、あったけえのによう。身体が震えてしゃあねえぜ」

　熊五は箸を手にしたまま、身体を小刻みに震わせた。震えは、卓を囲んだ全員に伝染（うつ）った。

　開け放たれた庭から、雪の凍えが押し寄せているからなのか。開戦日が決まったゆえの、武者震いなのか。

　豆腐を口にしても、熊五の震えはとまらなかった。

五

三月一日の浜松は、朝から見事に晴れ渡った。龍禅寺を出た長五郎、音吉、辰丙の三人は、馬込川沿いの川岸を歩いた。

朝の五ツ（午前八時）を、四半刻（三十分）ほど過ぎたころだ。そよ風すら吹いておらず、柳の長い枝はだらりと垂れ下がっていた。

「気持ちのいい眺めだなあ」

馬込川の東岸を見渡していた音吉が、景色に見とれて足をとめた。目の前を流れる馬込川は、川幅三十間（約五十四メートル）の堂々とした流れだ。川を挟んで向かい合う町は、眺めがまるで違っていた。

音吉たちが立っている西岸は、武家屋敷と寺社、それに米問屋の蔵が建ち並ぶ町である。どの屋敷も、釉薬をたっぷりかけた本瓦を屋根に用いている。春の朝日を浴びて、屋敷も商家もキラキラと照り輝いていた。

川を隔てた東岸は、織物の町だ。平屋と二階家が入り混じって、でこぼことした家並を見せている。本瓦葺きの家は少なく、多くが板葺きか茅葺きだ。ゆえに家々の屋根はくすんで見えた。

が、でこぼこした家並の先には、緑一色の桑畑が広がっていた。ざっと見渡しただけでも、四町歩（約一万二千坪）はありそうだ。

一面の桑畑は、清水湊や江尻宿では見ることのない眺めである。生まれて初めて会所に向かう長五郎は、朝から気持ちが張り詰めていた。

まだダイダイ色の朝の光を浴びて、長五郎は張り詰めていた気配をゆるめた。

「朝日がキラキラ動くのは、幸先のいい眺めだ」

辰丙に笑いかけられて、長五郎はふうっと大きな息を吐いた。音吉も小さな吐息を漏らした。

風もないのに、葉がゆらゆらと揺れている。葉が動くたびに、朝の光も一緒に揺れた。

浜松の米会所は、田町、紺屋町とつながる辻に立っている。三人は平野屋の前を通り過ぎて、通りを北へと歩いた。

会所の前を流れる馬込川は、さらに川幅が広くなっている。米を運び込むはしけや川船を、川の両岸に舫うためである。会所の周辺には、三十を超える米蔵が建ち並んでいた。

会所の周りの様子は、長五郎も音吉もあらかじめ下見を済ませていた。どの仲買人の店をたずねるかも、すでに決めていた。

会所の前には、八間（約十四・四メートル）幅の大路が通っている。その通りを隔てて会所と向き合う『伊藤屋』に、長五郎は迷わず入った。間口はわずか三間（約五・四メートル）の、小体な店構えである。音吉と辰丙があとに続いた。

店内には幅三間、奥行き二間の土間が構えられていた。土間の奥には、高さ四尺（約一・二メートル）の腰高な卓が据えつけられている。客は立ったままで、店の者と向かい合う拵えだった。

「いらっしゃい」

土間に入った長五郎を、五十年配の当主みずからが出迎えた。手代も小僧もおらず、当主の淳兵衛と内儀のふたりで店を切り盛りしている。その商いぶりが気にいって、長五郎は伊藤屋を選んだのだ。

「相場を張るのは初めてですが、取次ぎをお願いできますでしょうか」

長五郎は甲田屋の半纏を着ていた。見た目には、米問屋の跡取りのようである。淳兵衛は客をいぶかしむ様子も見せず、お受けしましょうと請合った。

「取次ぎを受けるからには幾つか手続きが入用だが……初めてだというんなら、細かに話したほうがいいんだろうね」

「お願いします」

長五郎の後ろに控えた音吉と辰丙も、口を揃えて仔細を聞きたいと願った。淳兵衛は、三人を卓の前に並ばせて、米相場の講釈を始めた。

「今日は気持ちよく晴れているが、今年の夏は寒くなるに違いないと……もしもそんなふうに先を読んだら、あんたはどうするかね」

「いまある米を買いまくります」

問われた長五郎は、迷わず答えた。淳兵衛もうなずきで応じた。

「今日は一石一両で買えた米が、夏には三両になるかもしれん。相場を張るということは、たとえばいまと、何カ月か先にくる夏場との米価の違いをしっかりと読んで、それを金儲けに役立てるということだ」

三人が得心してうなずくのを見て、淳兵衛は卓の下から桐の箱を取り出した。ふたを取ると、証券の束が見えた。

「この証券一枚で米を五俵、石でいえば二石の米を買ったことになる」

証券は五俵、五十俵、五百俵、五千俵の四種類があった。

「一番分かりやすく言えば、あんたが買った米が、買ったときよりも高くなったら売却する。もしもカラ売りをした米なら、さらに安値をつけたときに決済をする。相場の先行きがしっかりと読めれば、買っても売っても大儲けができるという仕組みだ」

証券には現物の米を決済する期日、『限月』が定められている。

「米は一番長くても、半年先には決済をせんといかん。短い限月は、明日でもええが」

今日よりも明日のほうが米が値上がりすると思えば、翌日限月で決済すればいい。五千俵の証券なら、一枚が二千両である。たとえ一分（一パーセント）の値上がりでも、一日で二十両の儲けを手にできるのだ。

「元手がたんまりあるなら、翌日限月の売り買いもおもしろいだろうが……」

淳兵衛に見詰められた長五郎は、十日先の限月で五十俵証券を一枚買い求めた。三月一日は、一石一両の相場に貼りついていた。

「初めて相場を張るあんたには、ほどよい証券かもしれんなあ」

淳兵衛は伊藤屋の四角い印形を、証券に押印した。

「売り買いの口銭は、証券額面の一分五厘（一・五パーセント）が決めじゃから」

まだ低い空から、斜めの陽光が店内に差し込んでいる。淳兵衛の押した墨肉が、艶々と光って見えた。

六

長五郎には、生まれつきの『博才』が備わっていた。その強い星に、音吉の軍師としての知恵と判断が加わった。

長五郎が初めて買った十日限月の米は、決済日には二割の儲けを生み出した。たまたまの巡り合わせで、浜松藩が九日、十日の両日、二千俵もの米を市中から買い入れたのだ。藩士十五人が際立った働きをしたことを讃える、褒賞の米である。

長五郎は売りと買いで、三分（三パーセント）の口銭を伊藤屋に支払った。が、それでもまだ三両二分の儲けを出した。ひとしきり仲間で祝ったあと、長五郎は顔つきをあらためて辰丙を見詰めた。

「今度は三月晦日の空を読んでほしい」

あわせからひとえに着替えたくなるような晴天が続くと、辰丙は断じた。それを胸に刻みつけた長五郎は、急ぎ足で伊藤屋をたずねた。

「このたびはカラ売りをしたいのですが、どうすればいいでしょうか」

長五郎は十七日先の三月晦日の限月で、百俵の米を売りたいと淳兵衛に申し出た。

「いまの相場よりも、一割安値で組んでください」

「まだ二度目の相場でカラ売りに手を出すとは、大した度胸だなあ」

いささか呆れながらも、淳兵衛は長五郎の申し出を会所に伝えた。カラ売りは一割の証拠金があれば相場を張ることができる。しかし長五郎は、百俵相当の四十両を伊藤屋に預けた。それで淳兵衛は、大いに安心したようだった。

百俵は、ほどよいカラ売りだったのだろう。すぐさま買い手がつき、取引は成り立った。

「前回のように、藩がいきなり大量の米を買いつけに入ったりしたら、あんたは手ひどいやけどを負うかもしれんが……縁起でもないことを言うのはやめだ。あんたには強い星がついてるだら」

淳兵衛は親身な声で、カラ売りの成就を願った。

辰丙が読んだ通り、三月二十八日から晦日にかけては、夏を思わせるような陽気となった。晦日は朝から、冷や水売りが辻に立つほどに暑くなった。

相場には、その日の天気が大きな影を落とす。三月晦日の米は、一石一両から二割一分下げで場を閉じた。長五郎は三両一分三朱の儲けを手に入れた。

「初めて相場を張る素人にしては、まことに目覚しい成果だなあ」

四月一日の朝、伊藤屋淳兵衛が正味で長五郎の相場観に舌を巻いた。買いを一回、カラ売りを一回。そのいずれもが、見事な成果を上げていた。

「遠からず、今年の米で勝負をさせてもらいます」

カラ売りを精算して儲けを受け取った長五郎は、気負いなくさらりと言ってのけた。

「あんた、ほんとに素人け」

淳兵衛に念押しされた長五郎は、きっぱりとうなずいた。顔には、十七歳の若者ならではの、弾けるような笑みが浮かんでいた。

七

四月の豆腐を、龍禅寺の雲水たちは七日の朝に拵えた。

豆腐が平屋に届けられたのは、六ッ半（午前七時）過ぎである。小太郎が豆腐の入った手桶（ておけ）を受け取ったとき、辰丙はすっかり明るくなった東の空を凝視していた。

雲水の拵える豆腐には、ことのほか目のない辰丙である。しかしこのときは空を読むことに気を集めていて、豆腐が届いたことにも気づかなかった。

七日の朝餉（あさげ）当番は、総一郎・孝次郎の双子だった。総一郎の炊く飯と、孝次郎がダシをとった味噌（みそ）汁は、仲間内のだれの調理よりも味がよかった。とりわけ総一郎の炊いた飯は、いつもの五割増しで給仕された。

いつもなら、辰丙は総一郎の炊いた飯をだれよりも喜んだ。炊き立ての飯に軽く塩をあたっただけで、茶碗（ちゃわん）三杯もお代わりをする。

ところが七日の朝は、雲水の拵えた豆腐にも、総一郎の炊いた飯にも、辰丙は箸（はし）をつけようとはしなかった。

「なにか気がかりなことでも？」

尋常ではない辰丙の様子を見て、長五郎は小声で問いかけた。

「空の様子がおかしい。すまんが、わしに付き合ってくれんか」

いつもは江戸弁を使う辰丙が、在所の言葉で話すほどにうろたえていた。長五郎は辰丙と連れ立って外に出た。

五ツ（午前八時）を過ぎた東の空では、大きな天道が高い空へと上っていた。辰丙はその天道を指差した。

「細い糸のような雲が、お天道さまを挟むように横たわってるが……あんたにも分かるら」

長五郎は懸命に目を凝らした。しかし陽光がまぶしくて、辰丙のいう雲は見えなかった。

「明日は夜明け前から付き合ってくれや」

それだけ言って、辰丙は口を閉ざした。

翌朝も気持ちよく晴れた。長五郎、音吉、辰丙の三人は、夜明け前から東の空を見続けた。空の根元に朝日が顔をのぞかせたとき、辰丙が人差し指を東の空に向けた。

長五郎にも音吉にも、糸のように細い雲が天道の上下に横たわっているのが見えた。

「今年は梅雨が長引くで。夏になってもほとんど陽がささず、米は大凶作となるずら」

四月、五月の二カ月は、真夏のような日照が続く。しかし六月に入るなり、雨降りが続く。夏はひどい冷夏で、米は実らない……。

辰丙の声は上ずっていた。

「あの雲のことは江戸で師匠から教わったが、目にしたのはわしも初めてじゃ。昨日はおのれの目を疑ったけんど、二日続けて夜明けに見えた。はあ、もう疑う余地はねえ」

浜松に限らず、諸国がひどい冷夏に襲われると辰丙は断じた。見立てを信じれば、有り金すべてを『買い』に投ずる、またとない好機である。

「見立てがあまりに突飛で、申しわけないが得心できない」

長五郎は、思ったままを口にした。辰丙は気をわるくした様子を見せなかった。

「信じろというほうが無理だで」

仲間を方々に散らして、様子を確かめさせたい……これが辰丙の言い分だった。

「土光には馬で、三ケ日山(みっかびやま)のふもとまで行ってもらい、松と杉の葉の色を確かめてきてもらおう。小太郎には、秋葉(あきは)神社の湧き水を確かめてもらいたい。総一郎、孝次郎、佑吉の三人には、舘山寺村と弁天島の池の水草の茂り方を手で触ってきてもらいてえ」

三ケ日山、秋葉神社、舘山寺村、弁天島のそれぞれが、どんな様子だと思っているのか。辰丙はそのことを、半紙に書き記した。そして封をしてから、長五郎に預けた。

「土光、小太郎、佑吉、総一郎、孝次郎の五人が持ち帰る話と、わしがここに書いたことを突合せてくれ」

ひとつでも話が符合したときには、ためらわずに冷夏を信じてくれ……辰丙の言い分を長五郎は受け入れた。

土光たち五人は、すぐさま出立した。全員の顔が揃ったのは、四日後である。

『三ヶ日山』『秋葉神社』『舘山寺村』『弁天島』。様子調べから戻った者の話と辰丙の書いた四通の中身とは、すべてが符合していた。

八

「清水湊からきた若造は、まだ買い続ける気なのかね」

五月十日の四ツ（午前十時）過ぎ。平野屋定九郎は、会所のなかでわざと大声で話を始めた。問われた会所の差配役は、あいまいな笑みを浮かべただけで、返事はしなかった。

「聞くところによると、若造の尻馬に乗って、一緒に買いに回り始めた者までいるそうだに」

定九郎は伊藤屋淳兵衛を横目に見ながら、大声で当てこすりを口にした。

「わしは明日、さらに五千俵を売りに出す積もりだ。どこまで買い支えられるか、見物(もの)だな」

平野屋は、胸を反り返らせて会所を出た。出がけに伊藤屋淳兵衛に向けて、きつく尖(とが)った目を投げつけた。定九郎の後ろには、仲間の米問屋七軒が付き従っていた。

平野屋たち一行が会所を出たあとで、淳兵衛はゆっくりとした歩みで外に出た。五月の強い日差しが、空から降り注いでいる。だれの目にも、今年の夏は猛暑が居座るだろうと映っていた。

二年前の天保五年は、四月から肌寒い日が続いた。五月も六月も暑くならず、夏がこないまま秋を迎えた。浜松に限らず、諸国が冷夏に襲われて、例年の七割しか米は収穫できなかった。

去年は一転して、五月初旬から暑い日が続いた。梅雨の降り方も按配(あんばい)がよく、梅雨明けのあとは猛暑が続いた。そして秋には、稲穂がたわわに米を実らせた。

前年の落ち込み分を補うまでには至らなかったが、天保六年は大豊作となった。

今年は四月中旬から暑い日が始まった。四日に一度の割合で、田んぼには格好のお湿りも降った。

五月も同じような空模様が続いた。雨は律儀に、四日に一度は地べたを濡(ぬ)らした。が、晴れているときは、真夏並みの強い陽が浜松の城下町を焦がした。

そんな暑さが始まった四月十九日に、長五郎は九月晦日(みそか)を限月として二百五十俵の買い注文を出した。一石あたり、一両一朱の指値でだ。会所に顔を出した平野屋は、伊藤屋から出ている長五郎の買い注文に目をとめた。

「二年続きの豊作が分かりきっているのに、高値で買うとは……酔狂な若者がいるもんだ」

ひとの思惑と逆の相場を張るのは、定九郎の得意技である。相場より高値をつけた長五郎の買い注文は、定九郎の御株を奪う振舞いといえた。

「そんなに欲しいというなら、売ってやるで」

長五郎の買い注文に、定九郎はカラ売りで応じた。のみならず、さらに二百五十俵の売りを浴びせた。長五郎の指値と同じ、一石一両一朱である。

淳兵衛から教えられた長五郎は、二百五十俵すべてを買った。前日と合わせて五百俵、二百石の買い入れである。

長五郎が清水湊から持ち出したカネは、二百九十一両三分だ。浜松に逗留を始めて、すでに半年が過ぎていた。平屋の普請、日々の費えなどで、六十両のカネを遣っていた。

その間、相場で稼いだのは十両にも満たない。伊藤屋に二百十二両の払いを済ませると、手持ちのカネは三十両足らずになった。

軍資金が底を突きはじめて、長五郎はふっと顔色を曇らせることが多くなった。ところが、音吉は、まったく動揺を見せなかった。

「配下の者に任せたあとの諸葛孔明は、なにが起きてもへっちゃら顔をしてたずら」

辰丙を信じて始めた相場である。九月に答えが出るまではうろたえないでくれと、音吉は何度も長五郎を諫めた。

「おまえの言う通りだ」

長五郎は音吉の戒めを身体の芯で受け止めた。が、定九郎の揺さぶりに遭うと、またもや眉間にしわを寄せた。

「平野屋は、さらに五百俵のカラ売りをしている。あんた、まだ買えるけ」

淳兵衛に問われたとき、長五郎は口惜しそうに首を振った。

「あんたが相場よりも高値で買い注文を出した、そのわけを聞かせてくれ」

ことと次第によっては、買い支えを手伝ってもいいという。長五郎は音吉、辰丙をわきに伴って仔細を聞かせた。

「おもしろい。話に乗るで」

相場の仲買ひと筋に生きてきた淳兵衛には、辰丙の空見が強く響いた。

「一万両までなら、わしに蓄えがあるでさ」

淳兵衛は定九郎がどれほどカラ売りを続けても、すべてを引き取った。

「九月晦日に平野屋は潰れるぞ」

五月十一日に五千俵のカラ売りすべてを買ったあとで、淳兵衛は凄みのある笑いを浮かべた。淳兵衛が初めて長五郎たちに見せた、勝負師の顔だった。

辰丙の読み通り、それからすぐに梅雨がきた。雨にはわずかなぬくもりもなく、たちまち地べたは冷えた。六月下旬にようやく梅雨が明けたが、一向に暑さは戻らなかった。

冷たいまま夏が過ぎ、いきなり秋が深くなった。米は実らず、天保五年よりもひどい凶作となった。

九月晦日、浜松の米相場は一石三両二分二朱で引けた。長五郎は五百両を超える儲けを手にいれた。

「おれが不安でうろたえそうになったとき、おまえがどっしりとしていてくれたから助かった」

まさしくおまえこそ諸葛孔明だと、長五郎は何度も口にした。

七人衆のなかで、『三国志』を読んだものはだれもいなかった。

「親分のいってる、しょかつなんたらちゅうのは、なんのことで？」

馬走りの土光の問いに、答えられる者はいなかった。土光は道端にとまり、馬の長い顔を撫でた。

馬にも答えが分からない。愛想がわりに、ブヒヒーンといなないた。

第五章　舳先を江戸へ

一

大晦日の清水港は、九ツ（正午）の鐘でその年の仕事納めとするのが慣わしだ。梅蔭寺が九ツを撞き終わると、職人たちは車座になって酒盛りを始める。

過ぎた一年の無事に、感謝を込めて。

来る新年に対しての、望みを抱いて。

明治二十六（一八九三）年の大晦日も、例年通りに正午で清水港は御用納めとなった。夜明けからの晴天は、昼になっても続いている。港橋の真ん中に立つと、青空を背にした富士山の雄姿が間近に見えた。

山田音吉は樫の杖を手にして、港橋たもとの船宿『末廣』へと向かっていた。明日の元日には七十五歳を迎える音吉だが、長身の腰はいささかも曲がってはいない。

橋板に杖をつき、正面を見て歩く。コツン、コツンと同じ調子の音がするのは、歩みがしっかりとしているがゆえだ。

音吉に杖は不要だった。それでも手にして歩くのは、杖が次郎長の遺品だからだ。次郎長はこの樫の杖を、山岡鉄舟にもらっていた。

音吉が向かう末廣は、港橋の東詰に建っていた。二階建ての母屋と、漆喰造りの土蔵が三蔵、それに自前の船着場がある。七百坪の敷地は広々としており、庭木は常に職人の手が入っていた。

大晦日の正午過ぎで、空に雲はない。やわらかな陽が、末廣玄関わきに植えられた老松に降り注いでいた。枝に茂る葉には、威勢のよい濃緑色と、老いた茶色とが混じり合っている。

冬の陽はどちらの葉も、分け隔てなく照らし出していた。

末廣の玄関前には、玉砂利が敷き詰められている。音吉が杖を突き立てると、大きな砂利が音を立ててずれた。

「音吉さんが見えました」

紺がすりのお仕着せに、緋色のたすきをかけた末廣の仲居が、土間に声を投げ入れた。

すかさず、三人の男が玄関先に顔を出した。

「いまかいまかと、みんなで音吉さんを待ってたんだよ」

三人はいずれも、末廣の船頭である。一番大柄な酉蔵が、音吉の前に進み出た。上背では五尺七寸（約百七十三センチ）の音吉のほうが、酉蔵に勝っていたが、真冬でも薄物一枚しか着ない酉蔵は、力こぶの盛り上がった腕を、長着の袖からむき出しにしていた。

「東京からの客人が、かれこれ一時間も音吉さんを待ってるで」

「わしを？」

酉蔵はうなずきで応じた。

「東京なんぞに、知り合いはいんぜ」

「客人も、音吉さんを知ってるわけではなさそうだけんど……とにかく、なかに入ろう」

酉蔵は先に立って、音吉を末廣の土間に招じ入れた。土間は三十坪の広さがあり、長さ八尺（約二・四メートル）、奥行き四尺（約一・二メートル）の大きな卓が三卓置かれている。それぞれの卓には、長さ八尺の長い腰掛が向かい合わせになっていた。

酉蔵は、土間の真ん中の卓に音吉を案内した。腰掛に座っていた、ふたり連れの男が素早く立ち上がった。

「このひとたちは、東京の……銀座というとこから来たんだと」

「銀座で洋品店を営んでおります、伊藤栄太郎と申します」

「伊藤さんの店の隣で紙屋をやっております、嶋庄之助です」

伊藤とも嶋屋とも、音吉はまるで面識がなかった。あいさつをされても杖を手にしたまま、いぶかしげな顔で突っ立っていた。

「ふたりとも音吉さんに、次郎長さんと、石松さんの話を聞かせてもらいたいんだと」

「山田さんとは一面識もございませんのに、まことにぶしつけなお願いでありますのは、重々承知でございますが……」

伊藤は音吉を正面に見ながら、あたまを下げた。

「立ったままではなしに、みんな座ったらどうだね」

向かい合わせに立っている客と音吉とに、西蔵は腰掛を勧めた。音吉が先に座り、伊藤と嶋屋が続いた。

「音吉さん、杖は、こっちで預かるら」

西蔵が手を差し出した。が、音吉は首を強く振って拒んだ。

「この杖は、次郎長の形見で……」

「分かった、分かった」

西蔵は自分の胸元で、右手を左右に振った。

「山岡鉄舟さんから、次郎長さんがもらった杖ずら」

名を聞いて、伊藤と嶋屋が目を見開いた。

天保七（一八三六）年に江戸で生まれた鉄舟は、次郎長と音吉よりも十六歳年少である。そして次郎長よりも早く、五年前の明治二十一（一八八八）年七月に没した。

剣道家でもあり、政治家でもあった鉄舟は、戊辰戦争では勝海舟の意を受けて西郷隆盛と会見。江戸開城に力を尽くした。

明治政府が樹立された折りには、天皇側近の官職を歴任した。

江戸が東京と名を変えてから、まだ三十年も経てはいない。急ぎ足で西洋化が進んではいるが、多くのひとが文明開化に慣れきってはいなかった。

東京からの旅人である伊藤も嶋屋も、いまだに剣道の稽古を続けていた。そのふたりにとって、無刀流剣術の開祖山岡鉄舟は、神様のような存在である。

清水の地で、思いがけなく師の名前を耳にしたのだ。ふたりの目が大きく見開かれたのも、無理はなかった。

「山岡鉄舟先生と次郎長さんとは、かかわりがおありだったのですか」

「あったもなにも、この杖だって山岡さんから次郎長がもらった」

伊藤は見開いた目のまま、上体を前に乗り出した。

「昨晩泊まった江尻の宿で、次郎長さんと同い年の幼馴染の方が、まだお元気だとうかがったものですから」

「わしのことけ」

音吉は、顔色も動かさずに言い切った。伊藤と嶋屋は、顔つきを引き締めて大きくうなずいた。

「わたしも嶋屋さんも、山岡先生が始められた無刀流を東京で稽古しております」

伊藤は両手を膝に乗せて、背筋を伸ばした。

「山田さんと次郎長さんが山岡先生とかかわりをお持ちだったとは、うかつにも知りませんでした」

「よく知られた話だろうに……知らんかったとは、不肖の弟子ずら」

音吉は、にべもない調子で言い放った。伊藤と嶋屋は、きまりわるげな顔でうつむいた。

「それで……わしに、なんか用かね」

「はい」

顔を上げた伊藤は、音吉から目を逸らさずに返答した。

「わたしは来年の春に、銀座の店を建て替えようかと思案しております」

清水まで出向いてきたわけを、伊藤は音吉に話し始めた。

「うちは寛政時代から、当時の竹川町で商いを続けてきました」

伊藤の店は、幕末に一度改築普請をした。建材の杉や樫、檜などはまだ充分に持ちそうだった。しかし明治と年号が変わるなり、銀座通りの店は次々と建て直しを始めた。

それもただの改築ではなく、木造から洋風の石造りへの建て直しである。改築資金には充分の蓄えがあったが、伊藤には店を改築するか否かの決断がつかなかった。伊藤は出入りの易者に判断を仰いだ。

「建て直しをすべきかどうか、易断していただきたい」

易者は目を閉じ、両手を胸の前で合わせた。

「帆掛け船の浮かんだ港と、青空を背にした富士山。それと男がふたり立っているのが見えます。ひとりはやぶにらみのようです。門松が見えていて、遠くの空には凧が揚がっています」

目を開いたとき、易者は清水港に出かけたほうがいいと勧めた。

「富士山を間近に見る港は、わしは清水港しか知らんでな。そんな景色のなかに立つふたり連れの男で、ひとりがひがら眼だといえば、清水の次郎長と、森ノ石松以外にはおらぬじゃろう」

もしも清水の町で、次郎長とゆかりの深い人物に出会うことができれば、そこから運が開ける。しっかりと話を聞けば、建て直しの吉凶がおのずと判断がつく。

門松と凧揚げが見えておった。元日には清水港にいられるように、期日の都合をつけなさい。

これが易者の見立てだった。

伊藤は幼馴染の嶋屋と連れ立って、清水をおとずれた。そして江尻の宿で、末廣に行けば次郎長の幼馴染と行き会えるだろうと教わった。

わけを聞き終わった音吉は、末廣の仲居に新しい茶をいれるようにと言いつけた。ぬるめの上煎茶（せんちゃ）が運ばれてくると、音吉は話を始めた。

「次郎長と石松とがかかわりを持つきっかけができたんは、天保十（一八三九）年の大晦日（おおみそか）のことだった」

音吉は音を立てて茶をすすった。ずるずるっと大きな音がしたのは、歯の調子がわるくて唇の閉じ合わせがうまくできないからだ。

「古いことだから長い話になるけんど、あんたら、時間は大丈夫かね」

「もちろん結構です」

伊藤は勢い込んで答えた。

「いまも申し上げました通り、次郎長さんと石松さんの話をうかがうのが、今回の旅の目的です。どれだけ時間がかかりましても、わたしどもは結構です」

なにとぞよろしくお願いしますと、伊藤と嶋屋があたまを下げた。ふたりの答えを聞いた音吉は、もう一度茶をすすった。

目やにがたっぷりとついた音吉の目は、すでに遠い昔を見ているようだった。

二

天保十（一八三九）年の大晦日。清水湊はめずらしく、氷雨模様の朝を迎えた。

「こんな雨降りの大晦日は、あんまり見たことねえなあ」

「年の瀬も押し詰まってっから、よくねえことが起きなきゃあいいがなあ」

清水町の通りでは、商家のあるじたちが曇った顔を見交わした。雨が一段と凍えをきつくしている。案じ顔で言葉を交わすと、口の周りが白く濁った。

通りを南に歩けば、端に近いところに甲田屋とやま魚が軒を連ねている。二軒とも、明け六ツ（午前六時）過ぎから、店の雨戸を一杯に開いていた。

元日を翌日に控えた甲田屋は、請負った餅搗きに追われていた。十二月二十五日を過ぎた米屋の店先には、餅搗きの威勢のよい声が連日響き渡る。

江尻宿から清水湊界隈で、甲田屋は一番身代の大きな米屋だ。ゆえに餅搗きの注文も、半端な数ではなかった。二十八日からは、連日夜業仕事で餅搗きを続けた。

しかし大晦日の今日になっても、まだ二斗（二十升）の餅搗きを残していた。店先をきれいに片付けて、土間には一升臼が据えつけられている。杵を持つのは、米運びの仲仕衆である。

真冬だというのに、男たちは諸肌脱ぎで餅搗きを続けている。蒸かされたもち米と、仲仕の肌から、白い湯気が立ち昇っていた。

隣のやま魚では、亭主の与吉がひたすらだいこんの桂剥きを続けていた。薄剥きにしただいこんを、女房のおまきが細切りにしてツマを拵えている。

大晦日の清水湊は、午後に入るとあちこちの商家で御用納めの酒盛りが始まる。やま魚は、酒盛りの仕出しを十二軒も請負っていた。

前もって拵えたくても、生ものの仕出しはそれができない。冬場といえども調理を終えた魚は、せいぜい持って二刻（四時間）だ。

流しわきの桶には、作りの元になる真鯛、ひらめが海水に浸かっている。だいこんの桂剥きは、刺身造りに備えた与吉の手慣らしだ。

「あと一本剥いたら、真鯛の作りを始めっからよ」

「あいよう」

女房のおまきが、小気味よい返事をした。

甲田屋もやま魚も氷雨模様のなかで、ひとが忙しく立ち働いていた。

長五郎と音吉は、甲田屋の庭に建てた小屋にいた。五坪の土間と、十畳一間の座敷が普請されている。部屋の奥には二畳大の押入れの造作があった。

「はあ、もう、なんもしねえまんま、二十歳の一年が終わるんだなあ」

身体をぶるるっと震わせて、音吉は布団の上に上体を起こした。

「一杯やりてえ」

長五郎が、ぞんざいな口をきいた。さきおとしの暮れからすでに二年もの間、長五郎と音吉はなにも仕事をしていなかった。

起き出すのは、ほぼ毎日、昼を過ぎてからである。今朝のように早く目覚めたときは、酒を一杯呑んでから、昼まで二度寝をした。

起きたあとは飯も食わず、口だけをすすいで町に出るのだ。そして昼間から酒を出している縄のれんをくぐって、どっかりと腰掛に座った。

酒が長五郎と音吉の飯代わりだった。

「米粒で食べる代わりに、汁で呑んでるんで」

陽が高いうちから呑む酒を、音吉はそう強弁した。町に出て気に入らない相手とすれ違うと、長五郎は片っ端から呼び止めた。

「なんでえ、おまえは」

相手が言葉で凄んでいるさなかに、長五郎は先に手を出した。

こども時分から仲仕の源次郎相手に、相撲と喧嘩の稽古を重ねてきた長五郎である。相手の腕っ節を見切り、弱点を見抜く眼力は、しっかりと鍛えられていた。

暮らしに不満があるわけではない。身体の芯から湧き上がってくる苛立ちを抑えつけたくて、酒を呑み、喧嘩を続けた。

浜松の相場で大儲けをして、長五郎は甲田屋から持ち出したカネをすべて返済した。それでもまだ、数百両の大金が手許に残った。浜松の米相場を一緒に戦った仲間は、それぞれが在所に戻って、元の暮らしを続けている。

甲田屋は、まだ次郎八が当主だ。

やま魚は、与吉も兄の正助も達者である。

長五郎と音吉は、格別にすることがなく、無頼の暮らしを続けた。長五郎の崩れた物言いには、いまの乱れた暮らしぶりがそのままあらわれていた。

起き上がった音吉は、長火鉢の灰を掻き回して種火を穿り出した。江尻宿の指物師に頼んで誂えさせた、桜材の長火鉢である。

引き出しの造りはしっかりしており、二年が過ぎたいまでも滑らかに出し入れできる。銅壺は炭火の熱を巧く受けて、たちまち湯が沸く拵えだ。

灰にいけた種火の熱で、銅壺の湯はまだたっぷりとぬくもりを保っていた。新たな炭をくべてから、音吉は土間におりた。

「梅蔭寺の和尚が、大晦日には顔を出せと言ってたぜ」

徳利に酒を注ぎながら、音吉は思い出したように話を始めた。

「おっさんの顔を見ても、小言を言われるだけだからなあ」

長五郎の口調は、いかにも億劫（おっくう）そうだ。いまだに江戸弁をしゃべっているが、日が経つにつれて土地の訛（なま）りが強くなっていた。

「なんでも宇治（うじ）のえんらい坊さんが、今日まで梅蔭寺に泊まってるんだと……おまえ、行ったほうがよくないか」

　音吉の物言いを聞いて、長五郎が布団の上に立ち上がった。下帯の前が大きく膨らんでいる。徳利を手にしたまま、音吉が目元をゆるめた。

「和尚のところに顔を出したら、今年の遊び納めに行かざあ」

「いいこと言うじゃねえか」

まだ明け六ツ過ぎなのに、長五郎はめずらしくしっかりと目覚めていた。

三

四ツ（午前十時）の鐘が鳴っているさなかに、長五郎は梅蔭寺をおとずれた。

「待っておられたのは、宇治の黄檗山萬福寺（おうばくさんまんぷくじ）のご住持だ。おまえが浜松の米相場で勝ちを収めたことと、その後の放蕩（ほうとう）無頼のさまを耳にされて、大いに気を動かしておられた」

梅蔭寺の住持の話を聞くうちに、長五郎は萬福寺の住持に会いたいと強く思った。

「ひと足違いで出て行かれた」

梅蔭寺の住持は、澄み切った目で長五郎を見詰めた。

「おまえとご住持との間にえにしがあらば、あとを追えば間に合うやも知れぬ」

住持は合掌して長五郎を送り出した。

音吉から明け六ッ過ぎに話を聞いたときには、格別の思いは抱かなかった。梅蔭寺に向かったときも、なかば嫌々だった。寺の本堂で住持を待っていたときには、このまま帰ろうかと思ったほどだ。

しかし梅蔭寺の住持に「えにしがあれば間に合う」と言われて、なんとしても萬福寺の住持に会いたくなった。

おっさんはきっと、船に乗る。

梅蔭寺を出た長五郎は、巴川の船着場に向かった。清水から大津（おおつ）に戻るなら、東海道を西に上るのが通常である。とりわけ今日のような氷雨降りの日には、地べたがゆるくならないうちに東海道を急ぐだろう。

しかし長五郎は、わけは分からないが住持は船に乗るに違いないと思った。たとえ雨降りで海の様子がよくなくても、住持は船に乗ると思えて仕方がなかった。

蛇の目傘をさした長五郎は、氷雨のなかを早足で歩いた。途中から気持ちを急（せ）き立てられて、駆け足になった。清水町の通りを横切ったときには、全力で走っていた。商家が並んだ通りから船着場までは、およそ四町（約四百三十六メートル）だ。その道のりを、長五郎は傘を手にして疾走した。船着場に着いたときには、すっかり息が上がっていた。

船着場には、三杯の乗合船が舫われていた。それぞれ船の形も行き先も違っている。長五郎は息を乱したまま、船着場の水夫に船の行き先をたずねた。

「一番南は沼津、真ん中が興津で、北の端は浜松行きだ。あんた、どこに行きたいんかね」

「ひとを探してるんだ」

水夫に小粒銀を渡して、長五郎は僧侶が乗船しなかったかと問うた。

「すまんけえが、そんな者は見んかった」

水夫は申しわけなさそうな顔つきで、受け取った小粒を半纏のたもとに仕舞い込んだ。

おれの見当が外れていたのか……。

長五郎は肩を落として、船着場を歩いた。

「拙僧を探しておるのじゃろう」

船着場の北端まで歩いたとき、背後から声をかけられた。長五郎が振り返ると、痩身(しん)の老人が立っていた。

軽衫(かるさん)（上部が太くて裾口(すそぐち)の狭い袴(はかま)で、男の旅装）をはいた姿は、とても僧侶とは思えない。水夫が気づかなくても当然だった。

「萬福寺の和尚さんで？」

余りにも僧侶とかけ離れた身なりゆえ、長五郎は戸惑い気味に問いかけた。

「いかにも」

答えてから、相手は一歩を詰めてきた。

「そなたは長五郎だの」

めぐり合えた嬉(うれ)しさで、長五郎は笑みを浮かべた。

「萬福寺の黄周(おうしゅう)と申す」

長五郎を真正面から見据えている黄周は、顔つきも声音も厳しかった。長五郎の顔から、笑みが失(う)せた。

「間もなく船出ゆえ、手短に申しておく」

黄周はさらに一歩を詰めた。長五郎と黄周とは、ともに同じ背丈である。鼻と鼻とが、くっつきそうな間合いとなった。

「文政三年の元日生まれだと聞いたが、まさしくそなたは元日生まれの顔相じゃ」

黄周の両眼が、強い光を帯びている。長五郎は、地べたに踏ん張って目を逸(そ)らさなかった。

「そなたは、いまのままではあと五年、二十五歳で落命いたす」

黄周はきっぱりとした物言いで断じた。

「四年後、天保十四（一八四三）年に生ずることの首尾次第で、そなたの行く末が定まる。こころして生きられよ」

それだけを言い置くと、黄周は船着場の北端に舫われた浜松行きの船に乗った。乗り込むなり、黄周は船蔵に入った。氷雨が降り続く甲板は寒く、年配者にはきついのだろう。

船が舫い綱を解いた。北風を受けて、六畳大の帆が大きく膨らんだ。氷雨は降り続いている。

乗合船が入り江から出たあとも、長五郎は船着場に立っていた。目は外海を見ているが、瞳は定まっていない。

蛇の目をさしたまま、長五郎は呆けたような顔で立ち尽くしていた。

四

天保十一（一八四〇）年の元日を、長五郎と音吉は江尻宿の色里で迎えた。前日の氷雨は、元日になってもやんではいなかった。

分厚い雲は、新年の光をすべて閉じ込めているようだ。四ツ（午前十時）の鐘が流れているが、障子窓の向こうは夕暮れどきのように薄暗かった。

「新年、おめでとう」

音吉が盃をかかげて、初春の祝いを口にした。長五郎は、渋い顔で盃を干した。

「おれもおまえも、今日から二十一だというのにさ。おれだけは、あと四年の命だ」

物言いには、隠しようのない棘があった。音吉は余計な口を挟まず、膳を見た。

膳には、正月の祝い料理が載っていた。が、ふたりが泊まっているのは旅籠ではなく、色里の中見世である。

鯛の塩焼き、くわいのきんとん、紅白のなます、田づくりのいずれもが仕出し物だった。音吉が顔をしかめた。

「おっかさがつくった塩焼きのほうが、ずっと美味いに」

鯛の塩焼きは、昨夜のうちに拵えたものだろう。箸をつけても、固くなった身はうまくほぐせなかった。

長五郎は黙ったまま、音吉の手許を見ていた。膳に載っている料理に箸をつけようともせず、立て続けに手酌で酒をあおった。

「おれは、あと四年しか生きられねえ」

粘り気のある口調で、音吉に話しかけた。

「おまえは、たっぷり長生きができていいよなあ」

大晦日に黄周から聞かされた見立てが、まだ二十一歳の長五郎に重くのしかかっていた。昨日までは「あと五年」だったが、わずか一日で一年も命が短くなった。

「四年しか残ってねえんなら、あとは目一杯、好き勝手に生きるぜ」

長五郎の盃が手酌で満たされた。差し向かいに座っている音吉は、口を閉ざしたまま長五郎を見ていた。なにを言っても長五郎の気持ちを逆撫ですると思ったのだろう。

長五郎の盃には、なみなみと酒が注がれている。乱暴な手つきで盃を手にしたら、膳に酒がこぼれた。

「正月から縁起でもねえ」

長五郎が強い舌打ちをしたとき、牛太郎（見世の若い衆）が部屋に飛び込んできた。

「甲田屋さんが、倒れたそうで」

ひとこと聞いただけで、長五郎は立ち上がった。甲田屋次郎八は、大恩ある父である。無頼の暮らしを続けてはいても、次郎八への恩義を忘れたことはなかった。

長五郎は氷雨のなかを駆け戻ったが、育ての父の臨終には間に合わなかった。

長五郎が喪主を務めて、甲田屋次郎八のとむらいが執り行われた。梅蔭寺の住持が読経をし、遺骨も梅蔭寺に埋葬した。

　次郎八の急死がきっかけで、長五郎は実家に戻り家業に励み始めた。元来が、商いの切り盛りの才覚には富んでいた長五郎である。仕事に身を入れたことで、甲田屋は大いに繁盛した。

　この年九月に、長五郎の実兄佐十郎が三十四歳で祝言を挙げた。

「これで雲不見さんも安心ずら」

　惣領息子がやっと所帯を構えたことで、周囲は美濃輪屋の跡取りが定まったと囃した。が、すでに七十五歳になっていた三右衛門は、長男には美濃輪屋を継ぐ器量はないと見限っていた。

「とみの連れ合いに美濃輪屋を任せる」

　次女のとみは、美濃輪屋の船頭と所帯を構えていた。三右衛門も気にいっている男で、仲間内の人望も篤い。

「それなら兄さは、うちを手伝ってくれ」

　商いが急ぎ足で伸び始めた甲田屋に、長五郎は兄を迎えた。佐十郎は算盤に長けた男である。新たな商いを切り開く才覚はないが、守りの堅固さは見事だった。

　長五郎の攻めと、佐十郎の守りが両輪となり、甲田屋の商いはすこぶる上首尾に運んだ。

異変が生じたのは、天保十二（一八四一）年十二月二十日である。

「今年もまた、二百七十軒もの賃餅搗きの注文があったさ」

佐十郎の女房が、顔をほころばせた。大晦日までに、三石に届くもち米が売れる。餅搗き賃だけで、奉公人のお年玉が稼ぎ出せる大商いだ。

「兄さが、しっかりと帳面づけを進めてくれたおかげだ」

長五郎は、心底から兄の働きを称えた。兄は弟に勧められるままに、慣れない酒を呑み続けた。そして、四ツ（午後十時）には眠りこけた。

真夜中を過ぎたころ、四人組の強盗が押し込んできた。佐十郎夫婦は、酒が回って賊にはまるで気づかなかった。若いなりにも修羅場をくぐってきた長五郎は、すぐに気づいた。

枕元の刀掛けには、備前長船の太刀を掛けてある。鞘のまま手にした長五郎は、忍足で物音のしている土間に向かった。賊の四人は、龕灯（銅で釣鐘形の外枠を作り、自在に動くろうそく立てを付けた提灯）二つを手にしていた。

「うちをどうする気だ」

板の間に立った長五郎は、低い声を賊に投げつけた。四人のうち、龕灯を手にしていたふたりは丸腰である。明かりをその場においたまま、土間から逃げ出した。

残るふたりは、いきなり脇差を抜き、長五郎に向かってきた。

　素手の喧嘩には慣れていた長五郎だが、太刀を手にしたのは初めてである。振り回すと、思いのほか重たかった。それでも臆せず、賊ふたりと立ち合った。

　脇差と太刀では、刃渡りがまるで違う。長五郎の気迫にも押されて、賊は甲田屋から逃げ出した。

　長五郎は抜刀を手にして、賊を追った。美濃輪屋の辻を東に折れた賊は、巴川の河岸に向かった。船着場のあたりで、長五郎はふたりの賊に追いついた。

　剣術の心得があるわけではないが、長五郎は太刀を頭上に振り上げて構えた。賊ふたりは脇差を抜いて身構えた。

　振り上げた太刀が重たくて、腕が痙攣を始めている。息の乱れを賊に感づかれないように、長五郎は息をとめた。

　脇差を手にしたふたりが、じりじりと間合いを詰めてきたとき。先に逃げていた賊の仲間が、船着場に戻ってきた。

「構ってねえで、逃げるだ」

　指図を受けたふたりは、抜き身の脇差を手にしたまま駆け出した。賊の姿が見えなくなると、長五郎はその場にへたり込んだ。四半刻（三十分）近くが過ぎてから、やっと立ち上がることができた。

　甲田屋まで戻る道々、長五郎はほぼ二年ぶりに黄周の見立てを思い出した。ことによると、今夜が生き死にの境目だったのかと思ったからだ。

生まれて初めて、太刀を手にして賊に立ち向かった。もしもあのふたりが本気で襲いかかってきたら、長五郎に勝ち目はなかっただろう。

しかし、いまは二十二歳だ。寿命といわれた二十五歳には、まだ三年ある。

「四年後、天保十四年に生ずることの首尾次第で、そなたの行く末が定まる」

黄周は、天保十四年の首尾次第だと断じた。そのとき、いったいなにが起きるのか……。

剣術に心得のないことを思い知った長五郎は、すぐにも稽古(けいこ)を始めようと決めた。

真冬の夜空を、流れ星が走った。

五

天保十四年の清水湊は、いつもの年よりも冬のおとずれが早かった。

十一月の声を聞くと、いきなり漁獲が減った。それに合わせて、朝夕の冷え込みが厳しくなった。

「黒潮がでっかく流れを変えたずらか」

「この調子だと、今年の冬はきついことになるら」

遠州灘を指差して、漁師がため息をついた。

漁師の見立てた通り、黒潮が大きく蛇行していた。暖流が遠ざかった清水湊には、十一月中旬には凍えた北風が吹いた。

「手許の金はどんくらい残ってるんだ」

木枯らしが吹き始めた、十一月十三日の夜。長五郎は蓄えはいかほど残っているかを、音吉に問うた。

「三百九両三分に、銀が三百七十匁だ。銭は五貫文ばかり残ってる」

「そんだけありゃあ、しばらくは大丈夫だ」

二日後の十五日に清水町を出ると、音吉に言い渡した。

「おまえもそのつもりで支度をしてくれ」

ふたつ返事で応じたあと、音吉は急な旅立ちのわけをたずねた。

「おれの隙を見て、襲ってこようとしているやつがいる」

この二日ばかり、長五郎は剣術の稽古の行き帰りの道で、尾行者の気配を感じていた。

「二年前の暮れにうちに忍び込んだ、強盗の一味に違いねえ」

「なんでそれが分かるんだ。二年前なら、いまとは様子が違ってるずら」

「夜中に為合(しあ)ったときと同じ殺気を、背中の先に感じてるからだ」

二年前に強盗ふたりと立ち合った翌日から、長五郎は剣術の稽古を始めた。いまでは前後左右にひそむ敵の気配を、肌身に感ずるまでに上達していた。

「今年は天保十四年だ。萬福寺の和尚が言った、首尾よく乗り切ればというのは、この賊のことだ」

「おまえは、連中から逃げるんか」

長五郎はあいまいな笑みを浮かべた。音吉はその顔つきを見ると、得心してうなずいた。

翌くる日の夜は、一段と凍えがきつかった。が、空に雲はない。大きな満月の明かりが、冷え込みで固くなった地べたに降り注いでいた。

長五郎は道場からの帰り道を変えて、船着場へと向かった。桟橋の中ほどまで歩くと、いきなり振り返った。思った通り、尾行者ふたりは二年前の賊だった。

長五郎も賊も、ひとことも言葉を発せずに抜刀した。賊も脇差ではなく、太刀を手にしていた。

賊のふたりは左右に散り、身体の正面に太刀を構えた。長五郎は左側の男の技量が優れていると読んだ。一気にその男との間合いを詰めると、息もつかずに上段から斬り下ろした。

ぎゃっと短い声を漏らし、男の手から太刀が落ちた。長五郎はさらに一歩を踏み込み、袈裟懸けに斬った。

着ているものはバラリと垂れ、傷口から鮮血が流れ出している。が、長五郎は太刀さばきに手加減をしていた。賊の見た目は凄まじかったが、深手を負わせてはいなかった。

腕の立つ相棒があっけなく斬られて、残る賊は戦う気力が萎えたらしい。正面に構えた太刀の刃先を震わせた。

「この先、おれに構わんと約束すれば、命は助けてやる」

賊は返事をしない。長五郎が一歩を踏み出すと、腰から砕け落ちた。長五郎は太刀を鞘に戻し、後ろも見ずに甲田屋へ戻った。

「おれは明日から旅に出る」

甲田屋に戻ったあと、長五郎は兄夫婦に旅立ちを伝えた。

「だもんで店の一切は、兄さらが切り盛りしてくれ」

甲田屋を譲るといわれた佐十郎は、滅相もないことだと拒んだ。

「おれはいまのままの、番頭が性にあってる。あるじはおっかさにしてくれ」

佐十郎は本気で、当主の座に就くことを嫌がっていた。おっかさとは、次郎八の連れ合い、ふなである。

「おっかさは、兄さらに店を任せられりゃあ、なんの心配もねえって喜んでる」

かたくなに拒む兄夫婦を、長五郎は説き伏せにかかった。

「なんでおまえ、いきなり旅なんかに出るだ」

佐十郎から何度問われても、長五郎はわけを明かさなかった。

甲田屋は、ひとの暮らしの元になる『米』が商いの品だ。ここまでの甲田屋は、当主の次郎八が相場にのめり込んで、買占め・売り惜しみに走ったりもした。

次郎八のあとで当主の座に就いた長五郎も、生来の博打(ばくち)好きである。二代続けて堅気な家業には不向きな者が当主を務めた。

これからの甲田屋に入用なのは、佐十郎の誠実さと堅実さだ……長五郎は、本気でそう思っていた。弟の真意が分かり、佐十郎は甲田屋当主となることを受け入れた。

十一月十五日は、底冷えのする朝を迎えた。凍えてはいたが、空は晴れている。五ツ半（午前九時）の空は、深い青味をたたえていた。

富士山のいただきは、すでに純白の雪をかぶっている。青空を背負う富士山を見ながら、長五郎と音吉は清水湊を出立した。

六

清水湊を出た長五郎と音吉は、東海道を西に向かった。

「この街道を上るのは、これで三度目だぜ」

「何べん食っても、丸子のとろろ汁は美味いなあ」

「ばかやろう。おめえ、おれの言ってることをちゃんと聞いてんのか」

「口とんがらかせてねえで、とろろ食えや」

音吉が軽くいなした。

茶店には、冬の日差しが降り注いでいる。長五郎と音吉は、嚙み合わないやり取りをしながら、とろろ汁の代わりを注文した。

「今年を首尾よく乗り切れば、あんたは二十五を過ぎても達者でいられるんずら？」

「和尚は、そうは言わなかったぜ」

「分かってるって」

とろろ汁の入ったどんぶりを縁台に置くと、音吉は神妙な顔を拵えた。

「四年後、天保十四年に生ずることの首尾次第で、そなたの行く末が定まる。こころして生きられよ」

黄周が口にしたことを何度も聞かされるうちに、音吉はすっかり諳んじていた。もったいぶった口調がおかしくて、長五郎も思わず噴いた。

「おまえの笑い顔を見るのは、随分久しぶりだなあ。やっぱし、笑ってるほうがいいや」

「そうだなあ……」

長五郎の頭上にかぶさっていた重たいふたが、音吉のおどけで外れたようだ。

「今年を息災にやり過ごして、あんたが長生きできるように……これから、秋葉神社にお参りに行こうぜ」

振分けの葛籠を開いた音吉は、例によって道中案内を取り出した。綴りをめくり、目当ての記述を探し出した。

『秋葉神社は、天竜川の上流にあり、高さおよそ二百九十五丈（約八百八十五メートル）の秋葉山を御神体山とする。火を司り給う神様で、火の幸を恵み、悪火を鎮める』

漢字の多い文を、音吉はつっかえることなく読み上げた。

「悪火を鎮めるというのが、気に入ったぜ」

乗り気になった長五郎を見て、音吉は勢いづいた。

「十二月十六日には、一年の締めくくりの火祭りがあるってさ」

「いいじゃねえか。その火祭りで、今年の厄を燃やしてもらおうぜ」

すっかり気をそそられた長五郎は、音吉の先に立って秋葉神社へと向かい始めた。十五日に島田宿、十六日には袋井宿に泊まったあと、十七日に秋葉街道沿いの森町に到着した。

森町から秋葉神社までは、およそ五里（約二十キロ）の道のりである。森町を過ぎると、秋葉神社まで旅籠（はたご）はない。ゆえに森町は、秋葉神社への参詣客（さんけいきゃく）で大いに賑（にぎ）わっていた。

長五郎と音吉が森町に到着したのは、九ツ（正午）過ぎである。冬の陽は、低い空の真ん中にとどまっていた。

「町をひと巡りして、旅籠を決めようぜ」

宿の手配りは音吉の役目である。長五郎は連れの言い分を受け入れて、森町の様子を見ることにした。

駿河はどこも茶どころだが、森町はことのほか茶畑と茶屋が目についた。宿場を歩くと、『茶舗』『御茶葉』『御茶屋』の看板がやたらと目に入ってくる。

「なんだ、茶屋だらけでえ」

店の多さに驚いた音吉は、歩きながら看板を数え始めた。太田川（おおたがわ）の船着場に出たころには、数は六十を超えていた。

森町は、山間（やまあい）の小さな集落である。空の色は、清水湊よりも青味が強かった。町の真ん中を流れる太田川が、両岸の景色を分けていた。

東岸には三十軒以上の旅籠と、数知れぬ茶屋が軒を連ねている。秋葉詣での旅人は、だれもが太田川の東岸に逗留していた。

西岸は、一面の茶畑である。冬場の茶畑には、緑色はない。しかしどこまでも広がる畑は、冬の陽を浴びて薄茶色に輝いていた。

「おい、音吉」

深い山の景観に見とれている音吉のたもとを、長五郎が強く引いた。

「真冬だっちゅうのに、川に入ってるぜ」

長五郎が指差した先では、三人のこどもが遊んでいた。ふたりは見るからにこどもだったが、ひとりは大柄ですでに声変わりをしている。

三人は浅瀬の石の陰にひそんだ、川エビを獲っていた。

「石松にいちゃん、こっちの石はまだ見てなかったずら」

丸坊主のこどもが、流れの近くへ走った。

「走るんじゃねえ。そっちゃあ滑っておっかねえから」

石松と呼ばれた大柄な子が、坊主頭の子を呼び止めた。が、こどもは聞かず、流れのなかに足を入れた。陽は降り注いでいるが、真冬の川水は冷たい。

うわっと甲高い声をあげて、足を引っ込めようとした。その拍子に体勢が崩れた。

こけまみれの石が、こどもの足をすくった。

　ずるっと身体が川にはまった。太田川は大型の帆掛け船も行き交う、豊かな流れだ。川岸からわずか四尺（約一・二メートル）先は、二尋（約三メートル）の深さまで落ち込んでいた。

「石松にいちゃん……」

　こどもが悲鳴をあげた。

「いかん、溺れちまう」

　土手から様子を見ていた長五郎と音吉は、道中合羽と笠とを脱ぎ捨てようとした。清水湊で育ったふたりとも、泳ぎは達者だ。長五郎があごの紐に手をかけているとき、すでに石松は川に飛び込んでいた。

流されて行くこどもに泳ぎ寄ると、後ろから抱きしめた。長五郎と音吉は、石松の振舞いに感心した。溺れる者を助けるときは、背後から抱きしめるのがコツだと、湊育ちのこどもは教わっていた。

　抱きしめてはいるが、石松とこどもは流されている。幸いにも冬場で川水は少なく、流れもゆるやかだ。川岸に飛び降りた長五郎は、転がっていた竹竿を手にしてふたりを追った。

「これに摑まれっ」

石松は、通りかかった男が差し出してくれた竿を掴んだ。

「てめえの命を惜しまねえで、仲間を助けようとした。おめえ、歳は幾つだ」

「十一」

「まだ十一でそんなことができるとは、見上げたもんだ」

「おっちゃんは？」

「なんだ、おっちゃんだと」

長五郎の顔つきが歪（ゆが）んだ。が、石松は一向に気にせず、おっちゃんの歳は幾つだと問いを重ねた。

「二十四だ」

「歳よりは、ずっと大人に見えるね」

「おめえよりは大人だが、まだおっちゃんじゃねえぜ」

「分かった」

姿勢を正した石松は、ぺこりとあたまを下げた。

「助けてくれて、ありがとう」

天保十四年十一月十七日。晴れた日の九ツ過ぎに、二十四歳の次郎長と十一歳の石松は一本の竿の両端を掴み合った。

七

安政二（一八五五）年十月二日、明け六ツ（午前六時）過ぎ。清水仲町妙慶寺裏手の二階家が、腰高障子戸を開いた。六間（約十・八メートル）幅の間口には、十二枚の障子戸がはまっていた。

障子戸には、『清水湊』と『次郎長一家』の墨文字が互い違いに描かれている。次郎長一家は、長五郎が興した侠客の組である。

金儲けを第一とする堅気稼業に、長五郎は長らく飽き足りない思いを感じていた。

富士山を背にした清水湊のなんたるかを、日本国中に知らしめることこそ、おれに下された天命。

思い続けてきたことを形にできたのが、「侠客」という生き方である。

「募るな。相手が寄ってくる男であれ」

三右衛門の厳命が結実した次郎長一家だった。

八年前の弘化四（一八四七）年、当時二十八歳だった長五郎は、江尻宿の貸元大熊の妹お蝶と祝言を挙げた。そして妙慶寺裏手に二階家を普請し、一家の旗揚げをした。

「おまえのまっすぐな気性を、世のために役立てればいい」

梅蔭寺の住持は、侠客として生きることになった長五郎に「清水の次郎長」の名を与えた。

「次郎八の長男だと分かるし、語呂もわるくないじゃろう」

「ありがとうございます」

いっぺんで二つ名が気にいった長五郎は、深々と辞儀をした。住持の顔には、かつて一度も見せたことのない笑みが浮かんでいた。

住持に名づけられた『清水の次郎長』を、長五郎は『清水湊』と『次郎長一家』に分けて、腰高障子戸に描かせた。

毎朝、明け六ツにこの障子戸を開くのは、早起きが売り物の石松である。十月に入るなり、朝夕がめっきり涼しくなった。涼しいというよりは、肌寒いほどだ。

「今朝はまた、なんてえ寒さだ」

寒さが苦手な石松は、障子戸の外で身体をぶるるっと震わせた。晴れた朝は昇りくる天道に一礼をするのが、石松の流儀である。

朝日は、駿河湾の彼方から昇る。湊に向かって、石松は深く辞儀をした。おごそかな顔であたまを下げたが、空を見たときには顔色が変わっていた。

「てえへんだ、大政あにい」

石松は、履物を土間にひっくり返して駆け上がった。

「なんでえ、朝っぱらから。もう少し、静かに話ができねえか」

階段をおりてきた政五郎（大政）は、石松の大声をたしなめた。

次郎長が一家を興したと聞きつけて、駿河や遠州の方々から子分になりたいという者が集まってきた。いまでは一家の代貸役を務めている大政は、一番最初にやってきた男である。大政がたずねてきたとき、一家にいたのは音吉と石松だけだった。

「おめえと石松とは、今日から江戸弁を覚えろ」

大政がたずねてきた翌日に、次郎長は言いつけた。いまでも次郎長は、江戸で別れた源次郎を胸の奥底で慕っている。俠客として男を売るには、歯切れのよい江戸弁が一番だと確信していた。

次郎長は清水湊で働く江戸の仲仕を師匠に雇い、大政と石松に江戸弁を学ばせた。ときには、次郎長も大政、石松と一緒になって教わった。

いまでは次郎長一家には、大政を頭に十人の子分がいる。が、江戸弁を自在にしゃべるのは大政と石松のふたりだけだ。

子分になりたいといって、初めてたずねてきた大政。

次郎長が二十四歳だった冬に、一本の竹竿を握り合った石松。

どの子分も可愛いが、大政と石松に次郎長は格別の思いを抱いていた。

「なにがそんなに大変なんでえ」

代貸に問われた石松は、大政の腕をつかんで土間の外に出た。朝日が昇るにつれて、空は青味を増していた。

「あの雲を見てくだせえ」

石松は人差し指で、東の空の根元を指し示した。一本の細い雲が、真横一直線に浮かんでいた。

「妙に細いが、それがどうかしたのか」

「大政あにいは、去年十一月の地震を覚えてやしょう」

「忘れるわけがねえだろう」

大政は、思い出すのもいやそうだった。

去年の十一月二十七日に、公儀は嘉永から安政へと改元した。その改元の前、十一月四日に駿河国一帯がひどい地震に襲われた。

清水湊は、大揺れと津波の両方に手ひどくいじめられた。一年近くが過ぎたいまでも、漆喰がひび割れした米蔵の幾つかは、修繕されないままになっている。

「地震だの雲だのと、おめえはなにが言いてえんだ」

要領を得ない石松の話に焦れて、大政がわずかに声を尖らせせた。

「去年の地震のときにも、あの妙な雲がはっきりと浮かんでやした」

「なんだと」

大政の顔色が変わった。去年十一月上旬の地震の折りには、次郎長一家は全員で後片付けを手伝った。だれに頼まれたわけでもない。

「こんなときこそ、おれたちが先に立って手伝うんでぇ」

次郎長の意を受けた大政は配下の者と一緒になって、清水湊の片付けに励んだ。師走の半ばまで大政たちが汗を流したことで、次郎長一家の名は大いに高まった。

が、持ち出しも大変だった。

女房のお蝶はほぼ毎日、清水町の通りで炊き出しを手伝った。握り飯に使う米は甲田屋から仕入れ、次郎長が費えを払った。佐十郎は仕入れ値で分けてくれたが、なにしろ一日に五斗の米が入用だった。

地震の翌日から大晦日まで、炊き出しは続いた。町の片付けと炊き出しとで、二十七両三分のカネが消えた。

いまの次郎長一家は、十人の子分を抱えている。月々の費えもばかにならなかった。とはいえ、お蝶はカネの愚痴を言ったことは一度もなかった。が、大政にはやり繰りの大変さが、充分に分かっていた。

このうえ、もしもまた地震がきたら。

米びつの残り具合を案じている大政は、石松の見立てが外れることを祈った。ところが無情にも、夜の四ツ（午後十時）過ぎに地べたが揺れた。

「江戸の町が今度の地震で、ひどいことになっているそうだ」

夜の地震から二日が過ぎた十月四日、清水湊の米会所には江戸のうわさが聞こえていた。

「町のほとんどが、ぺしゃんこに潰れているというじゃないか」

会所のうわさは、その日の午後には次郎長の耳に入った。すぐさま大政が呼ばれた。

「江戸には大きな恩義がある」

次郎長は大政に目を向けた。

「清水湊がこれだけ栄えていられるのも、江戸が年貢米を一手に買い込んでくれるからだ」

大恩あるひとも何人もいると付け加えた。

「もしもことが起きたらすぐにも船を仕立てて、江戸に向かうぜ」

「がってんでさ」

次郎長の気性を知り尽くしている大政は、ふたつ返事で応じた。が、カネの算段を思い、胸の内では深いため息をついていた。

第六章　石榴の帯留

一

江戸で大地震が生じてから三日が過ぎた、安政二（一八五五）年十月五日の朝六ツ（午前六時）。


「途中だ、途中だと、そればかりだ。いつになったら、定かなことが分かるんだ」

長火鉢を挟んで、次郎長と大政が向かい合わせに座っていた。組の代貸大政を叱る次郎長の声は、いつにも増してかすれている。

組の差配すべてを担うのが、代貸である。次郎長はどんなときでも、大政を人前で叱ることはなかった。ふたりきりで差し向かいになっても、怒鳴りつけることはしない。腹立ちを抑えて、大政には小声で話した。

どれほど小さな声でも、大政の身体にはしっかりと通った。

「今日の五ツ（午前八時）に、大木屋の番頭と談判する手筈になっておりやす」

答えてから、大政は次郎長に目を合わせた。大政の物言いには、張り詰めた気迫がこもっている。次郎長のわきに寝そべっていた飼い猫が、ピクッと耳を動かした。


大木屋は、清水湊で一番の廻漕問屋である。自前の千石船を三杯も持っており、大坂と江戸の両方に向けて、おもに米と茶を運び出していた。

十月二日四ツ（午後十時）過ぎの地震は、清水湊でも大きく揺れた。が、倒壊した家屋はなかったことで、清水町の住人は大いに安堵した。

その二日後の朝に、江戸からの弁才船一杯が清水湊に入港した。

「江戸の町がぺしゃんこや」

「町が、火の海に包まれとってなあ。品川の浜に荷降ろしするのが、精一杯やったわ」

船乗りたちが口にした江戸の惨状を、最初に聞き取ったのが大木屋だった。大木屋の手代はすぐさま米会所の肝煎衆に、船頭から聞いた話を伝えた。

いまは江戸に向けて、新米を運び出している真っ只中である。地震で町が潰れたとあっては、米の廻漕手配りにも大きな影を落とすからだ。

「宿場のお役人さまにお訊きしよう」

顔色の変わった肝煎衆は、湊役所へと向かった。

「江戸が、どえらいことになってる」

「町のあっちこっちが、ぺしゃんこだっちゅうでねえか」

「地震から二日たったいまでも、江戸の火事は消えてねえってよ」

米会所から出たうわさは、大きな尾ひれをつけて広まった。四日の九ツ半（午後一時）過ぎには、次郎長の耳にもうわさは届いた。

「話の出所を探り当てろ」

次郎長の指図を受けた子分たちは、四方に散った。半刻（一時間）のうちには、米会所から出た話だと突き止めた。

「大木屋の手代が、弁才船の船頭から聞き取った話が、うわさの火元でやした」

確かな話を拾ってきたのは、石松だった。

「江戸には大恩のある人がいる」

次郎長は、江戸までの千石船を仕込むようにと大政に言いつけた。大政は、石松を連れて大木屋に向かった。

大木屋で応対に出てきた手代は、大政と石松を土間の隅にいざなった。小さな卓と腰掛が、土間にじかに置いてある。急ぎ客や、さほどに大事ではない客をあしらうための商談場所だった。

「ご冗談でしょう」

船を雇いたいと聞くなり、手代は鼻先で笑った。

「いまは新米の送り出しで、船は何杯あっても足りないときです」

こんなときに大騒動の江戸まで船を雇いたいなどと言うひとは、沙汰の限りだと言い放った。

「うちの親分が沙汰の限りとは、なんてえ言い草でえ」

石松が、手代の胸倉に手を伸ばしかけた。怯えた手代は身を後ろに引き、腰掛から転がり落ちた。舌打ちをした石松は、手代の手を摑んで腰掛に座らせた。

息を乱して腰掛に座った手代を、大政の細い目が正面から見詰めていた。大政は談判には脅かし役が入用になると判じて、石松を同道していた。

「難儀をしているひとたちに、米を届けようてえ話だ。明日の朝五ツ（午前八時）に、次郎長一家の政五郎が出直すからと、番頭さんか旦那さんにそう言っておいてくれ」

言い残して大木屋を出た大政は、その足で湊に舫われている弁才船に向かった。目当ては、この日の朝に江戸から入港した一杯である。船はすぐに見つかった。

「あっしは次郎長一家をあずかる、政五郎てえ代貸でやす」

大政は最初におのれの素性を明かした。

「ぜひとも、力を貸してくんなせえ」

弁才船の船頭相手に、もう一度江戸に戻ってほしいと頼み込んだ。次郎長一家の名は、清水湊ではそこそこに通っていた。その組をあずかる代貸から下手(したて)に出られて、船頭は大いに気をよくした。

大政が掛け合った弁才船は大木屋の船ではなく、大坂の廻漕問屋の持ち船だ。船頭さえ得心すれば、大木屋がなんと言おうが傭船(ようせん)することはできた。

それでも大木屋に筋を通したのは、荷積みや、弁才船への食糧・水などの運び入れの手助けが欲しかったがゆえだ。

大政は大木屋を出る前に、次郎長一家の政五郎だと名を告げた。名乗ったからには、傭船を首尾よく片付けないことには格好がつかない。船頭と直談判をしたのは、なんとしても弁才船確保のためだった。

確かなことだけを口にする。

この慎重な気性を見抜いたがゆえに、次郎長は大政を代貸に据えた。大木屋との掛け合いに、大政は抜かりのない手配りをした。そこまで手立てを講じながらも、「まだ仕掛かり途中でやして」としか、次郎長には答えていなかった。

「五ツの談判というのは、江戸に向けての船出をいつにするか、だろうな」

「へい」

大政の返事が短いのは、いつも通りだ。次郎長は膝元(ひざもと)にふたつ並べてあるなかから、桜細工の煙草盆を引き寄せた。甲田屋次郎八の形見の品のひとつだ。

この煙草盆を使うのは、次郎長の機嫌が直ったときだ。大政はわずかに吐息を漏らした。銀細工のキセルに刻み煙草を詰めていた次郎長が、大政に強い目を向けた。

「いつの船出として、おまえは談判に臨む気だ」

「あさって、七日の朝だとかんげえておりやすが」

「いまから支度を始めて、ほんとうにあさっての船出に間に合うのか」

「間に合わせやす」

「そうか」

次郎長は、煙草に火をつけた。強く吸ったあとで、静かに煙を吐き出した。甘い香りが大政のほうに流れた。

「おまえがそこまで請合うなら、間違(はた)いはねえだろう」

灰吹きにキセルをぶつけて吸殻を叩くと、新しい一服を詰め始めた。次郎長が好んで吸うのは、薩摩(さつま)特産の刻み煙草『薩摩富士』である。煙草を包んだ紙袋には、なで肩の山の絵が刷られていた。

絵は薩摩の国の火の山、開聞岳(かいもんだけ)である。形は富士山によく似ているが、高さは約三百七丈（約九百二十四メートル）で、富士山には到底かなわない。

しかしことのほか『富士』の名を好む次郎長には、『薩摩富士』はお誂(あつら)えの煙草だった。

「おれは音吉と一緒に、昔の仲間を呼び集めに行ってくる」

二ヵ月先には、秋葉神社の大祭が控えている大事な時期である。次郎長は、組の若い者はできる限り地元に残しておきたかったのだ。

大政は、短い返事で受け止めた。

「首尾よく運べば、おれと音吉のほかに、七人が乗ることになる」

「へい」

「それを勘定にいれて、江戸行きをだれにするかを決めておけ」

「がってんでさ」

両手を膝にのせた大政が、気合をこめて返事をした。猫がまた、耳をピクッと動かした。

二

次郎長と音吉が組の宿を出たのは、五ツの四半刻（三十分）ほど前だった。

お蝶がふたりに鑽り火を打ち、組の全員が次郎長にあたまを下げた。辻を曲がって姿が見えなくなったとき、お蝶は大政をわきに呼び寄せた。

「大木屋さんとの掛け合いは、五ツからでしょう？」

「へい」

大柄な大政が、背中を丸めてうなずいた。

「三百両までなら遣えます」

お蝶は気負いのない物言いで、組の米びつに幾ら残っているかを伝えた。

「そうでやすか……」

大政の語尾は、消え入りそうだった。

「それで足りなければ、あと二、三十両のことなら、あたしが工面します」

「あっしが不甲斐ねえばっかりに、姐さんには気苦労をさせちまって」

大政の背中が、さらに丸くなった。

「ここは往来ですよ」

明るい声で応じて、お蝶は大政の背筋を元に戻させた。

「おカネのことは心配せずに、しっかりと船を仕込んでくださいね」

「あっしの命にかけても、首尾を果たしてめえりやす」

いつもは大げさな物言いをしない大政が、命にかけてもと言い切った。

お蝶は大政を見上げるようにして、大政の言葉を受け止めた。そのお蝶の背後に、石松が駆け寄ってきた。

「姐さん……」

呼びかける石松の声が、いつもとは調子が違っていた。お蝶はいぶかしげな目で石松を見た。

「甲田屋さんから、使いの小僧さんがきておりやす」

「甲田屋さんなら、あのひとにご用があるんでしょう」

石松は大きく首を振った。

「小僧さんは姐さんにと、そう言ってやす」

石松は、組の勝手口を指差した。甲田屋のお仕着せを着た小僧が、勝手口のわきに立っていた。石松の調子がいつもと違っていたのは、甲田屋がお蝶を名指しで使いを寄越してきたからだった。

「上首尾を祈ってます」

大政に言い置いてから、お蝶は小僧のそばに歩み寄った。

「あたしにご用がおありですか」

小僧が相手でも、お蝶はていねいな物言いを変えなかった。五ツ前の朝の光が、地べたに降り注いでいる。薄く紅を塗ったお蝶の口元は、朝日を浴びて艶々と濡れていた。

黒い瞳で見詰められた小僧は、うろたえ気味になって目を逸らした。

「甲田屋さんは、あたしにご用があるの？」

口調を変えて問いかけると、小僧は気恥ずかしそうな顔でうなずいた。

「分かりました」

お蝶はたもとから、四枚の銭を取り出した。たもとには常に、銭と小粒とが心付用に仕舞われていた。

「すぐに支度を済ませますからね」

四枚の銭を駄賃にもらった小僧は、目を輝かせて辞儀をした。

「よかったなあ、坊主」

お蝶と入れ替わりに近寄ってきた石松が、小僧のあたまを撫でた。

「姐さんから駄賃がもらえるのは、とびっきりのことだぜ」

「ほんとうに？」

小僧が声を弾ませた。石松がこども好きであるのは、小僧にもすぐに伝わったのだろう。石松を見る目は、親しみに満ちていた。

「そうともさ。おめえ、ことによると四文をもらったんじゃねえか」

「そうだよ」

小僧は嬉しそうに手のひらを開いた。四枚の一文銭が握られていた。

「やっぱりそうだ。姐さんは、おめえがとことん気にいったのさ」

一番の気にいりにしか四文の駄賃は渡さないと聞いて、小僧はますます目を輝かせた。

「そんだけ気にいられてんだからよう。甲田屋さんまでは、おめえがしっかりと姐さんを守るんだぜ」

「分かった。そうする」

小僧の目が、あてにされた嬉しさと誇らしさに燃えている。

「これはおまけだ」

石松は、さらに二枚の一文銭を握らせた。

宿の玄関に戻る石松の後姿を、小僧は憧れ（あこが）の目で見詰めていた。

三

甲田屋当主の佐十郎は、次郎長の実兄である。十三歳年長の佐十郎は、今度の正月で五十路（いそじ）を迎える。年相応に髪は白くなっており、ひたいに刻まれたしわも深かった。

賭（か）けごとも相場も一切やらず、色里遊びもまったく知らない。同じ両親から生まれながらも、佐十郎と次郎長とはまるで正反対の性格だった。

甲田屋当主の座に就いたのは、次郎長に強く請われてのことだ。当主となったあとの佐十郎は、米相場には一切手出しをせず、ひたすら米の売買に励んだ。

豊作・凶作に連れて、米相場は大きく変動した。佐十郎は先を見越して、安値のときに大量の米を蔵に買い置きした。それゆえ凶作のときでも、小売りの米代は二割増しを超えることはなかった。

「甲田屋さんは、変わったなあ」

「米代が平べったくなったでさあ。うちらは、大助かりさ」

甲田屋のありかたを称(たた)えたのは、住民だけではなかった。清水湊はもちろん、興津宿や府中宿の旅籠(はたご)、料亭、寺院なども競い合って甲田屋から米を買った。

「商いは正直が一番」

これが佐十郎の姿勢である。実直ひと筋で、周りからは大いに称えられた。清水湊の多くの者が、佐十郎と次郎長が実の兄弟であるのを知っている。

米を商って、ひとの暮らしを支える兄。

侠客(きょうかく)として、男を売る弟。

「大した兄弟だ」

「甲田屋と次郎長は、清水湊にゃ過ぎたもんだ」

兄弟ともに、清水湊では評判がよかった。兄弟仲もすこぶるいいが、片方は真っ当な米問屋で、他方は博打(ばくち)にも手を出す渡世人である。兄の世間体を思った次郎長は、ほとんど甲田屋には近寄らなかった。

「用もなしに、美濃輪屋と甲田屋には近寄ってはならねえ」

配下の者に、次郎長は常から言い聞かせていた。その甲田屋から、次郎長ではなしに、お蝶に話があると使いがきたのだ。お蝶もいぶかしく思った。が、なんといっても義兄からの呼び出しである。石松同様に、お蝶はなにを着ていくかを思案した。

堅気の宿をたずねるのに、派手な身なりは禁物である。さりとて渡世人の女房の身なりが地味に過ぎては、次郎長の評判に障りがでる。

あれこれと片袖を通した末に選び出したのは、柿の朱色をあしらった御召だった。

黒地に朱色・黄色・鼠色の、三色の太い縞が入っている。次郎長との祝言祝いに、兄の大熊が誂えてくれた御召だ。横段に入った漆の色糸が、着物の上物ぶりを際立たせていた。

半襟には柿色をさけて、淡い桃色の絞りで逃げた。半襟にまで柿色を使ったのでは、あまりに派手に思えたからだ。

肌色地にもみじが縫い取りされた帯を締めたあと、石榴の帯留をあしらった。黄赤の珊瑚で細工した品で、お蝶が一番好きな帯留だった。

「おまちどおさま」

黄色の巾着袋を提げてあらわれたお蝶を見て、小僧は目を見開いた。

「どうしたの、小僧さん。あたしの顔になにかついてるかしら」

お蝶は、わざと艶を含んだ笑みを小僧に投げかけた。小僧の驚いた顔を見て、つい、からかいたくなったからだ。

「なんでもねえ」

小僧は、お蝶にぺこりとあたまを下げるなり、先に立って歩き始めた。四、五歩遅れて、お蝶があとを追った。

着ているのは、お蝶の身体つきを艶やかに引き立てている御召である。歩みにつれて、尻の丸みが左右に動く。

お蝶を見送る若い者が、音を立てて生唾を飲み込んだ。石松に睨まれて、慌ててお蝶の後姿から目を外した。

くうん。

お蝶が辻を曲がると、組の飼い犬も子犬のような鳴き声を漏らした。

四

案内された部屋に入るなり、お蝶は思わず吐息を漏らした。十二畳間はかつての次郎八と次郎長の居室だったからだ。

立ったままお蝶は部屋を見回した。欄間の彫り飾りはもとより畳の縁、ふすま紙に至るまで、佐十郎は次郎長と同じものを使っていた。

ここまで次郎長を大事にしてくださっていたとは……と、お蝶は瞬時に佐十郎に対する見方、思い込みを改めた。

「わざわざきてもらったのは、きのうの夕方に大木屋から妙なうわさが流れてきたからさ」

話の途中で、佐十郎はキセルに火をつけた。酒はさほどに強くないが、佐十郎は次郎長以上に煙草好きである。好みの刻みは次郎長と同じ『薩摩富士』だ。実父の美濃輪屋三右衛門も、晩年はこの刻み煙草を吸っていた。

三人それぞれに性格は違っていても、煙草の好みには『血の濃さ』があらわれていた。

「おめえの口から、正味のところを訊かなきゃいかんとおもったもんで、すまんなあ」

「すまないだなんて……にいさんに呼ばれれば、いつだって駆けつけますから」

「そんなら、よかった」

立て続けに三服を吸ってから、佐十郎はキセルを煙草盆に戻した。

「江戸に米を運ぶそうだが、もう買いつけは終わったんか」

問いかけた佐十郎は、お蝶を真正面から見詰めた。目には、その場限りの言い逃れを許さない強さが宿されていた。

「まだ一俵も買ってはおりません」

お蝶は即座に応じた。米の買いつけがまだなのは、まことだったからだ。しかしお蝶は、買いつけをしていないわけは話さなかった。

次郎長は浜松で米相場を一緒に戦った七人に助勢を求めようとして、今朝早くに音吉と出かけた。その折り、路銀として二十両を持ち出した。

手許に残っているのは、三百両少々である。

清水湊から江戸までの船代を、お蝶は高くても百両あれば足りるだろうと踏んでいた。大政には、三百両までなら好きに遣えと言い渡した。その金高には、江戸まで運ぶお助け物資の購入代や諸掛までも含んでいた。

もっとも費えがかかるのは、傭船代である。その額が定まらないことには、米だの味噌だの古着だのといった物資を買いつけることもできない。

すべては、大木屋との談判が首尾よくまとまってから。

お蝶と大政は、ともにそう判じていた。だが、それは佐十郎に言えることではなかった。ありのままを伝えれば、内証のわるさをさらけだすも同然だからだ。

「なんでおめえは、はやいとこ買いつけをしねえかね。船出はあさってずら」

「大木屋さんが船を出してくれるかどうか、まだ分からないものですから」

「そんなことはねえ」

佐十郎は、上体をお蝶のほうに乗り出した。

「船を持ってるのは、大木屋ばかりではねえ。ゼニを積んだら、船を出す廻漕問屋はいくらでもあるずら」

佐十郎にしてはめずらしく、目に力をこめてまくし立てた。

お蝶は、余計な言い逃れをする気はなかった。さりとて、口を開けばまことを言わなければならない。

佐十郎から目を逸らさぬまま、お蝶は膝に手をおいて口を閉じていた。

佐十郎はしばらくお蝶と見詰めあいをしていたが、先に自分から目を外した。

「ちょっくら待っててくれ」

立ち上がった佐十郎が戻ってきたのは、四半刻もたってからだった。手には、木綿の袋を提げていた。甲田屋が客に米を売るときに使っている、米一升の通い袋である。

袋は重たそうに垂れ下がっていた。

「勘定に手間取ったもんで、えらく待たせちゃったなあ」

詫びを言ったあと、佐十郎は米袋をお蝶の前に差し出した。

「なかには二十五両包みで、四百七十五両がへえってるだ」

佐十郎が米袋を、お蝶の膝元に置いた。小判の包みがぶつかり合って、ゴトンと鈍い音がした。

「そのカネは好きに遣ってくれ。米はうちの蔵から、百俵を持ってけ。長五郎は、江戸に何人も世話になったひとがいるずら。百俵で足りねえなら、いるだけ持ってけばいいさ」

お蝶を待たせたまま、佐十郎は甲田屋の蓄えを銀一匁にいたるまで帳面で確かめた。

そののち、番頭を船着場近くの両替商、駿河屋まで出向かせた。

駿河屋に預けてある蓄えのなかから、四百七十五両を引き出すためである。この額は、この先一年の米の買い付け資金と、新年に払う奉公人の給金・お年玉などの諸掛を差し引いた残りで、甲田屋が出せるぎりぎりの額だった。

「いまの甲田屋のもとを作ったのは、次郎八さんと長五郎だ。そのカネは、いってみりゃあ長五郎が稼いだも同然だで。なんも遠慮はいらねえから」

佐十郎は、甲田屋のカネが役に立てばなによりだと真顔で喜んだ。

あまりにも……思いもしなかった成り行きに直面して、あのお蝶が言葉に詰まった。

佐十郎はそんなお蝶の胸の内を読み解いて言葉にした。

「長五郎とおらは、血の繋がった兄弟だ」

お蝶の目を見据えて、これを言い切った。

「あいつの考えることなら、おらにも分かる。おらの思いはあいつも、正味で呑み込

　まこと兄弟でなければ口にできない言葉だと、いまはお蝶も心底、呑み込めた。

むだ」

「ありがとうございます」

　こうべを垂れたお蝶を了として、梅蔭寺が四ツ（午前十時）の鐘を撞き始めた。

　同じ四ツの鐘を、大政は清水湊の米会所で聞いていた。大政は手代に口にした通り、朝の五ツに大木屋をたずねた。店先で大政を待っていた手代は、すぐさま座敷に招き上げた。

　土間で応対した昨日とは、扱いがまるで違っていた。座敷には座布団が用意されており、座るとすぐさま茶と菓子が出された。

　茶はていねいにいれた上煎茶で、加賀の落雁が朱塗りの菓子皿に載っていた。勧められるままに茶に口をつけているさなかに、大木屋の番頭が顔を出した。

「江戸までの弁才船は、喜んでてまえどもで用意させていただきます」

　昨日、こんな時期に船を雇うなどは沙汰の限りだと言い放った手代は、首をすくめて番頭の後ろに控えていた。

「そいつあ、ありがてえ。今日のうちに、船代を払わせてもらいやす。大木屋さんはいってえ幾らで、江戸までの行き帰りを請合ってくれやすんで」

傭船に目処のついた大政は、安堵のあまりに先をせっついた。番頭は、答える前に膝元に出された茶に口をつけた。ひと口すすり、気を落ち着けてから大政を見た。

「それにつきましては、折り入ってのご相談がございます」

番頭は、茶を飲み干すようにと勧めた。

「召し上がっていただいたあとで、米会所までご一緒にお出かけいただきたいのですが、ご都合のほどは？」

米会所に向かうわけを話さぬまま、番頭は大政を連れ出した。大木屋と会所とは、わずか二町（約二百十八メートル）の隔たりでしかない。案内する番頭も、あとについた大政も、ひとことも口をきかずに歩いた。

米会所には、番所役人をもてなす客間が普請されている。大木屋の番頭は、その客間に大政を案内した。二十畳の広い客間で、東西それぞれに障子戸が構えられている。陽はまだ、晩秋の空を昇っている途中である。東側の障子戸越しに、穏やかな日差しが客間に差し込んでいた。

大政が座ってさほどの間をおかずに、会所の肝煎ふたりが客間に顔を出した。

「そちらさんが船出を急いでおられるようだから、前置きは省かせていただくが……江戸に向かう船に積み込むお助け米は、うちから出させてもらいたい」

「米は百俵を用意させてもらう。それで足りないようなら、残りをおたくさんが買いつけるということで、いかがかな」

肝煎ふたりが、交互に思案を口にした。思ってもみなかったことを切り出されて、大政は返答に詰まった。

次郎長からは、二百俵の米を買いつけるようにと指図をされていた。他所からの施し米を受け取っていいとは、ひとことも言われていない。

会所の申し出をどうするかは、大政には決められなかった。

「ありがてえ話でやすが、あっしには返事のしようがありやせん」

「だったら、次郎長さんに訊いてもらおう」

「あいにく親分は、よその宿場に出かけちまってるんでさ」

大政の返事を聞いた肝煎のひとりは、大きく顔をゆがめた。

「米を高値で買えといってるわけじゃない。江戸で難儀をしているひとたちに、わしらも手助けをしたいと言ってるんだ。あんたも代貸なら、なんでこの場で返事をせんのか」

年長の肝煎が息巻いた。大政を連れてきた番頭が尻を動かしたほどに、肝煎の詰め寄り方には気迫がこもっていた。

「ものには、限りがありやす」

大政は穏やかな口調で応じた。

「商家の番頭さんは、店の切り盛りは旦那から任されておりやしょうが、なにをやってもいいてえわけじゃありやせんでしょう。番頭さんが思い通りにできることには、限りがあるはずでやす」

組を預かる代貸も同じだと、大政は言葉を結んだ。肝煎ふたりは、いずれも米問屋の当主である。大政の話には、深く得心した。

「次郎長さんとつなぎをつけて、百俵の話を飲み込んでもらえるように、代貸さんから話をしてくださらんか」

「わかりやした」

次郎長に顚末を話すことを、大政は肝煎たちに請合った。

「清水湊にとっては、江戸は米の大きなお得意先だ。そのひとたちが難儀をしているとき、なんにもしねえでは、笑い者になるでさあ」

「ぜひとも次郎長さんに、そのことを伝えてくれ。船代も、わしらは応分に割前を持たせてもらうからよう」

肝煎のひとりは前歯が抜けており、さしすせそが聞き取りにくい。大政が耳をそばだてていると、梅蔭寺の鐘の音が肝煎の声に重なっていた。

五

八ツ（午後二時）になっても十月五日の清水湊の空は、雲ひとつなく晴れていた。

「佐十郎さんは、よくよく器量の大きなひとでやすね」

お蝶と向かい合っている大政が、心底からこぼれ出た声で佐十郎を称えた。お蝶の膝元には、十九個の包みが山積みになっていた。

『金二十五両　清水湊駿河屋』

どの包みにも、墨色の上書きが刷られており、屋号に重ねて駿河屋の印形が朱肉を用いて押印されていた。武家が発給する公文書以外に朱肉が使えるのは、きわめて限られた場合である。

金包みに印形が朱肉で押印されているのは、中身に相違なしと両替商が請合っているあかしだ。どの包みの朱肉も、まだ乾いていないかのように鮮やかだった。

お蝶の膝元の金包みの小山は、弟を思う兄の情愛のあらわれである。見た目は風采の上がらない米問屋のあるじだが、佐十郎の身体にも熱い血潮が流れていたのだ。

「ありがとうごぜえやす……」

甲田屋の方角に向かってつぶやいてから、大政は深くこうべを垂れた。顔を上げたとき、大政の顔つきは一段と引き締まっていた。

「あっしはこれから、親分を探して宿場廻りをさせてもらいやす」

「お願いします」

　お蝶は大政の申し出を受け入れた。米会所と大木屋の申し出をどうするか、一刻も早く次郎長の判断が求められたからだ。

　次郎長は千石船一杯を雇い、江戸までお助け物資を運ぶようにと大政に指図をしていた。積荷に関しては、品種と数量を書き物にして残してあった。

　すぐに炊いて食べられるように、搗米（精米）を終えた米を二百俵。

　味噌を十樽。味噌さえあれば、温かい味噌汁が拵えられる。握り飯に塗れば、おかずいらずだ。

　掻巻、綿入れなどの寒さを防ぐ古着を大小取り混ぜて、少なくても百着。すでに十月初旬である。陽が差している間は暖かくても、朝夕の冷え込みは日ごとにきつくなっていた。

　江戸は、ほとんどの家屋が潰れているという。少しでも身体が温もる古着は、冬に向かっているいまは、必需品となるのが目に見えていた。

　ほかには、身体を暖めて威勢を呼び起こす酒と、汚れのない飲み水である。

　酒は『正雪』の四斗樽を二十樽。飲み水は、富士の湧き水二十樽を仕入れるようにと、次郎長は書き置きしていた。

次郎長の実家美濃輪屋には、富士の水が湧き出ている井戸がある。が、あえてよそから買いつけろと指図したのは、実家に余計な手間をかけさせたくないからだった。

清水湊から江戸まで行き帰りの傭船代は、千石船一杯を十日間限りで百両と決まった。船頭、水夫(かこ)の費えは、傭船代に含まれている。

大木屋が用意する船乗りは船頭を含めて七人。米、味噌などを予定通りに積んだあとは、組から十人を乗せるのが精一杯だというのが、船頭の言い分だった。

「てまえどもと米会所とで、半金の五十両を負わせていただきます。なにとぞ大木屋にも、いい顔をさせていただきたく……」

どこまでも厚かましい大木屋だ。しらっとした物言いで傭船代子細を口にした番頭は、扇子を開き、顔に風を送っていた。

米は会所と甲田屋が、それぞれ百俵ずつ拠出すると言っている。これらの好意の受け入れを、もしも次郎長が渋るようであれば……。

大政は身体を賭(と)して、次郎長に受け入れを懇願する気でいた。江戸に恩義を感じているのは、次郎長ひとりではない。

清水湊の総意として、江戸にお助け船の水押(みよし)を向ける。このことが肝要だと、大政は強く感じていた。

「あたしは梅蔭寺さんに、船路の安全祈願に行ってきます」

次郎長探しは大政にまかせて、お蝶は願掛けに出ると口にした。

「でしたら姐さん、石松を連れて行ってくだせえ」

「あたしのお守り、ということですか」

お蝶は、からかうような目で大政を見た。大政は真顔でお蝶の視線を受け止めた。

「石松が姐さんについてさえいれば、親分もきっと安心なさるでしょうから」

素手の殴り合いの強さでも、柔の技の巧みさでも、脇差・匕首の使い方の巧さでも、石松は組のなかで抜きん出ていた。

腕っ節が強いうえに、石松は人一倍短気な性格である。

「梅蔭寺で座禅の修行をしてこい」

次郎長は何度も石松を、梅蔭寺に差し向けた。座禅を組むのは苦にしなかったが、煙草が吸えないことに音を上げて、石松は毎度二刻（四時間）も経ぬうちに逃げ帰ってきた。

石松がついていれば安心だと言ったのは、腕っ節の強さばかりではない。梅蔭寺のことには、石松が一番通じていたからだ。

「分かりました。代貸の言われた通りにさせてもらいます」

「石松には、あっしからそう言っておきやすんで」

大政がお蝶にあたまを下げて、座敷を出たとき。石松は組の裏庭で、飼い犬の尻尾（しっぽ）を撫（な）でていた。

「ばかいい毛並みじゃねえか」

くるりと丸くなった尾を、石松は真っ直ぐに伸ばした。犬は気持ちよさそうに、鼻を鳴らした。

「おめえのこの尻尾なら、冬場にはいい襟巻きになるぜ」

石松は、まるで愛（いと）おしむかのように尾を撫でた。犬は小さく唸（うな）り、そっぽを向いた。

六

甲田屋に出かけたときと同じ身なりで、お蝶は梅蔭寺の山門をくぐった。履物は桐の塗り下駄（げた）である。

山門から本殿までは、石畳のゆるい上り坂が続いている。お蝶が歩くと下駄と石畳とがぶつかりあって、カラン、カランと軽やかな音が立った。

一町（約百九メートル）ほど上ると、石畳の道が石段に変わった。年配者や女でも登りやすいように、一段は三寸（約九センチ）である。さほどの高さではないが、三十段も続くと女には楽ではない。

石段の両側には、銀杏(いちょう)の古木が何本も植わっていた。葉はすっかり、黄緑色や黄金色に色づいている。

八ツ半（午後三時）をわずかに過ぎた見当で、陽は次第に西空へと移り始めていた。が、雲のない空から降る日差しには、まだ威勢が残っていた。

銀杏の葉を潜り抜けた木漏れ日が、お蝶の御召に差している。漆の色糸が光を浴びて、艶々(つやつや)と輝いていた。

裾(すそ)を気遣いつつ登るお蝶の肩に、一枚の葉が舞い落ちた。黒地の御召に載った黄金色の葉は、織り込まれた柄のようである。

お蝶の後姿を見ながら、石松は祝言を挙げた日の次郎長を思い出していた。

次郎長がお蝶を娶(めと)ったのは八年前、弘化四（一八四七）年の秋である。祝言を挙げたときの次郎長は、まだ組を興してはいなかった。

当時の宿は梅蔭寺近くの二階家で、借家だった。まだ次郎長を名乗ってもいなかったが、義侠心(ぎきょうしん)に富んだ男として、評判は聞こえていた。かつて浜松の米相場で大儲(おおもう)けしたことも、次郎長の評判を高めることに役立っていた。

「米相場の武勇伝を聞かせてくだせえ」

「若い時分には、江戸で暮らしていたと聞きやしたが……」

たずねてくる客人を拒まず、一宿一飯の世話をした。二階家に次郎長と暮らしていたのは、音吉と石松のふたりである。当時十五歳だった石松は、飯炊きから洗い物までのすべてをこなした。

次郎長との歳の差は十三歳。兄弟のいなかった石松は、次郎長を歳の離れた兄のように慕っていた。

元は蚕農家の別宅だった借家の一階には、二十畳の広間が構えられていた。絹糸を買いつけにくる商人との、商談用の広間である。次郎長とお蝶の祝言は、この広間で執り行われた。

宴席料理の仕出しは、音吉の実家が請合った。祝言当日の石松は流し場に居づっぱりで、お燗番を務めた。

「石松、こっちにこい」

宴のさなかに、長五郎は流し場にやってきた。石松が近寄ると、次郎長は金屏風を背にして座っているお蝶を指差した。

庭越しのやわらかな光が、金屏風にあたっている。ほどよく白塗りをほどこされたお蝶の横顔が、黄金色の照り返しを浴びていた。

唇に引かれた紅と、細く描かれた眉が、金屏風の光と混ざり合っている。遠目には、お蝶の顔が神々しく照り輝いているかに見えた。

「大熊のあにいの妹とは思えない、いい女だ。おれは今日限り、女断ちをするぜ」

次郎長はお蝶の自慢がしたくて、わざわざ石松を呼び寄せたのだ。

あにいは、飛び切りの女好きじゃねえか。

それまでの次郎長は月に五回は石松と音吉を引き連れて、色里に出かけていた。女断ちなど、できるわけがないと石松は胸の内で笑った。

ところが祝言をあげて以来、次郎長は、ぴたりと遊びをやめた。

客人などの手前もあって、色里に繰り出すことはその後も何度もあった。が、次郎長は敵娼に手も触れず、朝まで酒を酌み交わすのみだった。

祝言から丸三年が過ぎた、嘉永三（一八五〇）年の秋。組には大政も加わり、若い者は石松のほかに四人がいた。興津の山に紅葉狩りに出かけたとき、一番後ろを歩いていた石松はまたもや次郎長に話しかけられた。

「つくづく、いい女だ。そうだろう、石松」

次郎長が指差した先に、お蝶が立っていた。木漏れ日を浴びながら、もみじに見入っている後姿である。着物の肩には、一枚の赤い葉が落ちていた。

「赤ん坊が授かれば、言うことはねえんだが」

次郎長が漏らしたつぶやきは、石松の胸の奥底にしっかりと仕舞われた。

「姐（あね）さんは、梅蔭寺の底なし沼をご存知でやすかい」

石段を登りきったお蝶の前に、石松は回り込んだ。

「そんなものが、ここにあったの？」

「やっぱり、ご存知ねえんで」

「知りませんでした」

お蝶の目は、底なし沼を見たがっていた。

「願いを唱えながら、てめえの一番大事にしているものを沼に放り込むんでさ」

「一番大事なものを？」

お蝶は、石松が口にしたことをなぞり返した。石松は強くうなずいた。

「沼の神様の機嫌がよけりゃあ、願いを聞き入れてくれるてえんでさ。姐さん、そこに行ってみやすかい」

「ぜひ、連れて行ってくださいな」

お蝶の目が、一段と輝きを増している。石松は先に立って底なし沼に案内した。

「ここがそうなんでさ」

石松が指差したのは、沼というよりは大きな池だった。池の幅はおよそ四間（約七・二メートル）で、赤い欄干の太鼓橋が渡されていた。

それでも底なし沼というだけあって、見るからに深そうである。水面には浮き草が群れになっており、水の色は深い緑色に見えた。

「願い事をするなら、あの橋の真ん中から投げ込むんでさ」

真ん中が大きく盛り上がった太鼓橋には、秋の陽が差している。欄干の赤と、水面の深い緑色とが、色味を競い合っていた。

「お願い事をしてきます」

お蝶は下駄を鳴らして、太鼓橋に向かった。

橋の真ん中に立ったお蝶は、帯に手をあてた。そして、珊瑚細工の帯留を取り外した。お蝶が一番気にいっている帯留である。

石松は、言葉を失くしてお蝶を見詰めた。

お蝶に話した底なし沼の言い伝えを、石松は梅蔭寺の雲水から聞いていた。しかし願い事をするのに投げ込むのが『一番大事なもの』だったか否かは、定かには覚えていなかった。つい、たわむれに言ってしまったようなものだ。

お蝶は石松の言葉を真に受けて、帯留を外した。いまさら、止めようがなかった。

お蝶は、右手に帯留を持っている。顔の前にかざすと、目を閉じた。そして口の中で願い事を唱えたあと、帯留を池に落とした。

音も立てずに、帯留は池に飲み込まれた。

お蝶は目を閉じたまま、一心に願いを唱えている。ふうっと深いため息をついた石松は、帯に挟んでいたキセル袋を取り外した。

袋に収まっていたのは、石松自慢のキセルである。羅宇の長さも太さも並だが、銀製の火皿には牙を剝いた猪が彫られていた。

酒と同じほどに煙草が好きな石松には、欠かせないキセルである。毎日、朝夕の二度も、こよりを通してヤニ掃除を怠らない。それほどに、大事にしているキセルだった。

どうか親分と姐さんに、赤ん坊が授かりますように……。

短い願いを唱えてから、石松はキセルを池に落とした。お蝶に石榴の帯留を投じさせたことへの罪滅ぼしである。

ポチャッ。

池が立てた音は、まことに素っ気なかった。

七

五日の八ツ（午後二時）過ぎに組を出た大政は、東海道を西に向かった。日暮れ近くには府中宿に到着し、旅籠吉田屋の軒下に見慣れた音吉の笠を見つけた。

「大木屋さんとの談判は、思いもしねえ方向に走り出しやした」

大政はあごを引き締め、丹田に力をこめて顚末を話した。黙って最後まで聞き終えた次郎長は、居住まいを正してから清水湊の方角に身体を向けた。

あぐらを組んだ膝に手を乗せると、深い息を吸い込みつつ、あたまを下げた。音吉と大政も、次郎長に従ってこうべを垂れた。

「お助け船を清水湊の総意として出せるなら、これ以上のことはねえ」

米会所も大木屋も、江戸には大きな恩義がある……このことを、次郎長はすぐに呑み込んだ。そして、大いに喜んだ。

「手柄顔でやることじゃねえ。助けてえと思う者が多いほど、江戸のひとも早く元気を取り戻せるだろう」

会所と甲田屋が、百俵ずつ米を拠出するということ。傭船代の半金を、米会所と大木屋が負うということ。

このふたつを多とした次郎長は、残りの物資の買いつけをあらためて大政に指図した。甲田屋佐十郎が大金を用立ててくれたと聞いたあと、次郎長は音吉と大政を部屋に残して廊下に出た。

戻ってきたときには、帳場から借りた筆・半紙・硯・墨の一式を手にしていた。

「文机を出してくれ」

大政に支度をさせた次郎長は、文机の前で正座をした。そして背筋をまっすぐに伸ばした姿勢で、墨をすった。充分に墨の支度が調ったのを確かめてから、筆にたっぷりと含ませた。

一度も試し書きをせず、次郎長は一気に筆を遣った。

『俠甲田屋佐十郎』

筆には、次郎長の思いがたっぷりと込められていた。

「清水湊にけえったら、これをおめえがにいさのところに届けてくれ」

次郎長の声が、かすれ気味だった。

六日の四ッ（午前十時）過ぎに、大政は清水湊に帰ってきた。

「親分は、米会所の肝煎と大木屋さんには、くれぐれもよろしくと言われやした」

次郎長との首尾を聞かせたあと、大政は梅蔭寺の祈願がどうであったかとお蝶にたずねた。底なし沼に帯留を投じたことは、内緒にしておくつもりだった。お蝶の膝がわずかに動いた。

「船出が上首尾に運ぶようにとお願いしたことは、梅蔭寺の神様が聞き届けてくださったはずです」

「神様って……」

大政は小首をかしげてお蝶を見た。

「梅蔭寺は禅宗の寺で、神様はいねえんじゃありやせんかい」

「えっ？」

お蝶は、虚を衝かれたような顔になった。

「あちらにいるのは、仏様ばかりだと思っておりやしたが」

「そうかもしれませんが……とにかく、聞き届けてくれたはずです」

「そうでやしたか」

大政はそれ以上何も言わずに、お蝶の前を辞した。部屋を出る大政を、お蝶は帯に手をあてて見送った。

船出は、七日の五ツ半（午前九時）と決まっていた。この刻限に出帆して風に恵まれれば、日暮れ過ぎには下田湊に着ける。

「今日の暮れ六ツ（午後六時）までに、手分けしてお助け品を買いつけてくれ」

若い者に三人組を作らせた大政は、それぞれの組に買いつけの品を指図した。

「おまえたちの組は、水の二十樽を頼む」

富士の湧き水買いつけを指図されたのは、石松・豊吉・正次の三人組である。最年長の石松が、三人の頭役だった。

富士の湧き水を商っているのは、巴川東岸の大野屋である。大野屋には深さ十丈（約三十メートル）の井戸があり、まぎれもなく富士の水が湧き出ていた。

「二十樽の水は、わしらの手で汲み上げるんかのう」

掛川の山村から出てきた豊吉は、物言いがのんびりしている。対岸に渡る船を待ちながら、ひとりごとのようなつぶやきを漏らした。

いつもなら間延びした豊吉の物言いを、石松は笑って聞いていた。が、昨日、梅蔭寺から戻ってきて以来、わけもなくひとの物言いに突っかかっている。

「こっちは水を買う客なんでえ。汲み上げるのは、大野屋の奉公人に任せときゃあいい」

余計なことをいわず、口をしっかり閉じていろと、石松は豊吉を叱りつけた。

「なんだってにいさは、そんなに機嫌がわるいんかね」

背丈が六尺（約百八十二センチ）、目方が二十一貫（約七十九キロ）もある豊吉は、身体の横幅が石松の五割増しである。並んで座っている石松の顔を見ようとして、豊吉は身体を動かした。石松が横に押された。

「たあっぽかやろう、てめえ。おれに恨みでもあるんか」

石松が豊吉の胸倉を摑んだ。豊吉を挟んで反対側に座っていた正次が、石松の手を押さえつけた。

「ひとが見てやすぜ」

江戸生まれで二十三歳の正次は、去年の夏まで本所に住んでいた。組では一番きれいな江戸弁を使う若い者である。

「ことによるとあにいは、煙草を断って苛々してるんじゃありやせんか」

豊吉から手を放した石松は、尖った目で正次を睨みつけた。

「おれがいつ、煙草を断ったてえんだ」

「昨日姐さんのお供で、梅蔭寺からけえってきてからでさ。あれっきりあにいは、煙草を吸ってやせんぜ」

「分かったようなことを言うんじゃねえ」

地べたを蹴って立ち上がった石松は、陽を浴びてキラキラと輝く巴川を見た。

正次は図星をさしていた。石松は愛用のキセルを池に投じたのみではなく、煙草断ちも底なし沼の神様に約束していた。そうでもしなければ、石榴の帯留を池に投げたお蝶に申しわけが立たないと思ったからだ。

さりとて、煙草断ちをしたことをひとには言えない。口にしたりすれば、願掛けをした神様にそっぽを向かれる気がしたからだ。

あと幾日、おれは煙草が吸えねえんでえ。

少なくともお助け船が江戸に着くまでは、煙草は吸えない。そう思った石松は、深いため息をついた。

対岸から渡し船が向かってきている。石松は巴川の川面を見ていた顔を上げた。青空を背にした富士山は、はや雪の冠をかぶっていた。

第七章　蝶に雪

一

　東京からの客を相手に、音吉が話を始めてからすでに三時間が過ぎていた。

「座りっぱなしは、わしにはつらいでよ。ちょっとばかし、外に出るか」

　音吉は杖(つえ)を手にして立ち上がった。客人ふたりも、音吉に続いて立った。音吉は綿入れを羽織った着流しだが、東京からのふたりは背広姿で、黒い革靴を履き、フェルト製の中折れ帽子を手にしていた。靴も帽子も、維新以降の流行の品だ。伊藤栄太郎はチョッキのポケットに、金鎖でつないだ懐中時計を収めていた。

　音吉は明日(あした)で七十五の高齢だが、背筋はまだ曲がってはいない。五尺七寸（約百七十三センチ）の音吉は、客のふたりよりも四寸（約十二センチ）は背が高かった。

　杖を玉砂利に突き立てながら、音吉は港橋のたもとに立った。大晦日(おおみそか)の午後ゆえ、巴川を行き交う船はほとんど見えない。『末廣』前の船着場にも、大型の乗合船二杯が太い綱で舫われていた。

空は気持ちよく晴れている。雪をかぶった富士山は、青空を背負って堂々と立っていた。

「さすがは富士山だ。雪をいただいたあの姿は、見事な眺めですなあ」

伊藤が、感嘆まじりの物言いをした。嶋屋も、しきりにうなずいている。が、音吉はふたりには取り合わず、通りの反対側を見ていた。

末廣の正面には、高さ九尺（約二・七メートル）の時計が据えつけられている。西空へと移り始めた真冬の陽が、時計の文字盤を照らしていた。

純白の文字盤に、黒文字で数字が書かれている。長短二本の針が、午後三時十五分だと告げていた。

「江戸に向かって船出した日は、えらく風に恵まれてのう」

大きな時計を指差しながら、音吉は唐突に話を始めた。伊藤と嶋屋は、あわてて音吉のわきへと移った。伊藤はチョッキのポケットから時計を取り出し、正面の大型時計が示している時刻とを見比べた。

ふたつの時計が同じ時刻を示している。伊藤は得心してうなずいたが、音吉はそのさまを見てもいなかった。

「下田湊に船が着いたのは、七ツ（午後四時）過ぎのことじゃった」
江戸のころを懐かしんで話すとき、音吉はいまだに昔ながらの時の呼び方をする。
伊藤と嶋屋は七ツが何時に当たるかを指折り数えて、話に聞き入った。

次郎長一行とお助け物資を満載した千石船は、安政二（一八五五）年十月七日、明け六ツ（午前六時）早々に清水湊を出帆した。

当初の段取りでは、朝の五ツ半（午前九時）の船出だった。が、前日の夕暮れ空を見て、船頭は一刻半（三時間）早い船出を決めた。

「明日は夜明けから昼前まで、いい追い風が吹くでよ。夜明けとともに帆を張るだ」
少しでも早く江戸に向かいたい次郎長にとって、早い出帆は望むところである。赤松のかがり火を焚き、夜を徹して米や古着を積み込んだ。

七日の朝は真っ青な晩秋の空が、富士山の背に広がった。船頭が見立てた通り、夜明けから強い風が清水湊から沖合いに向けて吹き渡った。

船は千石積みの弁才船である。帆柱の高さは九丈（約二十七メートル）。帆は二十七畳大という、途方もない大きさである。

船頭の指図を受けて、水夫がふたりがかりで帆張りの轆轤を回し始めた。ギイッ、ギイッと軋み音を立てて、巨大な帆が柱を登って行く。舫い綱を解かれた弁才船が、外海に向かって滑り出した。

艫に座った船頭が、畳一畳もありそうな舵を海に落とし込んだ。舵と帆は、弁才船の命である。舵が海に落ちると、水夫たち全員が海に向かって深々と辞儀をした。

風は、船頭の見立て以上に強く吹いた。風に煽られて、白波が立つ。その波に向かって、弁才船は真っ直ぐに突き進んだ。

「どんだけ揺れても、音を上げる者はいねえ。存分に海を突き進んでくだせえ」

船出前のやり取りのなかで、次郎長は船頭にこう告げた。

「まかせなせえ」

船頭は次郎長がどれほど早く江戸に向かいたがっているかを、しっかりと呑み込んでいた。胸を叩いて、海を一直線に進むことを請合った。

大波に乗るときには、身体がぐいっと持ち上がる。滑り落ちるときには、船板から身体がふわっと浮き上がる。

そんな揺れを、弁才船は沖に出る前から繰り返した。どれほど揺れても、次郎長、音吉、七人衆は、全員が平気な顔で横になっていた。

次郎長も音吉も、こども時分から船で荒海に出ている。空が晴れているこの日の航海は、波が高くて大揺れしても、屁でもなかった。

かつて浜松の米相場を一緒に戦った七人衆も、全員が荒海を知っている男たちである。

「あのひとたちは、とってもまともじゃありやせんぜ」

「ちげえねえ」

大政と石松のふたりは、船端から身を乗り出して吐き続けた。

陽が西に大きく傾いたころ、弁才船は下田湊に入港した。蒼い顔の大政と石松に、湊の寝姿山がやさしく笑いかけていた。

二

次郎長たちが泊まったのは、湊から三町（約三百二十七メートル）も離れていない、大和屋という旅籠だった。

「庭の隅には、温泉が湧き出てっからよ。三十人がいっぺんに浸かっても、湯があふれねえ露天風呂があるだ」

露天風呂と聞いて、一番喜んだのは石松である。

「吐くだけ吐いて、身体がすっかり冷えちまってんでさ。でけえ湯があるてえのは、なによりのご馳走だ」

大喜びした石松は、旅籠の浴衣に着替えるのももどかしげに、庭の露天風呂に向かった。

十月七日の七ッ半（午後五時）過ぎである。陽はすでに稜線の彼方に沈みかけており、大きな湯舟は夕闇に包まれ始めていた。

手早く下帯をほどいた石松は、湯気が立ち込めた露天風呂の岩陰へと進んだ。岩の割れ目から、湯が湧き出している。前を洗おうとして、石松は桶に湯を汲み入れた。温泉は、ほどよいぬるさだった。夜明けから強い海風にさらされて、身体は芯まで冷え切っていた。そんな肌にも、湯はぬるくてやさしい。

「ありがてえ。こいつあ、極楽だぜ」

大声を発した石松は、桶を抱いたまま、岩陰から湯舟に飛び込んだ。大きな水音が立ち、湯が四方に飛び散った。

「ばかやろう」

湯煙の向こうから、怒鳴り声が投げつけられてきた。

「なんだと。ばかやろうとは、おれに言ったんか」

石松は、ひとに怒鳴られるのがなによりも嫌いだ。桶を湯に浮かせて、怒鳴り返した。湯煙が割れて、大柄な男ふたりが湯をかきわけて石松のほうに向かってきた。

「てめえの落ち度は棚に上げて、たいそう威勢がいいじゃねえか」

男はふたりとも、六尺（約百八十二センチ）の大男だ。ひとりは濃い体毛が、肉置きのよい身体をおおい尽くしていた。

「おめえさんがいきなり湯に飛び込んだんで、湯がおれっちの顔に飛び散った。そんな無作法なやつは、ばかやろう呼ばわりされても仕方がねえだろう」

「うるせえ」

相手の言葉を途中でさえぎった石松は、大男のひとりに詰め寄った。ひとに怒鳴られると、後先も、ことの善悪も考えずに突っかかるのが石松のくせだ。

「湯が飛び散るのがやだてえなら、のんびり風呂に浸かってるんじゃねえ」

石松は、こめかみに青筋を立てて怒鳴った。両手をだらりと垂らして、腰を落とし加減にしている。いつでも素手で、ふたりを相手にしようという構えだ。

大男ふたりは石松の怒りをいなし、呆れ顔を見交わした。そのさまを見て、石松はさらに怒りを募らせた。

「おめえたちがかかってこねえなら、こっちから行くぜ」

石松の構えが半身に変わった。体毛の濃い男が、石松に一歩を詰めた。が、石松の股間を一瞥すると、目元をゆるめた。

怒りにまかせて怒鳴り声をあげてはいるが、石松の一物は縮こまりもせずに堂々と、垂れていた。

「にいさん、なかなかの器量じゃねえか」

体毛男が、感心したような物言いをした。石松は、からかわれたと思い、さらに目つきを険しくした。

「モノが縮こまってねえのは、おれっちに怯えちゃあいねえあかしだ。威勢のいいのは、空元気じゃなしに本物らしいやね」

「まったくだ」

もうひとりも、親しみを込めた目で、息巻く石松を見詰めた。

「おれは蔵前の米蔵で働いてる、仲仕の十蔵だ。こっちは相棒の専太郎てえんだ」

体毛の濃い男が専太郎だった。

「湯を浴びせられて腹を立てたが、どうやらにいさんに悪気はなさそうだ。こっちもカッとして、ばかやろう呼ばわりをしたのはわるかったよ」

仲仕ふたりから先に詫びられて、石松は言葉に詰まった。いきなり露天風呂に飛び込んで、迷惑をかけたのは石松のほうだ。

「にいさん、すまねえ。この通りだ」

わるいと察したときの石松は、いさぎよく詫びる。ふたりに向かってあたまを下げた。

そのさなかに、次郎長たちが群れになって庭に出てきた。

「驚いた。石松があたまを下げてるぞ」

「なにがあったずら」

勝手なことを言い交わす男たちを押しのけるようにして、大政が湯舟に入ってきた。

大政の顔色が変わっているのは、石松があたまを下げていたからだ。

ひとたび石松が暴れ出したら、大政でも容易には止められない。それほどに鼻っ柱の強い石松が、あろうことか、あたまを下げているのだ。大政の顔色が変わったのも、無理はなかった。

「どうした、石松。なにがあったんだ」

問い質(ただ)しながら大政は、油断のない目で十蔵と専太郎を見た。

「おれがいきなり湯に飛び込んだばっかりに、蔵前の仲仕のあにさんたちに湯をぶっかけちまったんでさ」

石松は、大声で顚末(てんまつ)を聞かせた。後ろに控えていた次郎長が、石松のわきに出てきた。

「にいさんたちは、蔵前の仲仕衆か」

次郎長の物言いには、男を素直にさせる力がある。仲仕ふたりが揃ってうなずいた。

「いきなりの問いかけですまないが、源次郎さんという仲仕さんのことをご存知ないか」

「年恰好(としかっこう)は幾つぐれえでやしょうか」

十蔵が、ていねいな物言いで問うた。思案顔になった次郎長は、四十をとうに超えた見当だと答えた。

「かれこれ四十を超えても蔵前で働く男は、ほとんどおりやせん」

「あっしらの周りには、そんな歳の源次郎てえおひとはおりやせんでしたぜ」

十蔵と専太郎が交互に答えた。

「そちらさんの身寄りのかたなんで？」

次郎長の素性が分からない十蔵は、当たり障りのない問い方をした。次郎長はみずから名乗り、江戸に向けてお助け船を走らせている途中だと明かした。

「そいつあ、おみそれしやした」

仲仕ふたりは次郎長に深々とあたまを下げた。十蔵も専太郎も下田湊の先の、石廊崎が在所である。

「二日夜の大地震で、江戸の町は平べったくなっちまいやした」

湯舟の真ん中に立ったまま、十蔵が江戸の様子を話し始めた。

ふたりとも蔵前に近い、浅草並木町の裏店に暮らしていた。寝入りを大揺れで叩き起こされたふたりは、着の身着のまま、銭袋と印形だけを手にして飛び出した。

地震が起きたのは、四ツ（午後十時）過ぎである。裏店や商家では、火の始末をして眠りについている刻限だった。が、吉原や洲崎、品川などの遊郭は、これからが盛りという、いわば宵の口である。

地震のあと、色里から火の手が上がった。火に追い立てられるようにして、十蔵と専太郎は日本橋から東海道を西へと向かった。

真夜中を過ぎたころに、逃げ惑うひとの波に押されて、高輪大木戸にたどりついた。大木戸も吟味屋敷も、地震でぺしゃんこに潰れていた。

堅固だと思っていた吟味屋敷までが屋根を落としたのを見て、十蔵たちは江戸に見切りをつけた。ひたすら東海道を上り、この日の昼過ぎに下田湊の大和屋でわらじを脱いでいた。

「よかったら晩飯を一緒にして、江戸の話をもっと詳しく聞かせてくれないか」

十蔵と専太郎は、きっぱりとうなずいた。

ふたりともひとり者で、江戸には身寄りはいなかった。しかし十五の歳に江戸に出て以来、十年も並木町で暮らしていた。

裏店のひとには世話になったし、江戸には恩義もあった。それなのに、様子をしっかりと見定めぬまま、江戸から逃げ出していた。

江戸の町を助けに向かう次郎長に、十蔵も専太郎も心底からあたまを下げた。そして、知りうる限りの『いまの江戸』の様子を、次郎長たちに話して聞かせた。

「厚かましいことを頼みやすが、江戸のどの神社でも構わねえんでさ。これをあっしらふたりからの賽銭として、投げ込んでもらいてえんで」

十蔵は剝き出しの一両小判一枚を、次郎長に差し出した。

「まかせてくれ」

次郎長はうなずき、小判一枚を預かった。

「それでは、江戸までの船旅の無事を願って、清めの酒をやりやしょう」

大政の音頭取りで、船頭、水夫も一緒に酒を酌み交わした。さりとて、浮ついた宴席ではない。ひとりが一合徳利二本をあけると、酒は打ち止めになった。

酒と喧嘩には滅法強いはずの石松が、この夜はわずか二合の酒でしたたかに酔った。昼間の航海で吐き続けたことで、身体が弱りきっていたのだろう。

「おれにも一服吸わせてくだせえ」

床を並べた大政からキセルを借りた石松は、立て続けに三服も吸った。そして、そのまま布団に倒れ込んだ。

お蝶の夢を見たのは、丑三ツ（午前二時～二時半）過ぎである。

「梅蔭寺の底なし沼に願掛けしたことを、破ったりしてはいけません」

お蝶に物静かな口調で叱られて、石松は布団のうえに飛び起きた。

「なんでえ。なにがあったんでえ」

目ざとい大政は、起きただけではなしに身構えた。

「姐さん、勘弁してくだせえ……」

半泣き声で石松はぼそぼそと詫びた。大政に問い詰められても、石松はわけが話せない。焦れた大政は、石松の腕を摑んで立ち上がらせた。

「もう一度湯に浸かって、おめえがもごもご言ってることをぶっ飛ばせ」

「がってんだ」

威勢よく応じた石松は、先に庭に出た。

真夜中の空を星が埋めている。またたく星が、江戸までの海路の無事を請合っていた。

三

下田湊を八日の四ツ（午前十時）に出た弁才船は、風に押されて八ツ半（午後三時）前には浦賀の船番所に到着した。しかし役人の検査は厳しく、通過を許されたのは、日没近くだった。

浦賀の船番所は、江戸湾に入る船の人別改め・貨物改めをする公儀直轄の番所だ。大型・小型を問わず、すべての船は船番所に立ち寄り、役人の吟味を受けることが定めだった。

しかし、浦賀水道は広い。江戸湾に出入りする船すべてを検問することは、不可能だ。それゆえ漁船と乗合船、それに五百石未満の弁才船は、乗船名簿や荷受帳の提示だけで通過が許されていた。

ところが昨嘉永七（一八五四）年三月三日に日米和親条約が締結されて以来、相次いで各国の軍艦や商船が江戸湾に入ってきた。いずれも国交樹立や、通商条約締結を求めての、いわば押しかけ来航だった。

事態を憂慮した公儀は、浦賀船番所の監視態勢を一気に強化し、役人を増員した。

「すべての積荷を吟味いたすぞ」

「樽(たる)は中身が確かめられるように、ふたをゆるめておけ」

役人の吟味は厳格をきわめた。積荷検査に手間取り、浦賀水道の船番所わきに投錨(とうびょう)する弁才船が続出。その船を目当てに、物売り船までがあらわれ始めた。

厳しい検査は、十一月二十七日に嘉永から安政へと改元されたのちも、年が明けて安政二年になってからも続いた。

十月二日の地震では、浦賀船番所も大揺れした。夜が明けてときが過ぎるにつれて、江戸の被害のひどさが次第に明らかになった。

「この地震に乗じて、不心得者が大挙して江戸に向かいかねぬ」

船番所の筆頭与力は、両目に力を込めて部下を見回した。

「みなの者は一層奮励いたし、こころを引き締めて吟味にあたられたい」

筆頭与力の訓示を受けて、役人は奮い立った。帳面の書き損じ、樽の数量違いなど、瑕疵を見つけるたびに、帳面の書き直しや、数量の数え直しを命じた。

江戸では無数の被災者が、救援物資の到着を待っていた。しかし江戸を目前にして、多くの船が浦賀船番所に留め置かれた。

次郎長たちの弁才船は、十月八日は神奈川沖に投錨した。次郎長と音吉は、遠い昔に同じ場所に停泊した日のことを語り合った。

お助け物資を満載した千石船がようやく品川沖に着いたのは、十月九日の五ツ半(午前九時)過ぎだった。

「やいやい……」

高く盛り上がった舳先に立った音吉は、江戸の町を見て絶句した。

いまから丸二十年前の、天保六(一八三五)年十月五日。長五郎と音吉は、清水湊から船で品川沖に到着した。そして、いまと同じ場所から江戸の町を見た。北の彼方に見えた江戸城は、御城の甍が十月の陽光を照り返していた。

二十年の昔にふたり並んで船から見た江戸は、御城だけではなく、どの屋根も本瓦葺きで、黒光りしていた。そして瓦屋根の周りには、樹木の緑があふれていた。

家と森とが、群れになってる……江戸の町に見とれた十六歳の長五郎は、深い吐息を漏らしたものだ。いまも御城は、同じ方角に見えている。二十年前の朝と同じように、十月の陽が江戸に降り注いでいた。

ところが御城の甍は、陽をはじき返してはいない。地震でほとんどの甍が滑り落ちたのか、屋根の地肌が見えていた。

「江戸は、どえらいことになっとるで」

「そうだな」

音吉に並びかけた次郎長も、町の惨状を見て言葉を失っていた。

品川から見る屋根は、汚れた茶色に変わっていた。御城と同じで、本瓦が落ちて屋根の地肌が丸見えになっているからだ。まだらに瓦が残っているだけに、余計に眺めが汚れていた。

地震のあとで、方々から火が出たのだろう。焼け跡が多く目についた代わりに、町の彩りだった樹木の緑はあらかた失せていた。

天保六年のあの日。

「長五郎、あれを見てみろ」

音吉はそう言って、品川沖に停泊している船を指差した。二十年が過ぎたいまも、品川の海は船で埋まっていた。数え切れないほどの帆柱が、空に向かって屹立(きつりつ)しているのは、昔もいまも同じだ。

しかしあの日、大型の千石船や菱垣廻船の周りに群がって、積荷を受け取っていた大小さまざまのはしけが、いまの海には一杯もいなかった。

「大川は川底まで八尋（約十二メートル）はあるんだぜ」

幸いにも弁才船の船頭は、江戸の河川と湊に明るい男だった。

「大川最初の橋の永代橋手前には、霊岸島の大きな湊があるでよ。あそこなら、この船でも楽々横付けできるずら」

はしけがないのは、江戸の役人も分かっている。江戸の住人への、お助け物資を運んできた千石船だ。霊岸島に船で乗りつけても、役人は文句を言わない。もしものときには、責めはわしが負うからよ……豪胆な船頭は、霊岸島に向けて舵を切った。

次郎長と音吉は、口をきつく結んで江戸の町に見入っていた。

四

積荷すべてがお助け物資であると分かり、霊岸島の役人は次郎長たちをねぎらった。のみならず、主と肝煎を呼び寄せて、空いている蔵ふたつを次郎長に貸すようにと命じた。

「清水湊から、わざわざ……」

次郎長たちの義侠心に触れて、霊岸島の肝煎衆は膝にひたいがくっつかんばかりの辞儀をした。千石船で運んできた米、水、味噌、古着などは、霊岸島の仲仕衆がわずかの間に荷揚げした。

「ここの会所でよければ、みなさんに幾日でもお泊まりいただけますがのう」

肝煎の申し出を、次郎長は断わった。地震が起きてすでに七日が経っているが、寝起きする場所に事欠く被災者がまだ大勢いた。人助けに出張ってきた者が会所に我が物顔で寝泊まりしては、迷惑なだけである。

次郎長は洲崎に行こうと決めていた。

「しばらくは江戸におりやす。あっしらにできますことなら、なんなりと言いつけてくだせえ」

次郎長は、翌日から七人衆の何人かを毎日霊岸島に張りつけると申し出た。

「興津浜の小太郎は、四里（約十六キロ）の道を、半刻（一時間）で走る男です。空見の辰丙は、その気になれば一年先の空模様も言い当てやす」

差し当たり、明日はこのふたりを張りつけて、お助け物資の配給手伝いもさせてもらいたいと、次郎長は申し出を結んだ。

韋駄天と、空見の達人が助っ人だと分かり、肝煎衆はさらに深い辞儀をした。

次郎長たち一行十一人が永代橋を渡ったのは、陽が西空の根元にまで移った七ツ半（午後五時）前である。

「富士山が、あんなに小せえ……」

橋の中ほどで立ち止まった石松は、遠くの富士山に目を凝らした。西日を浴びて、雪をかぶった頂上があかね色に染まっている。清水湊から出張ってきた十一人は、小さな富士山を見て、いかに国許（くにもと）から遠く離れたかを思い知った。

富岡八幡宮を通り過ぎた一行は、大路に夕闇がかぶさり始めたころに洲崎に到着した。武蔵屋は、嬉（うれ）しいことに建物が潰（つぶ）れておらず、ほぼ無傷で残っていた。

さすがに玄関の盛り塩はなかったが、格子戸は昔のままだった。二十年前に次郎長と音吉が世話になった武蔵屋は二階建てである。二階家を取り囲む黒板塀も壊れておらず、格子戸のわきには、行灯（あんどん）造りの看板が昔と同じ場所に立っていた。

町は暮れかかっていたが、行灯に灯は入っていない。次郎長が逗留（とうりゅう）していたころは夕暮れ時になると、武蔵屋はどこよりも早く行灯に灯をいれた。

『かし座敷あります』

行灯に描かれた文字を、次郎長は二階の手すりに寄りかかって眺めたものだ。行灯の形も、描かれた文字も、次郎長が覚えていた通りだった。が、灯が入っていない行灯が、無傷に見えてはいても、武蔵屋が負った手傷だと次郎長には思えた。

格子戸の前で、次郎長と音吉はともに大きく息を吸い込んだ。そして格子戸を開いてから、息を吐き出した。

二度、呼び声を投げ入れると、しわがれた声の返事があった。次郎長と音吉は、顔を見合わせた。

ゆっくりとした足取りで、帳場から女が出てきた。腰は曲がってはいないが、歩くのが難儀そうだった。

「貸し座敷は空いているんだけど、あいにく今日は仲居も下足番も休みでねえ」

明かりの灯っていない玄関先で、女が言いわけを始めた。

「武蔵屋さんの女将で？」

「女将はあたしだけど」

暗がりで、次郎長と音吉の顔がよく見えないらしい。上がり框に立った女将は、一歩前に歩み出た。

「おなつかしゅうごぜえやす」

「おなつかしゅうって……」

「二十年前にこちらにごやっかいになった、清水湊甲田屋の長五郎でごぜえやす」

「わしは魚屋のせがれの、音吉で」

「あっしらふたりを、覚えておいででやしょうか」

「忘れるわけがないじゃないか。あたしはまだ、耄碌はしていないからね」

張りのある物言いは、まさに女将のものだった。

「おまいさんたちが、あのときの長五郎さんと音吉さんかい」

「へい」

男ふたりの返事が揃った。

「そうかい」

上がり框に座り込んだ女将は、たもとから懐紙を取り出した。しばらくは手に握ったままだったが、こらえ切れなくなったらしい。急ぎ、懐紙で潤んだ目を拭った。

「源次郎さんは、お達者でやしょうか」

なにより聞きたかったことである。昂ぶる気を抑えようとしても、物言いは忙しなくなった。

女将は目に当てていた汗押さえを、きちんと畳んでたもとに仕舞った。

「おまいさんたちの姿を、たとえ一目でも見られていたら、源次郎さんもさぞかし喜んだだろうにねえ……」

すっかり白髪混じりになっている女将が、玄関先でつらい報せを口にした。

恩人はもはやこの世にいなかった。

次郎長の目が潤んだ。辻の先から、按摩の笛の音が流れてきた。

五

次郎長たちが江戸に到着して四日目の、十月十二日。十一人が朝餉（あさげ）を摂る武蔵屋の広間には、重い気配がたちこめていた。

十二月には、秋葉大社の火祭りが催される。次郎長一家にとっては、年越しに備えての大きな稼ぎ場である。祭で売るガサ（正月飾り）を拵（こしら）えるためには、十一月早々から取りかからなければならない。

今日はすでに十月十二日だというのに、次郎長たちはまだ江戸にいた。しかも被災者に対して、目立った手伝いもできないままに日が過ぎていた。

「十五日ごろには江戸を発（た）ちやせんと、ガサ造りの支度が面倒なことになりやす」

朝飯が終わって茶を呑（の）んでいるとき、大政が顔つきを引き締めて次郎長に伝えた。

次郎長は腕組みをしたまま、返事をしなかった。が、大政に言われるまでもなく、月の半ばには江戸を発たなければと思案していた。

次郎長生涯の恩人である仲仕の源次郎は、二年前の大火事で命を落としていた。

「逃げ遅れた年寄りを助けに入って、それっきりでねえ。身内でもなんでもない、赤の他人なのに……いかにも源次郎さんらしいよ」

女将から墓地を教わった次郎長は、毎日、線香を手向けに出かけた。墓参りから戻ってきたときの次郎長は、さらに深く沈んでおり、うかつに近寄れない気配を発していた。

米、味噌、水、古着のお助け物資は、被災者に大いに喜ばれた。しかし、ひとの元気を呼び起こすまでには至らなかった。品物をもらうと顔をほころばせるが、その笑みは長くは続かなかった。

さまざまな屈託を抱えたまま、ずるずると日が過ぎている。次郎長を含めた十一人全員が、気持ちの奥底に苛立ちを隠し持っているようだった。

「どうにもやってらんねえ」

茶を呑み終えた石松が、素っ頓狂な声を出した。広間に立ち込めた重たい気配が、石松の声で掻き回された。

「江戸は威勢のいいところだと思ったから、江戸弁を教わったてえのに……地震に痛めつけられて難儀なのは分かるけどさあ、もうちっと元気を出せねえのかよ」

辛気臭くてやってられねえと、石松は胸のうちの苛立ちをそのまま言葉に出した。他の面々も、同じ思いを抱いていたのだろう。石松が言葉を荒らげても、とめる者はいなかった。

「江戸がこんなだと分かってりゃあ、威勢のいい神輿も一緒に運んでくるんだったぜ」

石松は神輿に肩をいれる真似をした。

「いい思案だ」

強い口調で応じた次郎長の顔に、朱がさしていた。

「みんな、車座になってくんねえ」

次郎長の周りに、十人の男たちが集まった。久々に、威勢のいい次郎長の顔を見て、男たちはだれもが目を輝かせていた。

「ここの先の富岡八幡宮は、毎年八月十五日に氏子各町の神輿が集まって、賑やかな祭になると、源次郎さんに教わった覚えがある」

「わしも覚えてる」

音吉が次郎長の話に相槌をうった。

「紀文（紀伊国屋文左衛門）さんが奉納した、総金張りの神輿が富岡八幡宮にはあると、源次郎さんが言ってたずら」

「総金張りとは、随分と豪勢な話ですぜ」

祭好きの石松は、音吉のほうに身を乗り出した。

「毎月十五日が、富岡八幡宮の月次祭のはずだ」

「女将に確かめやしょう」

帳場に駆けていった石松は、顔をほころばせて戻ってきた。次郎長は、辰丙を正面から見た。

「しあさっての空模様を読んでくだせえ」

次郎長が小さくうなずいた。振舞いには力がこもっている。すっかり、いつもの次郎長に戻っていた。

広間を出た辰丙は四半刻（三十分）もの間、念入りに空模様を読んだ。戻ってきたときには十月だというのに、ひたいに汗を浮かべていた。

「大丈夫だ。十五日は、雲ひとつない秋空が広がるぞ」

辰丙は迷いのない言葉で、晴天を請合った。

「おれは宮司さんと掛け合ってくる」

次郎長は富岡八幡宮に出かける前に、それぞれに指図を下した。

大政と石松には、町内神輿を持っている深川各町の肝煎（きもいり）に、神輿の支度を頼むようにと言いつけた。

「どの町内に神輿があるのか、肝煎がだれなのかは、女将（おかみ）に教えてもらいねえ」

「がってんでさ」

大政と石松は、すぐさま広間を出て行った。

狼煙（のろし）の達人、総一郎と孝次郎の双子の兄弟には、絵心が備わっていた。

「十月十五日に神輿が出るってことを、薄板に描いて方々に立てかけろ」

洲崎と木場とは隣り合わせである。双子が絵を描く板は、幾らでも手に入った。指図を受けた双子も、すぐに支度に動き出した。

興津浜の小太郎、馬走りの土光、籾殻の佑吉の三人には、言いふらしの役目が振られた。

「宮司さんには、かならず得心してもらう。おまえたちは十五日の祭が本決まりだと思って、深川中に言いふらしてくれ」

「がってんでさ」

土光と佑吉が、組の若い者のような返事をした。

石松が漏らしたひとことがきっかけで、時季外れの祭の支度が始まった。

六

十月十五日は辰丙の空見通り、夜明けから空は青かった。永代寺が明け六ツ（午前六時）の鐘を撞き始めると、ひとの動きが慌しくなった。

富岡八幡宮大鳥居の前には、神輿が九基並んでいた。黒い漆塗りの馬（神輿の置き台）に載った三基の宮神輿と、六基の町内神輿である。

神輿の前には、富岡八幡宮の半纏を着た肝煎衆が並んでいた。背中には『二羽の鳩が向かい合わせに八の字を描く紋』が染め抜かれている。

肝煎たちが、次郎長とその仲間を手招きした。十一人全員が、宮元（門前仲町）の濃紺の半纏を着て白足袋を穿き、あたまには水玉模様の鉢巻を巻いていた。

「このたびは次郎長さんたちの働きがあってこそ、神輿を担ぐことがかないました」

「おかげさまで、深川ならではの威勢を取り戻すことができるでしょう」

肝煎衆が、代わる代わるに礼を口にした。

九基の神輿の周りには、二千人を上回る担ぎ手がひしめいている。肝煎衆が次郎長たち十一人にあたまを下げると、担ぎ手が手を叩いて礼を示した。


大鳥居正面に据えられた三基の宮神輿は、いずれも元禄時代に紀伊国屋文左衛門が奉納したものだ。総金張りの拵えで、まだぼんやりとした朝の光のなかでも、宮神輿は黄金色に輝いていた。

町内神輿は、宮元、佐賀町、佃町、冬木町、木場、洲崎の六基である。総金張りのような派手さはないが、氏子各町が何代にもわたって守ってきた神輿である。

このたびの地震では、深川でも多くの家屋が潰れた。身代の大きさを誇っていた門前仲町の米屋や油屋、薪屋などが、跡形もなく崩れ落ちていた。

ところが宮神輿三基と、町内神輿六基は、いずれも無傷で地震の大揺れをやり過ごした。不思議なことにどの町内の神輿蔵も、壁土にひび割れすら生ずることはなかった。

「八幡様のご加護の賜物だ」

町内神輿を持っている各町の肝煎衆は、互いに神輿の無事を喜び合った。とはいえ、どの町も壊滅状態である。住人が雨露をしのぐ家を失ったというのに、神輿の無事だけを喜んではいられなかった。

富岡八幡宮は大鳥居や本殿はもちろんのこと、石段わきの狛犬も台座から滑り落ちることはなかった。

「やっぱり深川は、八幡様が守ってくださってる」

地震を潜り抜けた住民たちは、朝に夕に、八幡宮に無事のお礼参りをした。しかし住む家はほとんどなく、着の身着のままの暮らしである。

八幡宮のご加護に感謝をしても、気持ちは晴れない。深川から、日に日に威勢が失われつつあった。

そんな折りに次郎長たちは、神輿を担いで威勢を取り戻そう、十五日には神輿を担ごうと触れて回った。さりとて次郎長たちは、深川の住民でも、富岡八幡宮の氏子でもない。

「なんだ、あんたらは」

「清水湊がどうしたというんだ」

神輿を担ごうと掛け合っても、当初はどこの町内も耳を貸さなかった。富岡八幡宮の宮司も、難色を示した。

「あたしにまかせなさい」

武蔵屋の女将は次郎長を連れて、各町の肝煎と談判をして回った。

「あんたらには、貸し座敷では随分と世話をしたはずだけどねえ。知らないうちに、すっかりえらくなったようじゃないか」

いまでこそ町の肝煎衆といわれていても、昔は洲崎で散々に遊んだ男たちである。女将に真正面から詰め寄られると、どこの町の肝煎も形無しとなった。

「次郎長さんたちは、江戸に恩返しがしたいからといって、わざわざ清水湊から千石船を仕立てて助けにきてくれたんじゃないか。話もきかずに邪険なことを言ってたら、八幡様のバチがあたるよ」

女将の強い口添えがあって、十五日の神輿担ぎの支度が動き出した。

ことの始まりで肝煎たちが話をきちんと聞かなかったのは、よそ者の次郎長から思案を持ちかけられたことへの反発ゆえだった。だが、ひとたび動き始めると、どの町も十五日に向けての支度を競い始めた。

「神輿を担いで、もやもやを吹っ飛ばそうじゃねえか」

「町がよみがえるように、神様が力を貸してくださるだろうよ」

「久々に、心地よい汗を流そうぜ」

祭の支度は、十三、十四日のわずか二日間でしっかりと終えることができた。

「次郎長さんたちには、ぜひとも宮元の神輿に肩を入れていただきましょう」

門前仲町の肝煎は他の町を抑えて、次郎長とその仲間を宮元の担ぎ手に引き入れた。


「八幡様のご加護があって、朝から空は真っ青に晴れ渡りました」

二千人の担ぎ手を前にして、氏子総代が口上を口にした。富岡八幡宮の氏子総代は、仲町の料亭『江戸屋（えど）』女将の秀弥（ひでや）が決まりごとだった。元禄時代に創業した江戸屋は、いまの秀弥が八代目である。

秀弥も、宮元の神輿を担ぐ気でいる。ひっつめ髪に巻いた桃色の鉢巻に合わせて、唇の紅も淡い色合いだった。

「江戸のひとたちが、まだまだ地震で負った痛手に苦しんでいます。一日でも早く立ち直れますように、今日は存分に神輿を揉（も）んでください」

秀弥の口上が終わるなり、担ぎ手たちが神輿に肩を入れた。

わっしょい、わっしょい。

九基の神輿が、掛け声に合わせて大きく揺れている。まだ明け六ツ過ぎだというのに、参道両側の商家は、一軒残らず店を開いていた。小僧たちは店先に立って、わっしょいの掛け声を口にした。

総一郎、孝次郎の双子が拵えた看板は、大川を渡って日本橋あたりにまで出張っていた。夜明け直後の大鳥居周辺には、大川の西側から出向いてきた見物客も多くいた。

わっしょい、わっしょい。

宮元の神輿の担ぎ手のなかでは、石松の声が飛び抜けて大きい。声を限りに発する石松の掛け声が、深川に威勢を呼び戻していた。

七

「いまのいままで、そんなことだったとは思いもしませんでした」

音吉の話がひと区切りついたとき、伊藤は感に堪えないという物言いをした。

「江戸があれだけ早く安政の地震から立ち直ることができたのは、次郎長さんや石松さんたち十一人衆のおかげだったということでしょうか」

「その通りだと言いてえが、もうひとり、大事なひとがいるずら」

「それは、どなたのことなので？」

伊藤はいぶかしげな顔で問いかけた。いままで聞かされた話に出てきたおもな人物は、江戸に向かった十一人と、弁才船の船頭に水夫、それに武蔵屋の女将ぐらいである。

「武蔵屋の女将のことでしょうか」

伊藤は、思い当たった名前を口にした。音吉は手を振って伊藤の答えを払った。

「お蝶さんに決まってるずら」

音吉は強い目で伊藤を睨みつけた。

「お蝶さんが甲田屋のあにさんと話し合ったからこそ、次郎長の江戸行きがかなったんでねえか」

「なるほど……うかつにも、思い至りませんでした」

末廣の土間に戻っていた伊藤は不明を詫びたあと、火鉢に手をかざした。すでに日が落ちており、末廣の土間には大晦日の凍えが忍び込んでいた。

「お蝶さんは、尾張の瀬戸で不帰の客となったと、うかがった覚えがありますが」

「その通りだがね」

「亡くなられたのは、今日と同じで大晦日だったとか」

「寒い日だった……」

音吉のつらそうな物言いが、伊藤の口を閉じさせた。

次郎長たち一行が江戸から清水湊に戻ったのは、安政二年十月十九日である。帰りが遅れたのは、深川で引き止められたことに重ねて、清水湊に戻る船の手配りがうまくつかなかったからだ。

「江戸では、大層に清水湊の名を高めてくれたと聞きましたぞ」

十五日に江戸を出帆した菱垣廻船の船頭が、神輿の顚末を米会所の肝煎たちに伝えていた。

七人衆とは江尻宿の遊郭でひと晩大騒ぎをしたのちに、またの再会を約束して別れた。

明けて安政三（一八五六）年一月。尾張の兄弟分である八尾ヶ嶽の宗七が、急ぎの使いを次郎長の元に寄越してきた。

「近々、大きな出入りを構えてるもんで、なんとか親分の力を貸してもらいてえって」

兄弟分の頼みを聞き捨てにはできない。次郎長は大政、小政、石松など、腕の立つ十七人の子分を引き連れて尾張に向かった。

小政の背丈は五尺四寸（約百六十三センチ）ある。石松よりも大きいのに、大政に比べれば小柄なために小政と呼ばれた。

度量の大きさでも、脇差の使い手としても、小政は大政に負けてはいない。

「ふたり大政と呼んだほうが似合ってるずら」

石松の小声のおだてに、小政ははにかんだ。

加勢に向かう道中である。次郎長は急ぎ足を続けて、四日後には宗七の宿に到着した。

「すまねえ、兄弟」

次郎長が到着したときには、宗七はすでに相手とのいざこざを片づけていた。

「そいつあ、なによりじゃねえか」

出入りには、死人や怪我人がつきものだ。それが未然に防げれば、子分たちを危ない目に遭わせずにすむ。宗七は詫びたが、次郎長は喜んだ。

「手打ち式には、おれも出させてもらおう」

みずから参列を買って出た次郎長は、手打ちが無事に収まったのを見届けてから、清水湊への帰途についた。

尾張に向かったときとは異なり、帰り道は気楽である。大政、石松のふたりを残し、他の子分たちは先に清水湊へと帰らせた。

「江戸ではずいぶん働いてもらったからな」

ねぎらいを言われて、大政、石松は目元をゆるくした。

途中の湯治場で骨休めをしながら、三人は清水湊への帰り旅を続けた。

厄介ごとが生じたのは、知立の宿場を過ぎたあたりである。

この年の一月下旬に、秋葉大社で渡世人同士の斬り合い騒動が起きた。ところが宗七の助太刀で尾張に出向いていた次郎長は、その顚末を知らなかった。

神社での斬り合いとあっては、公儀も捨て置くことはできない。捕り方を周辺の街道筋に配して、かかわりのありそうな渡世人を捕縛しようと努めた。

間のわるいことに、その捕り方の前を次郎長、大政、石松の三人が通りかかった。

「神妙に縛につけい」

いきなり十手を突きつけられた石松は、大政が止める間もなく、役人に殴りかかった。ひとたび騒動が始まれば、次郎長も大政も戦うのみである。

「無駄な殺生をしねえように、手加減しろ」

次郎長たち三人で、十五人の捕り方を叩きのめした。

「ひとに言いふらすんじゃねえぜ」

次郎長は固く口止めをした。うわさが広まれば、役人たちの恨みを買うのが分かっていたからだ。大政も石松も、ひとことも知立の一件は口にしなかった。

が、一部始終を見ていた旅人たちが、先々の宿場でこの一件を話した。うわさは広まるなかで尾ひれがつく。

「清水の次郎長、大政、石松は、たった三人で五十人の役人を叩きのめした」

「役人の殴り方を手加減するとは、ほんとうに海道一の親分だ」

うわさは役人の耳にも届いた。安政三年の春を過ぎたころから、次郎長一家は役人から深い恨みを買う羽目になった。

知立の騒動から丸二年が過ぎた、安政五（一八五八）年五月。お蝶の実兄、江尻の大熊の子分三人が、甲州の博徒祐典一家の手で斬殺された。

「あっしも一緒に行かせてくだせえ」

次郎長は十人の子分と音吉を引き連れて、大熊と一緒に甲府に向かった。そして祐典一家の親分筋に当たる、甲府の隠居までも始末した。

甲府は公儀の直轄地である。その地で、斬殺騒動が生じたのだ。

「公儀の威信にかけても、騒動の下手人どもを召し捕れ」

斬殺に次郎長がかかわっていたと知るなり、捕り方たちは目の色を変えた。

「江尻の大熊、清水の次郎長、この両名にかかわりのある者は、容赦なく捕縛いたせ」

捕り方たちは、清水湊で次郎長を待っていた大熊の妹、お蝶にまで十手を向けた。

役人たちの動きを察した次郎長は、子分を走らせてお蝶を清水町から脱け出させた。

捕り方の目を盗んで山道や尾根道、渓流の川床などを逃げるのは、次郎長たちには雑作もないことだ。しかし、女のお蝶には過酷をきわめた。

しかも、幾日も食べ物を口にできないこともあった。雨に打たれて眠れない夜を過ごすことも、一再ならず生じた。逃避行を続けるうちに、お蝶は日ごとに体力を落としていった。

「もうすぐで瀬戸に着く。瀬戸には岡一（おかいち）がいる。あいつの宿には、分厚い布団もある」

三河（みかわ）の山中で、次郎長はそう言ってお蝶を励ました。東海道の各宿場には、次郎長やお蝶の人相書きが配られている。次郎長、お蝶、音吉、大政、石松の五人は、回り道を承知で山伝いに尾張を目指した。

岡一の組がある瀬戸は、尾張名古屋（なごや）の町中からおよそ七里（約二十八キロ）の道のりだ。寒風にさらされながら五人が瀬戸に着いたのは、十二月も下旬を過ぎてのことだった。

安政五年は、長崎から疫病（コレラ）が国中に広まった年である。お蝶は岡一の組に到着するなり、高熱を発して倒れこんだ。

「腹の具合はいかがかの」

往診にきた医者は、お蝶が疫病ではないかと疑った。が、下痢の症状がなかったことで、飲み薬を調合して帰って行った。

「おまいさんの大事なときに、足手まといなことをしてしまいました」

安政五年の大晦日、五ツ半（午前九時）過ぎ。次郎長たちが身を寄せた瀬戸の岡一は使い込んだ小さな土鍋で、スッポン汁を拵えていた。もはやおもゆも口にできなくなっていたお蝶に、なんとか滋養をつけさせようとしてのことだ。

岡一は若い時分に、京の都で板場に立っていたことがある。そのときに、スッポン料理を覚えていた。庭の小さな池には、十四のスッポンが泳いでいた。

「ひと口だけでも、お蝶さんに……」

「ありがてえ」

次郎長はお蝶の寝ている部屋に土鍋を運んだ。部屋の外では、粉雪が舞っている。

土鍋から、強い湯気が立ち昇っていた。

「これを呑んだら元気になるそうだ」

次郎長は、お蝶を抱えて布団の上に起こした。椀によそった汁をさじですくい、お蝶の口元に運んだ。

お蝶の口がわずかに開いた。

「無理をすることはねえ。ひと口だけ、含めばいいんだ」

わずかにうなずいたお蝶は、さじに口をつけた。が、汁をすする力がなかった。

「もう少し、口を開けてみねえ」

お蝶が開いた口に、次郎長はさじの汁をひとしずくだけ、流し込んだ。お蝶は、気を集めて汁を呑んだ。

「うめえか」

「……」

返事はなかったが、目がおいしいと答えていた。

「今晩を過ぎれば、新しい年がくる。ツキも変わるだろうよ」

血の巡りがわるくて、お蝶の手は冷たい。その手を両手で包み込んで、次郎長は女房を力づけた。

その日は朝からきつく冷え込んでいたが、昼を過ぎると雪が舞い始めた。

「見てみろ、お蝶。粉雪が舞っている」

次郎長はお蝶を布団の上に起こした。窓の外には、雪の小片が群れになって舞っていた。

「とってもきれい……」

これが、お蝶の残した最期の言葉である。

「音吉っ」

次郎長から差し迫った声で呼ばれて、音吉が部屋に飛び込んできた。

「お蝶の様子がおかしい」

「分かった」

音吉は岡一の部屋に駆けた。

「医者を呼んでくれ」

岡一は余計な問いかけをせず、すぐさま若い者を医者の宿へと走らせた。そのあと、音吉と連れ立って次郎長の部屋へ走った。

「お蝶……おい、お蝶……おれの声が聞こえねえのか」

これほどまでに取り乱した次郎長の声を、音吉は一度も聞いたことはなかった。次郎長の後ろには、大政と石松が控えていた。

「どうだ？」

音吉に問われた大政は、黙ってうつむいた。

お蝶は次郎長の腕に抱かれたまま、事切れた。

安政五年の大晦日（おおみそか）。お蝶は粉雪のなかを、鈍色（にびいろ）の空に向けて飛び立った。

第八章　金毘羅参り

一

船宿『末廣』の土間はすっかり暗くなっていた。銀座の洋品店当主、伊藤栄太郎は、チョッキのポケットから時計を取り出した。

伊藤自慢の時計の鎖が、暗い土間でも黄金色に輝いた。

「すっかり長居をしてしまいました」

伊藤は絹のハンカチを目にあてた。音吉からお蝶の最期の顚末を聞かされて、こみ上げるものがあったのだろう。

「お蝶さんを亡くされて、次郎長さんはさぞかし気落ちなさったことでしょう」

「言うまでもねえずら」

音吉の物言いはぶっきら棒だ。

うかつな口を恥じたのか、伊藤は大慌てで時計をチョッキのポケットにしまい込み、背筋を伸ばした。

「お蝶さんが亡くなった五ツ半（午前九時）過ぎになると、次郎長は毎日、ひとりで凍えるような山んなかにへえって行ってよ。きっかり一刻（二時間）、空を見ていた。お蝶さんと過ごした最期の一刻を、ひとりで噛みしめてたんだろう」

音吉が、またもや遠くを見るような目を見せた。伊藤と嶋屋は、身じろぎもせずに音吉の目を見詰めていた。

瀬戸は火葬の集落である。

次郎長は安政六（一八五九）年の正月三が日を、お蝶の亡骸とともに過ごした。そして四日の朝に、お蝶を茶毘に付すようにと岡一に頼んだ。

「舎利になったお蝶を連れてけえる」

次郎長のきっぱりとした口調に深くうなずいて、岡一は手配りに走った。

焼き場は、岡一の宿の裏山である。だらだらと登る山道を三町（約三百二十七メートル）ほど登った先の、平らな場所に焼き場は設けられていた。

山道の傾斜は大したこともなかった。しかし大晦日に降り始めた粉雪は、三が日の間も途切れ途切れに降り続いた。

山道には、雪が二寸（約六センチ）ほど積もっていた。

早桶は次郎長が担いで山道に入った。

「おれが代わりやしょう」

雪道に足を取られる次郎長を見かねて、大政と石松が担ぎ手を買って出た。

「いらねえ」

静かな物言いだが、鋼のような硬さだった。

釜に入って二刻（四時間）が過ぎたとき、お蝶は骨揚げされた。骨は瀬戸村特産の、純白の壺に収められた。

次郎長は持参した白の絹布に骨壺を包み、首から下げた。

山道の雪に足を取られながら背負った、お蝶の棺。きゃしゃな身体つきのお蝶なのに、早桶は肩に食い込むほどに重たく感じられた。

山をおりるとき、お蝶は舎利になっていた。骨壺は小さくて、しかも軽い。その軽さがつらくて、次郎長は何度も目を潤ませた。

正月五日になって、瀬戸村にはやっと陽がさした。朝飯を終えるなり、次郎長は焼き場を抱く山に向かった。

「急ぎの用がない限り、呼びにこないで放っておいてくれ」

次郎長は、毎朝五ツ半（午前十一時）まで、きっかり一刻の間、戻ってこなかった。

末廣前に据え付けられた大時計が、午後八時を告げていた。

「もう五ッかね」

音吉が伊藤に目を合わせた。伊藤が金鎖の時計を持っているからだろう。チョッキから時計を取り出した伊藤は、時刻を確かめた。

「まことに厚かましいお願いですが……」

言いかけた伊藤に、音吉は億劫そうな目を向けた。そして相手よりも先に、おのれの口を開いた。

「あんたら、明日もまだ清水におるんじゃろうが」

「はい」

伊藤と嶋屋が大きくうなずいた。

「あんた、もっと次郎長だの石松だの、お蝶さんだのの話が聞きたいずら」

「はい」

伊藤が弾んだ声で返事をした。

「だったら、明日もここにくればええ」

「元日でも、末廣さんはお店を開いておりますので？」

「わしが開けろと言うたら、ここは開いとるがね」

音吉が言い切ると、末廣の何人もの若い衆がしっかりとうなずいた。

「そういうことなら、ぜひにもうかがわせていただきます」

急ぎ立ち上がった伊藤は、時計に目を落とした。時刻を確かめてから音吉を見たときには、目元をゆるめていた。

「明日の元日は、四ツ過ぎでよろしゅうございますか」

音吉は小さくうなずきつつ、顔の前で手を振った。

二

明治二十七（一八九四）年の元日も、清水港の町はきれいに晴れ上がった。

「富士山が、いい顔をしとるずら」

「今年も春から、縁起がええわ」

清水町の住人たちが、港橋のなかほどから富士山を仰ぎ見ていた。空気が凍てついており、空の青味が深い。上部に雪をいただいた富士山が、その青空を背にして優美な裾野を東西に延ばしていた。

「音吉さんだ」

富士山を見ていた住人たちが、橋の西詰に目を向けた。上背のある痩身の老人が、橋に一歩を踏み入れるところだった。

橋板に杖を突き立てると、コツン、コツンと乾いた音がする。音吉はその音を身体全体で確かめながら、橋を渡り始めた。

「音吉さん、おめでとうございます」

「おめでとうございます」

何人もの人が、てんでに音吉に新年のあいさつをした。だれもがおめでとうございますと言いながら、『明けまして』だとか、『新年』だとかの決まり言葉を、あたまにつけようとはしない。

ただ、おめでとうございますと言うだけである。言われた音吉の応え方も一風変わっていた。

「ありがとうよ」

かすれ声でこう応えると、住人たちが軽くあたまを下げた。

次郎長と音吉が、ともに元日生まれなのは、清水港の者ならだれでも知っている。音吉にとって元日の「おめでとうございます」は、新年の言寿と、誕生日の祝いとが重なっているのだ。

ゆっくりと橋を渡った音吉は、大時計の前に進んだ。時計は午前九時五十五分をさしていた。

元日の今朝も、音吉はいつも通り午前七時に大時計を巻いた。まだたっぷりとぜんまいの残っている時計は、確かな音を立てながら振り子を揺らしていた。

駿河湾から昇ってくる初日が、大時計の文字盤を照らしている。陽を浴びたガラスが、キラキラと光った。

大時計が確かに動いていることを見定めてから、音吉は通りに杖を突き立てた。末廣の店先には、すでに伊藤と嶋屋が立っていた。

「明けまして、おめでとうございます」

東京からの客人ふたりは、土地の仕来りを知らない。口を揃えて新年のあいさつをすると、音吉は顔をしかめて土間に入った。

伊藤と嶋屋が、すぐあとに続いた。

「音吉さん……今朝はこっちだがね」

卓に座ろうとした音吉を、船宿の仲居が引き止めて、座敷を指差した。座敷は十二畳の四角い部屋で、真ん中には掘炬燵が設えられていた。

炬燵には五尺（約一・五メートル）四方の、大きな杉の卓が載っている。卓の上には、祝い膳の支度がなされていた。

「差し出がましいことは承知のうえで、新年の酒肴を調えさせていただきました」

伊藤と嶋屋が支度させた、新年の祝い膳である。酒は音吉の好みを知り尽くしている末廣が、『正雪』の燗酒を用意していた。

「昨日うかがったお蝶さんの話が、胸にこたえておりまして……」

音吉の話を聞いて、自分が思い描いていた次郎長と大きく印象が異なったと、伊藤は感想を口にした。

「なにが違ったんかね」

音吉は膳の酒に手を伸ばさぬまま、伊藤に問いかけた。

「お気をわるくされては困ります」

「わるくなんざ、してねえ」

思ったままを聞かせてくれと、音吉は伊藤の口を促した。伊藤は手酌で燗酒を一杯あけてから、音吉の目を見詰めた。

「次郎長さんはお蝶さんの屍を平然と越えて、清水港に戻ってきたのだとばかり思っておりました」

「お蝶さんの死を悼んだあいつは、女々しいと言いたいんか」

「滅相もございません」

伊藤は顔の前で、激しく手のひらを左右に振った。

「惚れた女を悼んで、血の滲むような涙を流してこそ、真の男だと思います」

面子(メンツ)を守るためなら、次郎長は女房も捨てられる男だと思っていた。その生き方を貫き通したことで、諸国の親分衆からも、二十八人衆と称された子分たちからも、次郎長は畏(おそ)れられたのだと、伊藤は思っていた。

ところが実像の次郎長は、逃亡先で逝(い)った連れ合いを深く想い、亡骸(なきがら)を納めた早桶(はやおけ)は、ひとにまかせずに自分で背負った。

真冬の山にひとり入ってその死を悼んだ。

人前で涙を見せることはしなかった。が、わきにいるのが音吉、大政、石松だけのときには、両目に溢(あふ)れる涙を隠さなかった。

「巷間(こうかん)伝わってくる次郎長像は、強さばかりが強調されて、正直なところ、人肌のぬくもりが薄い男だと思っておりました」

ところが音吉の口から聞かされた次郎長は、女房の不慮の死を心底から悼むような男だった。

「そんな次郎長さんだからこそ、二十八人もの子分が命がけで付き従ったのだろうと、存分に得心がいきました」

「わたしも、伊藤さんと同じです」

めずらしく、嶋屋がわきから口を挟んだ。

「惚れた女房と死に別れたときに、涙のひとしずくも落とさぬようでは、ひとの道に外れます。次郎長さんがお蝶さんのためにしっかり涙をこぼしたと分かり、大いに安心いたしました」

それまで口数の少なかった嶋屋が、心の底から次郎長を称えた。それも強さをではなく、お蝶のために泣いた弱さを知って、だ。

「あんたら、ええ男じゃのう」

しわの寄った目尻をゆるめた音吉は、手酌で盃を満たそうとした。嶋屋が慌てて徳利を手にした。

「新年最初の一献を」

嶋屋の酌を受けた音吉は、生前のお蝶と次郎長の仲が、どれほど睦まじかったかを話し始めた。

次郎長がお蝶を娶ったのは弘化四（一八四七）年、二十八歳の年である。すでに石松が次郎長の宿で暮らしていたが、子分はまだいなかった。

「四日ばかり、三保の松原に出かけようじゃねえか」

お蝶との祝言を挙げた二日後、次郎長は女房と音吉、石松の四人で三保の松原に向かった。

「ここととは違う海を見てみたい……」

お蝶のつぶやきで決まった旅だった。

例によって、旅籠（はたご）の手配り一切は音吉が受け持った。次郎長より先に三保の松原に向かった音吉は、松原の見える二階の部屋を次郎長夫婦のために押さえた。

音吉の手配りを、お蝶は大いに喜んだ。

「砂浜を歩きましょう」

お蝶に強くせがまれた次郎長は、人目を気にしながらも、連れ立って松原の浜を歩いた。お蝶は肩を寄せて歩き、周りに人影がなければ次郎長の手を握った。

「松原に隠されて、せっかくの富士山が見えないのが惜しいわね」

朝餉（あさげ）の折りに、お蝶は旅籠の仲居につぶやいた。仲居は船を勧めた。

「ここは砂浜ばっかで、船着場がないで。船頭に頼めば、浜から小船を出してくれるずら」

内海の沖合いに出て浜を振り返れば、松原と富士山とが重なり合って見える……仲居からそう教えられたお蝶は、朝餉を終えるのももどかしげに旅籠を出た。そして次郎長と連れ立って、仕立てた小船で二百尋（ひろ）（約三百メートル）の沖合いに出た。

まだ昇り切っていない陽が、空の途中から光を降らせていた。浜辺に波を運ぶ海面が、わずかに揺れている。海が動くたびに、キラキラと陽を照り返らせた。

十月は秋と冬とが入れ替わる月だ。松葉は冬の訪れを先取りしており、緑が一段と濃くなっている。その松に、十月の陽が降り注いでいた。

松原の遠くには、富士山が見えた。空のところどころに浮かんだ雲が、青空のあしらいとなっている。頂上にかぶさり来る雲を、富士山は拒まずに受け入れていた。

「あたし、海が好き」

お蝶がつぶやいたのは、これだけだった。短くて、どこにでも転がっている言い回しだ。しかし次郎長の胸の奥底には、しっかりと刻み込まれた。

お蝶が逝ったあとの次郎長は、清水湊の外れから海を見ることが多くなった。晴雨にも寒暖にもかかわりなく、駿河湾の彼方(かなた)を半刻(一時間)以上も見詰めた。

お蝶さんが一緒にいるずら。

次郎長の背中を見て、音吉はそれを強く感じていた。

「ほんとうに次郎長さんには、情の濃い血が熱く流れていたんですねえ」

嶋屋が、ひとりごとのようなつぶやきを漏らした。

「そんな情の厚い次郎長さんだからこそ、石松さんが騙(だま)し討ちの目に遭ったときには、さぞかし怒りを募らせたことでしょうね」

伊藤が問いかけると、音吉の顔つきが変わった。

「怒りを募らせただと？」

音吉は伊藤のほうに上体を乗り出した。

「そこらに転がってるような、安い言い方をするでねえ」

手酌で注いだ正雪をぐいっとあおると、音吉は大きな息を吐き出した。

三

次郎長、音吉、大政、石松の四人が清水湊に戻ったのは、安政六（一八五九）年二月下旬である。

「わしが様子を見定めてくる」

府中宿まで戻ってきたとき、音吉が先乗りすると言い出した。

「わしは次郎長一家の手下じゃねえからよ。役人はわしの姿を見ても、うっちゃっとくにちげえね」

音吉の言う通りである。次郎長とはだれよりも深いかかわりを持っているが、組の盃を受けたわけではない。役人の目から見れば、音吉と次郎長とは他人も同然だった。

「頼む」

次郎長のひとことを受けて、音吉は二里二十五町（約十・七キロ）離れた江尻宿へと向かった。長らく留守にしていたにもかかわらず、配下の者はしっかりと組を守っていた。

「あっ……音吉の叔父貴(おじき)……」

「おかえんなせ」

組の者は音吉を叔父貴と呼んでいる。前触れもなしに帰ってきた音吉を見て、若い衆は色めき立った。音吉のあとには、次郎長が続いていると察してのことだ。

「役人は、ここを見張ってはいねっす」

そう聞かされても若い者の言うことを鵜呑(うの)みにはせず、音吉は一日がかりで周囲を探った。いつしか音吉は、役人を見つけ出す探りの目を身につけていた。

「興津浜まで出向いて、小太郎さんを呼んできてくれ」

清水湊には役人の目はない……この知らせを、音吉は興津浜の小太郎に届けさせた。

次郎長が清水湊に帰ってきたあとも、なにかと昔の七人衆の力を借りるかもしれない。

そう考えての手配りだった。

音吉は、見事に先を読んでいた。

次郎長が宿に戻って四日が過ぎたとき、大政がいつになく血相を変えて長火鉢の前に座った。

「親分のことを奉行所の役人どもに売ったのは、保下田(ほげた)の久六(きゅうろく)親分でやした」

大政と次郎長の目が、しっかりと絡まり合った。

「清水の次郎長の姐さんが、瀬戸村の岡一の宿で亡くなったそうだ」

お蝶が死んだという知らせは、ただちに近隣の貸元衆の耳に届いた。次郎長が凶状持ちで、役人に追われていることは、尾張の貸元衆も承知していた。が、次郎長は義侠心に富んだ男だとの評判も、しっかりと聞こえていた。

「旅空の下で、姐さんを亡くしたんだ。放っておくことはできねえ」

役人に気づかれないように気を払いつつも、貸元衆は先を競って瀬戸村へと向かった。この動きを、保下田の貸元久六は勘違いをした。

「次郎長が他の貸元連中とつるんで、おれの組に殴り込みをかける気だ」

元々が気の小さい男である。うろたえた久六は、奉行所に駆け込んだ。

「お役人様殺しの凶状持ちが、瀬戸村に潜んでおります」

「その凶徒の名は、なんと申すのか」

「清水の次郎長めにございます」

「なにっ」

次郎長と聞いて、奉行所は騒然となった。知立の宿場で次郎長、大政、石松はわずか三人で、五十人の役人を叩きのめした……このうわさで、役人たちは散々に笑いものにされていたからだ。

「支度を抜かるな。なにがあっても、次郎長に縄を打つぞ」

役人は腕利きの捕り方を集めて、瀬戸村へ急襲をかけた。折りしもその日は、お蝶の初七日だった。

「今日は山にはへえらねえ」

「だったら裏の寺から、ご住持を頼むだ」

岡一は寺と掛け合い、住持が読経（どきょう）に出向いてくることになった。

長い逃亡暮らしの果てに、岡一の宿に転がり込んだときの次郎長は、あらかた路銀を使い果たしていた。

瀬戸村の岡一も内証は厳しかった。しかし岡一は先代から、頼まれごとは命がけで引き受けるのが貸元の務めだと、叩き込まれて育っていた。先祖伝来の道具などを売り払いながら、岡一は次郎長たちの世話を続けた。

次郎長も岡一も手元不如意のきわみだった折りに、近隣の貸元衆がお蝶のために香典持参で押しかけてきた。見栄を重んずる貸元が持参した香典である。十五人の貸元衆は、申し合わせたかのように二両を包んできた。

「これを暮らしの足しにしてくれ」

次郎長は半分の十五両を岡一に渡した。岡一は次郎長の心遣いを押し戴（いただ）いた。

「おめえの着物と、おれの長着を取り替えようじゃねえか」

岡一の着ていたのは、真冬だというのに木綿のあわせだ。次郎長は着ていた紬を脱ぎ、岡一の木綿と取り替えた。

生前のお蝶は、おのれが明日をも知れぬ容態だというのに、岡一の着ているものが粗末なことを気に病んでいた。

「お蝶さんのこころざしをもらうだ」

岡一は次郎長の紬を着込み、お蝶の骨壺に手を合わせた。

捕り方が襲いかかってきたのは、お蝶初七日の読経のさなかだった。

「次郎長に縄を打て」

奉行所の同心が声を張り上げた。が、同心も捕り方も、次郎長の顔を知らなかった。

「その男が次郎長だ」

同心は、紬を着ている岡一を次郎長だと思い込んだ。よもや次郎長が粗末な木綿を着ていようとは、思いもしなかったからだ。

「神妙にいたせ」

「うるせえっ」

木綿のあわせ一枚の次郎長は、縄を手にして向かってくる捕り方を、こぶしで殴りつけた。大政、石松のふたりは、股引姿で立ち向かった。

素手の喧嘩でも、大政、石松ともに相手に後れをとることはない。背丈の大きな捕り方を、石松は鼻に叩き込んだこぶしの一撃で倒した。そのさまを見て、捕り方の腰が引けた。

「死にてえやつから、かかってこい」

両手をだらりと垂らした石松に、立ち向かおうとする捕り方は皆無だった。

大政は、おのれの肩ほどしかない背丈の捕り方を、両腕で抱え込んだ。きついかんぬきをかけると、白目を剝いて気絶した。

「おめえらが面倒をみてやんねえ」

その男を放り投げると、三人の捕り方は仲間を見捨てて逃げ去った。

次郎長は逃げおおせた。大政、石松も逃げた。だが岡一が捕まった。音吉は岡一が縄を打たれて引かれていく姿を見定めたのち、お蝶の骨壺を宿から持ち出した。

もしも捕り方に踏み込まれたらどうするか。そのことは、常から話し合っていた。

幸いにも次郎長のふところには、十五両の香典が手つかずで残っていた。

「いったい、どこのだれが親分の居場所を売りやがったんで……」

あれこれ見当をつけたものの、定かなことは分からず仕舞いだった。

次郎長の身代わりに捕まった岡一は、ひどい拷問にかけられ続けた。しかしひとことも口を割らぬまま、奉行所の牢屋で獄死した。

身代わりになった岡一を思うと、次郎長の心はうずきを覚えた。そして、役人に売った相手への怒りを募らせた。

「見つけ出したら、ただじゃあおかねえ」

次郎長は仇討ち(かたきう)ちを岡一に約束した。

次郎長を売ったやつは、お蝶と岡一のふたりを穢(けが)した。おのれの命に代えても、かならず密告者を討ち果たす……次郎長は毎日、そのことをおのれに言い聞かせた。

「おめえの耳を疑う気は毛頭ねえが、ことがことだけに、念入りに裏を取るぜ」

大政に言い置いた次郎長は、興津浜の小太郎と、馬走りの土光のふたりを呼び寄せた。

「間違いのない話を聞き込んでくだせえ」

ふたりとも次郎長よりは年長である。侠客(きょうかく)として名を売っている次郎長だが、ふたりにはていねいな口調で聞き込みを頼んだ。

「保下田の久六に間違いねえ」

「イヌは野郎だ」

小太郎と土光は異なる伝手(つて)の聞き込みをして、同じ答えに行き着いた。

「分かりやした」

ふたりに礼を言った次郎長の目の奥には、怒りが燃えていた。

「いまから讃岐の金毘羅さんまで、願掛けに出かけるぜ」

音吉と、大政、小政、石松など十人の子分を引き連れて、次郎長は清水湊を出立した。廻漕問屋の計らいで、大坂までは二杯の弁才船に分乗して海路を進んだ。役人の目から逃れるためである。

旅立ったのは安政六年五月初旬だ。高く反り返った艫に立った次郎長は、青空を背負った富士山に仇討ちの成就を祈願した。

群れ飛ぶカモメが、沖合いまで旅立ちの供を務めていた。

四

大坂・摂津湊で弁才船を下りた次郎長たちは、讃岐と大坂とを結ぶ乗合船の船着場に向かった。

「大坂には、天保山という大きな船着場があります。旅籠だの土産物屋だのが軒を連ねた、大した賑わいの町です」

天保山からは二日に一度、大坂と讃岐の丸亀とを結ぶ乗合船が出ているという。丸亀から金毘羅までは、賑やかな丸亀街道の一本道だ。

摂津から天保山までの道筋を、廻漕問屋の手代が絵図に描き起こしてくれた。

「この道をまっすぐ行けばいいずら」

十二人の先頭に立った音吉は、絵図を頼りに天保山へと向かった。日暮れが近くなったころ、一行は天保山の湊町に到着した。

「宿は決まってはりまっか」

「うちに泊まりなはれ。ひとり二百文で、うまい飯を夜と朝の二回、つけまっせ」

「風呂のあと、うちの按摩がええ按配にくたびれた足を揉みまっせえ」

清水湊では、弁才船の船頭ぐらいしか話さない上方訛りが、通りに渦巻いていた。

国を出るときに聞かされた通り、天保山桟橋周辺は日暮れが近いというのに大した賑わいだった。

船着場につながる大路の両側には、二十軒以上の旅籠が並んでいた。どの旅籠も年季の入った男が、言葉巧みに客を呼び込んでいる。

宿場の旅籠に呼び込みはつきものだが、飯盛り女か女中が呼び込むのが常である。

天保山には、女の呼び込みは皆無だった。

「飯と風呂を済ませたあとは、ええ女がお相手させてもらいますよって」

男の客引きならばこその惹き文句で、旅人の袖を引いている。この芸当は、男にしかできなかった。

旅籠と旅籠の間には、土産物屋が店を構えていた。多くは、丹後縮緬や京友禅などの、極上の反物を扱う呉服屋である。

「大坂みやげに反物一四、どないです」

「京の都の半値でよろしおま」

旅人と目があうと、手代は上方言葉で客を呼び込もうとした。

「大坂は商人の町だと聞いたが、まったくその通りだぜ」

「呉服屋の手代が呼び込みをやる姿は、よその国では見ねえずら」

次郎長と音吉は、小声を交わしながら湊町を歩いた。土産物屋の呼び込みの口から、丸亀に向かう船は明朝六ッ半(午前七時)の船出だと教えられた。

「ひとまず、旅籠を決めるか」

音吉は呼び込みを続ける男のなかから、一番年若い者と掛け合った。若い男はすれていないと、見当をつけてのことだ。

「にいさん、十二人でなんぼかね」

「へっ……十二人さんみんなが、泊まってくれはるんでっか」

音吉がうなずくと、呼び込み男は右手をあごにあてて思案を始めた。旅籠賃を幾らにするか、せわしなくあたまのなかで算盤を弾いているのだろう。

「天保山の旅籠は晩飯と朝飯がついて、おひとり二百二十文が相場ですねん」

「そんなこたあ、ねえずら」

音吉は若い者の言い分を撥ねつけた。若い衆の顔つきがこわばった。

「そこのとっつあんは、ひとり二百文でうまい飯を二度も食べさせると言ってるべ」

呼び込み男はもう一度思案顔になったあと、二十文の値引きを口にした。

「ほんまにうちは、これが目一杯のとこですねん」

「だったらよう、にいさん」

音吉は呼び込み男を呼び寄せた。

「耳をかしてみな」

「へえ……」

音吉よりも四寸（約十二センチ）は背丈の低い若い衆は、爪先立ちになって音吉に耳をかした。

「ひとり五百文を払うからよう。いい女をひとりずつ、世話してくれや」

「そんなことでよろしおますなら、おやすいご用ですわ」

男が声を弾ませた。宿場女郎の相場は、ちょんの間なら二百文だ。

望外の大商いに出くわした若い衆は、旅籠の客間を四部屋も割り振った。ひと部屋三人の部屋割りは、五人相部屋の相場からみれば破格の扱いである。

「かならず気に入ってもらえる敵娼を、人数分揃えますよって」

「音吉さんの手配りは、大したもんだ」

音吉と初めて一緒に旅をする小政たちは、風呂のあとの楽しみもあると知って、さらに大喜びをした。

音吉は夕食前に船着場まで出向き、翌朝の乗合船の手配りを終えた。

「風さえ順風なら、ひと晩の船旅で丸亀に着くとよ」

夕餉の場であらましを聞かされて、石松が手を叩いて喜んだ。石松はことのほか、船旅に弱い。清水湊から大坂までの海路でも、ひとり蒼い顔をして船端から動かなかった。

天保山と丸亀の間は、乗合船がわずか一昼夜で結ぶという。その短さが嬉しくて、手を叩いたのだ。

「おまえには気の毒だが、瀬戸の内海にへえるまでは、船は大揺れするぜ」

石松の顔が、いきなり曇った。

「大揺れって、どれほど揺れるんで」

真顔で問われた音吉は、わざと思案顔を拵えた。

「さしずめ、おまえと敵娼とが気をいかせるときぐれえの揺れ方じゃねえか」

「だったら石松、すぐにいくおまえだで、大した揺れじゃあねえずら」

小政が混ぜ返した。盃を口に運んでいた大政が、ぷっと噴いた。酒が膳に飛び散った。

五

次郎長一行が昼前に下船したのは、多度津湊だった。瀬戸の内海は高い波もなく、船はさほどに揺れなかった。

とはいえ船から下りて、二本の足で地べたを踏ん張ったときの安心感は格別である。

音吉は、大きな伸びを身体にくれた。わきには土地の年寄りが立って、海を見ていた。

「なんだってここには、丸亀なんちゅうおもしれえ名がついてるんで？」

無事に下船できて気持ちが弾んでいた音吉は、軽い調子で問いかけた。親爺は、顔をしかめた。

「お城は丸亀城じゃけんど、湊は多度津というんじゃ。間違えんといてくれ」

讃岐の地に一歩を踏み入れるなり、音吉は土地の親爺からきつい一発をかまされた。

どこの町でも村でも湊でも、その地に暮らす者には土地に対する想いがある。

「興津の浜で、ここは清水湊かって聞くようなもんだ。とっつあんが息巻いてもしょんねえずら」

うかつな物言いを恥じた音吉は、顔つきを引き締めて丸亀街道を歩き始めた。

多度津の湊を出て半里（約二キロ）ほど歩いたあたりで、先頭を行く音吉は足をとめた。目の前の田んぼのなかに、いきなり山が見えたからだ。

立ち止まった音吉のわきに、石松と小政が寄ってきた。

「なんでえ、ありゃあ」

石松が眼前の山を指差して、素っ頓狂な声をあげた。

「田んぼのど真ん中に、山がにょきっと生えたみたいじゃねえか」

小政が口にした通り、山は平地の真っ只中にいきなり盛り上がっていた。

「どこかで見たような形だぜ」

「なにを寝ぼけたことを言ってる。しっかり見てみい」

道中合羽を着た小政と石松が、並んで山を見詰めた。気持ちよく晴れた五月十五日の九ツ（正午）過ぎだ。空の真上に昇った天道が、田んぼと山に陽光を降り注いでいた。

緑色の稲は、あと半月もすれば稲穂が稔りそうなほどに育っている。平地を吹き渡る風が、育ち盛りの稲を揺らした。

遠目には、緑色の海原が揺れているかのようだ。田んぼの先には、山があった。周囲にほかの山はないし、小高い丘も見えない。なにかの弾みで、地べたが大きく盛り上がって山を築いたかのようだ。

「ふもとからてっぺんまで、ざっと百四十丈（約四百二十メートル）の見当ずら」

山村で育った小政は、山の高さの見当がつけられた。さほどに高い山ではないが、なで肩の形は優美である。

「あの山の形は、富士山のまんまずら」

「そうだ、あにいの言う通りだ」

「感心することではねえって」

清水湊で、朝に夕に見ている富士山である。それをすぐに思い浮かべない、おまえのほうがどうかしている……小政は手厳しい物言いで、石松をやり込めた。

短気な石松は小政にきつい目を向けた。いまにも、小政に挑みかかりそうに見えたとき。

「ばかやろう」

次郎長が低い声で石松を一喝した。

「なんのために、はるばる讃岐の国まで出向いてきたと思ってるんだ」

「それは……」

石松は口答えをしようとしたが、次郎長に睨まれて、開きかけた口を閉じた。

「みんな、ここに集まってこい」

次郎長のひと声で、十人の手下と音吉が輪を作った。

「金毘羅さんにお参りするのは、お蝶の冥福を祈るのと、首尾よく久六を討ち果たせるように祈願するためだ」

「へいっ」

　手下が声を揃えた。音吉も小さくうなずいていた。

「しんどい船旅がやっと終わって、気持ちが浮かれてるだろうが、こんな調子じゃあ金毘羅さんも願いを聞き入れてはくれめえ」

　厳しい声音で言い置いてから、次郎長は石松に目を合わせた。

「おい、石松」

「へいっ」

「目の前の山は、小政が言うまでもなく、どうみても富士山だ」

「へい……」

「あの形を見て富士山を思い浮かべねえとしたら、おめえの気持ちはよっぽどふわふわと浮ついてるてえことだ」

　石松は無言のままうつむき、足元の小石を踏みつけた。

「久六を見つけ出したら、待ったなしで命のやり取りが始まる。肚が据わってねえで気持ちがふらついていたら、たちどころに命を落とす羽目になる」

　次郎長は石松を槍玉にあげて、気持ちの浮かれをきつく戒めた。

「ここで讃岐の富士山に出会ったのも、なにかのめぐり合わせだ」

次郎長はかぶっていた笠をとると、小脇に抱え持った。十一人の男たちが、次郎長と同じことをした。

「金毘羅さんにしっかり願いを聞き届けてもらえるように、あのお山に辞儀をして口添えを頼むぜ」

「がってんでさ」

いみじくも次郎長が口にした通り、地元の住人は山を讃岐富士と呼んでいた。揃いの道中合羽を着た男たちが、田んぼのなかの山に向かって深い辞儀をした。

金毘羅詣での旅人たちは、なにごとか起きたのかと目を見開いていた。

六

金毘羅参りをつつがなく終えた次郎長は、大坂から東海道を下ることにした。

途中の尾張で、保下田の久六を討ち果たすための陸路だった。

「出てきやがれ、久六めが」

帰りは陸路と決まったときから、石松は威勢がよかった。石松の昂ぶりがほかの仲間にも伝染した。

大坂から京に向かうには、淀川を走る三十石船が速くていい。次郎長たちは、十二人で一杯の船を貸切にした。

「尾張に着いたら、その足で殴り込みだぜ」

次郎長の子分たちは、京に着くまで気勢をあげ続けた。しかしその気勢は、京の船着場に着くなり影を潜めた。

前年十月に大老井伊直弼(いいなおすけ)は、尊皇攘夷派(そんのうじょうい)を厳しく取り締まり、強い弾圧を加えた。いわゆる、安政の大獄である。この尊皇攘夷運動は、御所のある京がとりわけ激しかった。

安政六年になっても京では騒動が治まらず、毎月のように多数の捕縛者が出ていた。

京の町には小さな路地に至るまで、公儀役人による監視の網が張られていた。

「このまま連れ立って歩いたら、役人に縄を打ってくれと頼むも同然だ」

大政、小政、石松の三人と音吉を残し、残りの者は清水湊に帰るようにと次郎長は指図を下した。

「江尻宿までの宿場ごとに、次郎長は旅の途中で寝込んでしまったと、うわさを振りまいてくれ」

保下田の久六がうわさを耳にすれば、つい気をゆるめるかもしれない。久六を安心させるためにも、嘘のうわさをばら撒(ま)きながら帰れ……七人の手下は、しっかりとうなずいた。

　六月中旬に、次郎長たち五人は尾張に入った。敏捷な小政と石松が動き、久六の居場所を探った。二日のうちに、久六は知多半島の寒村、亀崎村に潜伏していることを摑んだ。

　日が長い季節である。西空に移った夕日を浴びつつ、次郎長はこれから亀崎村に向かうと言い渡した。

「がってんでさ」

　男五人は、夏の星明かりと月の蒼い光を頼りに、亀崎村へと夜道を急いだ。夜明け直後には、亀崎村の隣村を流れる乙川の堤に到着した。その川原で、手下七人を引き連れた久六と出くわした。

　小政と石松が潜伏先を探していることを、久六は本能で感じ取って宿を移ろうとしていた。そのたぐいの勘働きは、久六は並の者よりも抜きん出ていた。

「抜け」

　久六の前に立ちはだかった次郎長は、ただひとことを口にするなり、太刀を抜いた。

「わるかった、勘弁してくれ」

　しゃがみ込んだ久六は、上目遣いに次郎長を見た。次郎長は相手にしなかったが、丸腰の久六に斬りつけることもしなかった。

「脇差を抜いて勝負をしろ」

抜刀した太刀を手にして、久六に迫った。久六はしゃがみ込んだままである。

「抜かねえなら、叩っ斬るぞ」

次郎長が太刀を両手で握ったとき、久六はいきなり脇差を抜いた。が、次郎長は充分に相手の動きを読んでいた。

切っ先との間合いを計り、右に飛んで刃をかわした。不意打ちにしくじった久六は、慌てて立ち上がろうとした。しかし焦りで足元を滑らせた。

「おうっ」

気合を発した次郎長は、久六に太刀を振り下ろした。刃が久六の首筋を切り裂いた。鮮血が噴出し、周囲に飛び散った。

次郎長は真正面から返り血を浴びた。

大政、小政、石松の三人は、それぞれひとりずつを斬り斃していた。久六が斬られたのを見て、残りの手下四人は、刀を放り投げて逃げ去った。

阿久比の川原に朝日が昇っている。次郎長は返り血を浴びたまま、金刀比羅宮の方角に向かって深い辞儀をした。

音吉たち四人も、次郎長の後ろで膝にひたいがくっつくほどに身体を折った。

「手早く葬って、ここを離れやしょう」

次郎長は、阿久比川の流れで血を洗い流した。大政、小政、石松の三人は、斃した久六たち四人を北枕に並べて手を合わせた。仇ではあっても、死者に対する礼を尽くした。

「おめえたちも、身体を洗ってこい」

次郎長に言われて、大政たちも阿久比川で返り血を洗い流し始めた。二の腕にこびりついた血を、石松が雑草でこすっていたとき。堤の彼方から、ひとが押し寄せる荒々しい物音が聞こえてきた。

寒村といえども、村役人はいる。川原で殺傷沙汰が生じているのを、見過ごすはずもなかった。

村役人は、農夫を追っ手に加えていた。野良着姿の男たちが、鍬や鎌を手にして向かってきた。

「逃げるしかねえ」

農夫相手に、無益な殺生などしたくはない。次郎長が先頭に立ち、山に向かって駆け出した。が、初めておとずれた土地である。山道に通じているわけではなかった。

追っ手は、土地に明るい者ばかりだ。一度は遠くに引き離していた追っ手の怒声が、次第に間合いを詰めてきた。

「山を越えるしかねえだろう」

次郎長の判断に従い、五人はひたすら道のない山を登った。先頭を駆けていた次郎長が、枯れ草に足を取られた。ズルズルッと斜面を滑り落ちる。最後尾の石松が手を伸ばした。次郎長がその手を摑み、滑りが止まった。

ひと息つきたいところだが、追っ手の声はさきほどと同じ間合いを保っている。

「死ぬ気で駆け上れ」

次郎長の指図に大きくうなずいた大政が、先頭に立った。あとに小政と石松が続いている。次郎長と音吉は、ふたり並んでしんがりについていた。

「親分……」

先頭を登っていた大政が、暗い声で呼びかけてきた。次郎長は足を急がせて、大政のわきへと進んだ。

「うっ……」

滅多なことでは驚かない次郎長が、息を詰まらせた。山の行く手が消え失せていた。

次郎長たちは、行き止まりになるとも知らずに、ひたすら山を登ってきた。その山肌が消えて、深い谷が目の前に口を開いていた。

「下の川まで、十五丈（約四十五メートル）はあるずら」

小政の顔がこわばっていた。追っ手の声が、次第に迫ってきた。登った先には深い谷が待ち構えているのを、追っ手は知っている。ゆえに連中は、焦らず、同じ調子で登ってきていた。

農夫が手にしていた鍬や鎌は、立派な武器である。次郎長たちが立ち向かえば、農夫は手にした武器で応戦するに決まっている。だが、素人衆は斬りたくない。

さりとておとなしく捕まれば、処刑されるのは間違いない。

「男らしく、見事に心ノ臓をひと突きにして果てましょうや」

石松が脇差を抜いた。大政、小政のふたりも、石松と同じ考えのようだ。目で次郎長に許しを求めていた。

渡世人の値打ちは、果て方で決まる。

常から次郎長が口にしていることである。おめおめと追っ手に捕まるぐらいなら、匕首（あいくち）で急所を突き、果てるほうを選ぶ。これは、渡世人の理屈にかなっていた。

「おめえたち、死ぬ気だな」

「へいっ」

三人の手下が、気合を込めた返事をした。

「ならばその命、おれに預けねえ」

次郎長は着ているものを脱いで、下帯ひとつの裸になった。

「久六を討ち果たすことができたんだ。金毘羅さんに嫌われてなけりゃあ、下の川に飛び込んでも助かるだろうよ」

次郎長は、着物と合羽を縛り合わせて手に持った。

「先に行ってるぜ」

軽い口調で言い置くと、次郎長は深さ十五丈もある谷を飛び降りた。音吉が続いた。

「つるんで飛び降りようぜ」

大政の一声で、三人は同時に飛び降りた。

幸いにも川底までは三尋（約四・五メートル）の深さがあった。石松が川面に浮かび上がると、立ち泳ぎをしている次郎長と目が合った。

「金毘羅さんに、お礼参りをしなくちゃあならねえ」

「まかせてくだせえ」

大声で石松が返事をした。声が谷の岩にぶつかり、こだまになっていた。

七

万延元（一八六〇）年五月三日、九ッ（正午）前。多度津湊の辻に立つうどん屋のなかの一軒へと、石松は早足で向かっていた。

讃岐国はうどんが名物である。大坂・天保山湊からの乗合船が着く多度津湊の辻には、十軒のうどん屋が並んでいた。

どの店も葦簀囲いの粗末な造りだが、漂い出ているつゆの香りには、昆布ダシのにおいがたっぷりと含まれている。とりどりの柄の道中合羽を着た旅人たちが、うどん屋の並ぶ通りに立ち止まり、鼻をぴくぴくと動かした。

旅人の多くは、これから丸亀街道を真っ直ぐに歩く金毘羅参りの参詣客だ。

「昼はうどんで腹ごしらえや。讃岐はうどんが名物やさかい」

「名物に美味いものなしと言うでえ」

「そんな、いらんこと言わんと、いっぱいだけでも食うて行こやないか。ちゃんと陸に上がれた祝いやで」

「うどんで祝いかいな」

上方訛りの旅人がうどん屋の店先で、勝手なことを言い合っている。わきを通り過ぎた石松は、一軒のうどん屋ののれんをくぐった。どの店に入るかを、石松はあらかじめ決めていた。

赤地の幟に太い筆文字で『お多福』と屋号が記してある。一年前に次郎長たちと多度津湊で下船したとき、腹ごしらえに入ったうどん屋である。

お多福の屋号が気に入った次郎長が、子分を引き連れて入った店だ。

太くて、腰の強いうどん。ジャコでしっかりとダシをとったつゆ。ほどよい甘さに煮た、分厚い油揚げ。香りの強い刻みネギ。

次郎長たち一行は、初めて口にした讃岐の『きつねうどん』の美味さに舌を巻いた。

石松は酒の味にはうるさいが、料理を賞味する舌は持っていない。皿に盛られた塩があれば、舐めつつ五合の酒が呑める男だ。そんな石松にも、お多福のうどんの美味さは分かった。

乗合船を下りるなり、石松はわき目もふらずにお多福に向かった。のれんをくぐって土間に入ると、店は旅人ではなく、土地の者で込み合っていた。

お多福のうどんの美味さは、地元でも評判なのだろう。石松は先客に軽く手刀を切ってから、あいている腰掛に座った。葦簀の壁には、六種類のうどんの品書きが張られていた。

「きつねうどんを頼んだぜ」

品書きも見ないで注文した石松を、相客ふたりが感心したような目で見た。

「へい、おおきに」

台所から、婆さんが達者な声で応えた。一年前に聞いたのと同じ声である。

「旅の人やろうに、ここのうどんのなんが美味いか、よう知っとるでないか」

「いまから一年前に、きつねうどんを食ったことがあるんでさ」

石松は愛想よく返事をした。

「そうな」

相客のふたりは顔を見合わせて得心した。

「ほんなら多度津は、一年ぶりな」

「まさか、ここのうどんが食いとうて、よそから来なさったわけやないやろに」

石松の身なりは、見るからに渡世人の旅姿である。そんな石松に、ふたりはごく普通の調子で話しかけた。

嬉しくなった石松は、手にした長い布包みをふたりに示した。

「こいつを金毘羅様に納めるために、駿河から出向いてきたんでさ」

「駿河からな……」

相客のひとりが目を見開いて驚いた。

「駿河いうたら、富士山の国やんか」

「その通りでさ」

「富士山は、お山のてっぺんに雪をかぶっとるちゅう話やけんど、ほんまかいな」

「あっしが国を出たときは、まだ真っ白な雪をかぶってやしたぜ」

「ごつ、綺麗やろうなあ」

「真っ青な空を背負ってやすから」

清水湊を出てから、今日で十八日目である。遠くなった石松の目は、清水湊を見ているかのようだった。

今年の三月十八日に、安政から万延へと改元された。次郎長が讃岐の金刀比羅宮へのお礼参りを口にしはじめたのは、改元から間もなくのことだった。

当初はもう一度子分衆を連れて、次郎長当人が讃岐まで出向く心積もりをしていた。しかし改元を機に、公儀はますます勤皇方への警戒体制を増強。おもな宿場には公儀道中奉行直属の官吏を配置し、京に向かう旅人の監視を強めた。

凶状持ちの次郎長は、うかつに東海道を上ることができなくなった。

四月十五日。蒼い空を背にした富士山に一礼してから、次郎長は石松を居室に呼び寄せた。音吉と大政が同席していた。

「明日から、讃岐の金毘羅さんにお礼参りに出向いてくれ」

次郎長の代参という大役の申し付けを、石松は背筋を張って受け止めた。

去年の五月、次郎長は金刀比羅宮に保下田の久六成敗の願掛けをした。その願いが通じたのか、金毘羅参りの帰途に、見事久六を討ち果たすことができた。石松が申し付けられたのは、祈願成就のお礼参り代参である。

久六を仕留めたのは、名刀で知られた肥前忠吉の太刀だった。次郎長はこの忠吉を研ぎに出したあと、念入りに清めをして奉納に備えた。

「この太刀ひと振りに五十両を添えて、金毘羅さんにしっかりと御礼を伝えてくれ」

清水湊から讃岐の金刀比羅宮まで、行き帰りおよそ四百里（約千六百キロ）の道中である。

「大してぜいたくもできねえだろうが、三十両の路銀を用意しておいた。一文も残さずに、きれいに遣ってきねえ」

次郎長から目配せをされた大政は、木綿の袋に納まった忠吉の太刀と、金子八十両を石松の膝元に置いた。

忠吉の太刀は、わざと粗末で分厚い木綿袋に包んでいた。木綿袋を取り除けば、錦織の太刀袋に忠吉が納められていた。

「預からせていただきやす」

石松は威勢のよい返事をした。大してぜいたくはできないと次郎長は言ったが、三十両は大金である。

急ぐ旅ではないということで、清水湊からの行き帰り、旅籠は七十泊の見当だった。相部屋でよければ、朝夕の二食つきで一泊三百文がいまの時代の相場である。

七十泊なら二十一貫（二万一千）文だ。

小判と銭の両替相場は、一両あたり銭六貫五百文である。一泊三百文の旅籠に七十泊しても、費えは三両一分にも満たない。

道中で乗る乗合船は、大坂から多度津までの長い船路でもひとり六百文だ。

三十両はぜいたくができないどころか、大盤振舞いの旅も夢ではない路銀である。

石松の返事が威勢よくはずんでいたのも無理はなかった。

「おめえが旅に出てる間は、陰膳を欠かさねえように、若い者に言いつけておく」

「ありがとうごぜえやす」

旅に出た者の無事を願って留守宅に供える食膳が、陰膳である。

次郎長の心遣いが嬉しくて、石松は深々とあたまを下げた。

「ついちゃあ石松、おめえにひとつだけ頼みというか、言い聞かせておくことがある」

「なんでやしょう」

「聞いてくれるな」

「親分のお指図なら、聞くの聞かないのと、ぐずぐず言うことじゃありやせんから」

「それを聞いて安心した」

次郎長は、石松を長火鉢の前まで呼び寄せた。石松は膝をずらして近寄った。

「おめえは酒がへえると、ものごとに見境がつかなくなる。代参からけえってくるまでは、笹の葉のひとしずくも酒は呑まねえと、おれに約束してくれ」

いつになく強い目で、次郎長は石松を見詰めた。しばらくは黙って見詰め合っていたが、ふうっと石松が深い息を吐き出した。

「お預かりした八十両と忠吉の太刀は、そっくりお返しいたしやす」

酒の呑めない旅はとっても務まらない。そういって、石松は代参を断わった。

「おめえは親の言いつけに逆らうのか」

　怒りが募れば募るほど、次郎長の声は低くなる。わきに座った音吉と大政が顔を見合わせた。

「酒の呑めねえ旅なんざ、あっしには務まりやせん。ほかの者に言いつけてくだせえ」

「ならねえ」

　次郎長はきっぱりと言い切った。

「だれを代参に出すか、おめえに指図をされることはねえ」

　次郎長は長火鉢を挟んで、上体を石松のほうに乗り出した。

「親の言うことをきかねえ子は、この場で叩き斬る」

「分かりやした」

　石松は正座をあぐらに組み直した。

「ガキの時分に、竹竿で命を助けてもらったあの日から今日まで、親分に惚れ抜いてついてきやした」

　石松は身体を、次郎長の真正面に向けた。

「その親分に斬られるなら本望でさ。すっぱりとやってくだせえ」

　石松は敬慕に満ちた目で次郎長を見た。しかし立ち上がった次郎長は、石松の眼差しを弾き返した。

「脇差を出せ」

命じられた大政は、次郎長の足元に両手をついた。次郎長は大政を見下ろしている。

その間に音吉が石松に近寄った。そして、思いっきり左の頬を張った。

大柄な音吉が、加減をしないで見舞った張り手である。石松の身体が横にずれた。

「こっちにこい」

石松の襟首をつかんだ音吉は、石松を人目のない裏庭に引きずり出した。

「いくら音吉の叔父貴でも、問答無用にぶっさらわなくてもいいじゃねえか」

「おめえみてな正直モンはいねえよ」

食ってかかる石松に、音吉はあきれ果てたという目を向けた。

「あのどえらいお釈迦さまだって、ときには方便ちゅう嘘をついてもええと言ってるだに」

「なんの話ずら」

「酒に決まってるじゃあねえか」

次郎長には呑まないと約束する。道中は好きに呑んでもいい。江尻宿が近くなったら酒をやめて、素面で帰ってこい。

だれよりも可愛いお前を代参に出す次郎長は、旅の間ずっと心配しているに決まっている。その気持ちを汲んで、酒は呑まないと、とりあえず約束しろ。

音吉の諭しに、石松は深くうなずいた。

けれども根が真っ正直な石松である。金刀比羅宮に太刀を奉納するまでの行きの道中十八日間は、約束した禁酒を守った。

「ほんだらお先さん」

「お参りが、あんじょう行きますように」

「ちょいと待ってくんねえ」

立ち上がった相客を、石松は慌てて呼び止めた。

「今日の奉納がすめば、あとは好きなだけ酒が呑めるんでえ」

金刀比羅宮の近くで、酒と女の両方がいい宿を教えてくれと頼んだ。

「それやったら、ここ（多度津湊）に戻てきたほうがええわ」

「金毘羅さんの門前町も丸亀宿も、えらいかとうて、女はさっぱりや。多度津やったら、どこの旅籠に泊まっても外れはないで」

「湊町には、酒と女がつきものだってか」

男ふたりがうなずいたとき、石松のうどんが運ばれてきた。太いうどんの上に、三角形の油揚げと、緑色の刻みネギが載っている。どんぶりから溢れそうなほどに、ダシの利いた澄んだつゆが張られており、唾がわき出る香りを漂わせていた。

「ありがとよ、にいさん」

礼もそこそこに、石松はうどんのつゆに口をつけた。

八

脚力と腕力の強さでは、次郎長一家でも抜きん出た石松である。一刻（二時間）で四里（約十六キロ）の道を歩き抜くというのが自慢だ。

しかしこの日は、七百段を超える金刀比羅宮の石段を上り下りしたのだ。太刀と五十両の奉納を終えて多度津湊に戻ってきたのは、暮れ六ツ（午後六時）直前である。

多度津湊の通りは、すでに暮れ始めていた。

一刻も早く宿を決めて、湯につかってくつろぎたいところだった。しかし石松は呼び込みには見向きもせずに、飛脚宿を求めて船着場へと向かった。

大坂との間に乗合船や弁才船が行き来する多度津湊は、廻漕問屋と飛脚宿が通りの一角を占めていた。

ひと通り見て回ったあと、石松は『讃岐屋長五郎』という屋号の飛脚宿に入った。名前の長五郎が、次郎長の本名と同じなのが気に入ったからだ。

暮れ六ツで、店仕舞いなのだろう。讃岐屋のだれもが、せわしなく立ち働いている。

土間に立っている石松に、気づいた奉公人はいなかった。

「だれか手のあいている者はいねえかい」

二度呼びかけたが、返事がない。石松は大型の振分け葛籠（つづらこ）を肩から外し、大きく息を吸い込んだ。

「だれかいねえのか」

息と一緒に、大声が吐き出された。仕分け途中の手代が手をとめて、石松を見た。

「あらまあ……」

男は、昼にお多福で相席だったひとりである。親しげな笑顔とともに、石松のそばに寄ってきた。

「うちは旅籠（はたご）やおまへんで」

「あたぼうだろう、つまんねえことを言うんじゃねえ」

石松は、ふところから袱紗（ふくさ）を取り出した。金刀比羅宮から授かった御守札と、奉納品の請書が収まっていた。

「これを清水湊まで送ってくんねえ」

「金毘羅さんへのご奉納は、つつがなしに終わられましたんやな」

石松が卓に置いた請書と御守を見て、手代が目元をゆるめた。

「このふたつに、おれの文（ふみ）を添えてもらいてえんだが」

「ここで書きてえんだ、矢立と紙の備えはあるかい」

「どうぞ、どうぞ」

「うちは飛脚宿ですから」

強く言い切った手代は、半紙、矢立、奉書紙の三つを持参してきた。石松は大きな文字で奉納の上首尾を記し、宛名書きをした奉書紙に半紙を包んだ。

御守・請書・文の包まれた奉書紙の三つを、手代は秤にのせた。

「全部で十五匁ですわ」

秤に載せるとき、手代は畳まれた請書を開いた。秤にきちんと載せるためにだ。請書に記された奉納金額を見て、手代は息を呑んだ。

「七日で届く並便は一分、三日で着く急ぎ便は二分一朱でおますんやが、どっちがええですか」

「うちの親分は、並なんてえお方じゃねえ」

石松は急ぎ便を注文した。手代は帳面に清水湊の所書きを記入したあとで、御守・請書・文の三つを小さな麻袋に収めた。

「奉納金を五十両も納める親分はんやったら、並ではおまへんわなあ」

手代は心底から、次郎長の器の大きさに感心したらしい。手続きを終えたあとは子分の石松にも、敬いに満ちた目を向けた。

「旅籠がまだ決まってないなら、ええとこに顔つなぎさせてもらいまっさ」

「そいつあ、ありがてえ」

湊の飛脚宿が口利きをすれば、旅籠の扱いも大きく異なる。嬉しくなった石松は、手代に向かってあたまを下げた。

「そんなこと、せんでください」

渡世人にあたまを下げられて、手代は慌てた。急ぎ添書きをしたためると、石松に手渡した。

「浪花屋はんは、多度津湊で女子衆が一番そろっとる旅籠ですわ」

「酒はどうなんでえ」

「浪花屋はんは本店が大坂の旅籠だけん、酒は灘の蔵元から廻漕されてきてますわ」

「灘の蔵元からかよ」

石松は唇を舐めた。

十八日間も酒断ちをしたのは、生涯で初めてだった。お蝶や次郎長と逃避行を続けていたさなかですら、石松は吸筒に詰めた酒を呑んでいた。

身体が、ひとしずくでいいからと、酒を欲しがっている。いまは女よりも酒だった。

「ありがとよ」

石松は一分（四分の一両）金貨の心づけを手代に渡して、飛脚宿を出た。湯上りの酒を思って、口のなかいっぱいに唾が溜まっている。軽い足取りで歩く石松の後姿に、過分の祝儀をもらった手代があたまを下げた。

九

多度津湊から乗合船に乗った石松は、五月八日の昼過ぎに天保山桟橋に到着した。

「大坂に着いたら、まっすぐに本町橋の浪花屋に行きなはれ。お客さんのことは、これにあんじょうに書いときましたよって」

石松が多度津で投宿した浪花屋は、大坂の本町橋が本店である。多度津の番頭がしたためた添状を出すと、石松は二階の六畳間に案内された。

「この部屋を、おひとりで使われたらよろしおますんやが、旅籠賃は少々おたこうなりますんで……」

旅籠賃は一泊二食で九百文だという。路銀にたっぷりとゆとりのある石松は、ふたつ返事で受け入れた。

「幾つ泊まるかは分からねえが、とりあえずこんだけ預けておくからよう」

十匁銀のなまこ板五枚を番頭に手渡した。銀一匁が約百三文。五十匁なら、五貫文を超える銭に相当する。

「確かにお預かりしました」

五十匁もの銀を前払いされた番頭は、仲居に目一杯の世話を言いつけた。

「あのお客はんやったら、取りっぱぐれはないよってな。気張って世話をせんかいな」

石松は様子のいい男である。番頭に言われるまでもなく、仲居は石松の世話に励んだ。

「今日から何日かかけて、大坂見物に連れて行ってくんねえ」

夜明けの薄明かりのなかで、仲居の耳元でささやいた。仲居は石松のこわばりに手を這わせて応じた。

去年の金毘羅参りの帰りにも、次郎長一家は大坂の町に立ち寄った。が、あのときの次郎長は、保下田の久六成敗を思って気が急いていた。大坂にいたのはわずか半日で、ただ足早に町を通り過ぎただけだった。

今回の石松は、気持ちにも路銀にも大きなゆとりがあった。次郎長から頼まれた代参は、しっかりと成し遂げた。金刀比羅宮から受領した請書も、すでに飛脚便で送ってある。

多度津からの急ぎ便は、すでに次郎長の手元に届いているころだ。大役を果たした石松は、好きな酒をたらふく呑み、仲居の案内で大坂見物に出た。

「これは蛸石いいます。こんな大きな石は、富士山のふもとにもおまへんやろ」

仲居が連れて行った大坂城には、ひとつの表面が三十六畳敷きで、重さが三万二千貫（約百二十トン）もある巨岩があった。高さは石松の身の丈の何倍もあり、岩の上部を仰ぎ見る形になった。

親分に見せてやりてえ……。

大きなものが大好きな次郎長に、石松はたまらなく会いたいと思った。

清水湊にけえったら、親分に細々（こまごま）と土産話を聞かせてやろう……次郎長の顔を思い浮かべつつ、石松は大坂見物を続けた。

大坂の町には、縦横に堀が張り巡らされている。見物の二日目、朝から川船に乗った石松と仲居は、酒を酌み交わしながら水の町を見て回った。

「そんなにお酒ばっかり呑まんと、ちょっとは肴（さかな）もつまみなはれ」

仲居に勧められても、石松は盃（さかずき）を口にするだけだ。

「ちょっと待ってや」

旅籠近くの本町橋で船を下りた仲居は、寿司（すし）の折詰を買い求めてきた。本町名物の『押し寿司』である。

「これやったら、お酒にも合いますやろ」

仲居が折詰を開くと、長方形に切られた寿司がきれいに並べられていた。

焦げ目がきれいな厚焼き玉子。白身が艶（つや）やかな鯛（たい）の昆布締め。赤白の色味が食う気をそそる、蒸しエビ。甘辛いツメ（たれ）が、たっぷりと塗られたアナゴ。

初めて押し寿司を見た石松は、喉をごくりと鳴らした。仲居は寿司だけではなく、一升入りの灘酒の小樽と、素焼きのぐい飲みも買い揃えていた。

「なにわの町の川遊びには、小樽と押し寿司が欠かせまへんよって」

仲居の酌を受けた石松は、船端に寄りかかって大坂の町を眺めた。堀の両岸には、石垣が組まれている。石垣の根元には、垂れ柳が植わっていた。

五月の午後は、頬を撫でる川風が心地よい。柳の葉が、風になびいて左右に揺れた。

盃を重ねる酒は灘酒で、肴は押し寿司。酌をするのは、重ねた肌のやわらかさが分かっている旅籠の仲居である。

極楽のぜいたくを満喫した石松は、浪花屋に五日間の長逗留をした。八軒屋から伏見行きの三十石船に乗ったのは、五月十三日の四ツ（午前十時）である。

船に乗り込む石松は、一升入りの小樽と押し寿司の折詰二折りを、しっかりと小脇に抱えていた。

十

草津の追分を過ぎると、山が両側に逃げて眺めが開けた。前方の道端には、大きな岩が見える。石松はその岩に腰をおろすと、振分け荷物を肩から外した。

山科の旅籠を出てから、一刻半（三時間）もの間、山道を登ってきた。それでもさほどに疲れを覚えなかったのは、杉木立のなかを歩き続けたからだ。

杉の精に満ちた空気は美味く、木々の間を渡る風は冷えていて心地よい。山道歩きで浮いた汗は、たちまち風が乾かしてくれた。

ところが草津追分を過ぎると、山が遠くに去った。五月中旬の陽をさえぎる木々がなくなり、まともに強い陽を浴びた。

健脚自慢の石松だが、地べたが白く見える陽差しの強さには音を上げた。岩に腰をおろして、笠をとった。

陽は空の真ん中にいた。天道の高さと居場所を見て、石松は九ツ（正午）が近いと見当をつけた。孟宗竹の吸筒には、山科の旅籠で汲み入れた清水が詰まっている。石松は喉を鳴らしながら、清水を呑んだ。

山科は水の美味さで知られた土地である。湧き出る清水を汲み入れたときには、五月のいまでも指先がかじかむほどに冷たかった。

山道を歩き続けた間に、水はすっかりぬるくなっていた。が、真新しい孟宗竹の香りが染み込んだ水は、ぬるくなっても美味さが失せてはいなかった。

石松が向かっているのは、草津の貸元の宿である。石松が草津の見受山に行く気になったのは、三十石船に乗り合わせた旅人の話を聞いたからである。

二日前の五月十三日、石松は大坂から伏見まで三十石船に乗った。去年、次郎長と一緒だったときも、この川船に乗っていた。

荒海を行く船は苦手な石松だが、伏見に向かう三十石船は淀川の川面を滑るだけだ。揺れは皆無に近いし、船はほどほどに大きくて乗り心地もよかった。

五月のいまは、目に痛いほどの新緑が川の土手を埋め尽くしている。船端に寄りかかって酒をやっているうちに、船は伏見に到着するのだ。

乗船したときはすいていたが、出帆時には旅人の肩と肩とがくっつくほどに込み合っていた。

石松は船の艫に座っていた。道中合羽と振分け荷物が、船端に重ねてある。荷物のわきに座った石松は、樽の酒を茶碗で受けて呑んでいた。先日仲居が買ってきたぐい飲みは、酒屋の店先で落として割ってしまった。

「こんなんしかないけどなあ」

石松が三十石船に乗ると知った酒屋の亭主は、使い古しの茶碗を石松に差し出した。

「ぐい飲み代わりにはなるやろ」

ただでもらった茶碗は、ふちが幾つも欠けていた。しかし石松には、酒さえ呑めればそれでよかった。

樽の酒を茶碗で受けて、呑み続けている渡世人……他の船客たちは、石松のそばには近寄らなかった。

船が進むうちに、見ず知らずの船客同士がよもやま話を始めた。旅の空の下では、だれもがお国自慢をしたり、知っていることを大声でひけらかしたりするものだ。

「お客はんの根付は、えらいまた変わってまんなあ」

「これですか？」

「わての目には、なんやらサイコロみたいに見えますんやが」

「その通りですよ」

男は煙草入れにぶら下げた根付を相客に見せた。陽を浴びて、サイコロの黒い目が艶々と光った。

「こう見えても、あたしは博打には目がなくてねえ。おもな土地の貸元の名は、ざっと二十人は諳んじることができます」

声高に話しはじめた男は、江戸と大坂とを一年のうちに三度も行き来する、昆布の仲買人だと素性を明かした。

「この船が着く伏見から山をふたつばかり越えた先に、草津という村があります。おひまがあったら、一度は行ってごらんなさい」

草津には見受山の鎌太郎という貸元がいる。まだ二十八歳の若さだが、とにかく度量が大きい。勝負で負けた客には、賭場を出るときに一分金一枚の駕籠代を渡す。

「このサイコロは、一分金と一緒に鎌太郎親分からいただいたもんでしてねえ。あたしの道中守りも同然です」

男の自慢話に出てきた、見受山の鎌太郎という名が、石松の耳に引っかかった。鎌太郎に会ったことはなかったが、江尻の大熊（お蝶の実兄）とは義兄弟の間柄だと、次郎長から聞かされたことがあった。

鎌太郎親分に、姐さんが亡くなったことを伝えに回ろう。

船客の話から、石松はこれを思いついた。

「にいさん、ありがとよ」

いきなり渡世人から礼を言われた男は、驚きで言葉が出なくなった。

「寿司も酒も、まだ残ってるからよう。遠慮しねえでやってくんねえ」

目を見開いた男に樽と折詰を押しつけた石松は、伏見に着くまで眠り込んでいた。

吸筒一本をからにして、石松は岩から立ち上がった。一本道の先に寺が見える。目を凝らすと、寺の隣に二階家が建っているのが見えた。石松は道中合羽のほこりを払い、笠の紐をしっかりと締めた。

次郎長の名を背負って、貸元をたずねるのだ。身なりがだらしないと、それだけで次郎長の名を汚すことになる。

歩き始める前に、石松は念入りに合羽の汚れを払い落とした。

十一

五月十五日の清水湊は、朝からどんよりと曇っていた。分厚い雲が、空の低いところに張りついている。

晴れた日には富士山が見えるあたりも、鈍色（にびいろ）の雲で空が塗り込められていた。

「おめえ、なんで顔色がよくねえずらか」

音吉が抑え気味の声で話しかけた。次郎長の周りに子分がいないと分かったときは、音吉はぞんざいな物言いをする。それを次郎長が望むからだ。

次郎長は渋い顔つきのまま、音吉に障子戸を閉めろと身振りで示した。次郎長の様子がいつもとは違うと察した音吉は、すぐさま居室の障子戸を閉めた。

いまの次郎長は、尾張名古屋から江戸に至るまでの東海道で名を知られている。名前が大きくなり過ぎたのか、子分はもとより、多くの貸元衆までもが次郎長に遠慮をして、つい辛口を閉ざすことがめずらしくなかった。

上下の間柄ではなく、対等の話がしたい。世辞ではなしに、正味の話が聞きたい……次郎長は、心底からこれを望んでいた。そんなとき音吉は、まさに次郎長の願いにうってつけの男だった。

他人には見せられない弱気の顔も、音吉には見せられる。ひとには口が裂けてもいえない悩み事も、音吉には話すことができた。

とはいえ、ひとたび貸元の顔となったときの次郎長は、周りにこわもてを見せなければならない。貸元は、ひとに怖がられてこそ値打ちの稼業だからだ。

人目のあるところでは、音吉は決して次郎長の指図に逆らったり、対等の物言いをしたりはしなかった。

「どうした、なにかあったか」

音吉は声をひそめて問いかけた。次郎長は返事の代わりに、石松が多度津から送ってきた文を長火鉢の端に載せた。

奉書紙に包まれた文は、金刀比羅宮の請書、御守と一緒に、去る五月八日に届いていたものである。音吉はすでに、石松の文を見せられていた。それをまた、示されたのだ。音吉は、いぶかしげな目で次郎長を見た。

次郎長は腕組みをして、目を閉じている。

「飛脚の返金のことで、なにか揉（も）めたんか」

次郎長の様子が気になった音吉は、思いついたことを口にした。次郎長は目を閉じたまま、静かに首を振った。

飛脚の返金とは、八日に届いた石松からの文にかかわる出来事である。

「急ぎ便という誂(あつら)えでしたが、七日に着くはずの便が、一日遅れました」

飛脚は急ぎ便と並便との差額、一分一朱を返金すると申し出た。返金を受けた次郎長は、一分一朱をそっくり飛脚への心づけにした。

渡世人から過分の祝儀を受け取るのを怖がった飛脚は、かたくなに拒んだ。

「いいから受け取りねえ」

焦(じ)れた次郎長が声を荒らげた。音吉が間に入り、飛脚にカネを受け取らせてから帰した。

そんないきさつがあったがゆえに、つい飛脚うんぬんかと問うたのだ。

「がらにもねえことしやがって。よくねえことが起きなきゃあいいが」

あんのばかっつらが……と土地の訛(なま)りで石松を案じた。滅多に聞かない次郎長の浜言葉に接して、音吉はさらに目を見開いた。

腕組みをほどいた次郎長は、奉書紙を開いて、石松の文を取り出した。生一本な石松の気性は、太い筆文字にもはっきりとあらわれている。

『代参　つつがなく果たしそうろう　今日まで酒は　遠ざけておきそうろう　石松』

半紙に書いてあるのは、これだけである。毎日のように読み返している次郎長は、一言一句、誤らずに暗誦できた。

「いままでも、遠くまで使いに出したことは何度もあるが……やろうが文を寄越すなんてマメなことをしたのは、初めてだ」

それが気がかりで、次郎長は顔つきを曇らせていたのだ。空が重たくて富士山が見えない。それがさらに次郎長の不安を煽り立てた。

「ほーだいなあ……」

音吉もつい土地の訛りで応じた。ため息をついて立ち上がった次郎長は、西空の彼方を見詰めた。

石松が旅をしているはずの東海道が、曇り空の下に続いていた。

十二

藤川宿を過ぎたあたりから、宿場にも往来にも、役人の姿が目立つようになった。町人に扮装した勤皇志士が、江戸を目指している……こんなうわさを、石松は道中の宿場で何度も耳にした。

駿府は、徳川初代家康に深いゆかりのある土地である。遠州路に入るなり、公儀役人は京・大坂から江戸に向かう旅人に強い監視の目を光らせていた。

「めんどくさくて、やってらんねえ」

役人の目にうんざりした石松は、浜名（はまな）湖が見え始めたところで東海道から外れた。

海のように大きな浜名湖には、注ぎ込む川が幾筋もある。都田（みやこだ）川もそのひとつで、川沿いの土手は東海道の脇道の一本だった。

石松がこども時分を過ごした森町には、太田川が流れている。都田川は川幅といい、流れの清らかさといい、太田川によく似ていた。

土手の周りは、一面の茶畑である。その眺めも、在所の森町を思い出させた。

「嬉（うれ）しいじゃねえか」

石松は軽い足取りで、都田川の土手を歩いた。今年は大坂も草津も、いま歩いている都田村も、空梅雨に見舞われているようだ。

旅人には晴天続きはありがたかったが、夏の陽に焼かれ続けた地べたは、わらじの底が焦げそうに熱かった。

うっかり吸筒に水を詰めないまま、石松は脇道に入っていた。都田川の流れはきれいだが、手にすくって呑（の）む気にはなれなかった。

あと十町（約一・〇九キロ）歩いて茶店がなけりゃあ、川の水を飲むしかねえ……。

そう思い定めて歩いていたとき、かげろうの立つ土手の彼方に、茶店の幟（のぼり）が見えた。

「ありがてえ」

　喜んだ石松は、土手下の茶店に向かって駆けた。二町（約二百十八メートル）を全力で走ってしまい、着いたときには身体中から汗が噴出していた。

「おっかさんよう、井戸はどこでえ」

　汗まみれの石松に問われた茶店の婆さんは、腰を伸ばして裏庭を指差した。

「ちょいと、井戸を使わせてくんねえ」

　一匁の小粒銀二粒を先に渡してから、石松は裏の井戸端へと急いだ。ふんどしまで取って、素っ裸になった石松は、冷たい井戸水で身体の汗を洗い流した。

　散々に井戸水を浴びて、身体が冷えた。

「こんな暑いときにすまねえが、熱燗を二本、つけてくんねえか」

「夏に熱燗け」

「手間をかけてすまねえがよう」

「ほんとに酒が好きなんだねえ」

　石松は、心底からの笑みを浮かべて婆さんを見た。酒好きなのは当たっていたし、聞きなれた在所の訛りと婆さんの物言いが同じで、懐かしさがこみ上げてきたからだ。

「なんしょ、なんもねえけえが、これでも食ってくれ」

　婆さんは熱燗二本のあてに、いたどりの煮物を小鉢に盛ってきた。太田川の土手に、いたどりは数限りなく自生していた。こどものころはうんざりするほど、この煮物を食べさせられた。

しかし清水に来てからは、もう何年も口にしたことがなかった。酒のときには大してモノを食べない石松が、懐かしい味が嬉しくて、小鉢のお代わりを頼んだ。

酒も大いに進んだ。

「ふんじゃあ、あと二本、熱燗をつけてくんない」

半刻（一時間）の間に、石松は熱燗八合を空けた。とろんとした目で勘定を済ませると、石松は店の縁台に横たわった。

「眠（ねぶ）いでさ。一刻ばか放（ほ）っぽらかしてくれや」

路銀の残り十三両と、見受山の鎌太郎から預かったお蝶の香典二十五両を、石松は葛籠（つづらこ）の底に仕舞ってある。その葛籠を枕にして、石松は目を閉じた。

都田川を渡ってくる風が、熱燗でほてった身体に心地よい。たちまち石松はいびきをかき始めた。

東海道のわき道とはいえ、暑い時季には土地の者しか通らない土手沿いの道である。滅多に客はこないし、石松からは『眠り賃』として、さらに銀三匁をもらっていた。

「好きなだけ、寝たらよからず」

婆さんは、店の奥に引っ込んだ。

石松がどれほど大きないびきをかいても、土手の雑草と、周囲の茶畑が吸い込んでくれた。

十三

横になって一刻半（三時間）が過ぎても、石松は雷鳴のようないびきをかいていた。石松が寝ている茶店の前を土地の博徒兄弟、都鳥の常吉と梅吉が通りかかった。六月二日の八ツ半（午後三時）過ぎのことである。

この兄弟には長兄の吉兵衛がいる。

「わしらは都鳥一家の三兄弟だ」

長兄の吉兵衛が決めたふたつ名を、兄弟三人は誇らしげに自称した。しかし土地の者は、あからさまに眉をひそめた。

「たあっ、ばかやろうが」

「なにが都鳥三兄弟でえ」

「親父の源八は大した男じゃったが、息子らは三人とも、しょーんもねえ半端者ばっかりずら」

「あいつらの賭場だと、いっくら勝っても一文もくんねえに」

土地の者は、吉兵衛・常吉・梅吉の三兄弟を、山にいるまむしのように嫌っていた。

そんな三兄弟の末弟梅吉が、いびきをかいている石松を指差した。

「あにさんよう」

「なんだ」

弟にたもとを引っ張られて、常吉は面倒くさそうな顔で足をとめた。

「ばかにどでかいいびきをかいてるあの男だけんが、あいつは次郎長に拾われてった
石松ずら」

「石松だとう?」

常吉は急ぎ足で近寄り、寝ている男の顔を確かめた。

「間違いねえ」

いびきの大きさに呆(あき)れながら、常吉は強くうなずいた。

「相変わらず石松のばかたれは、酒をかっくらったら、わけが分からねってか」

「おめえ、声がでけえ」

「平気だ、あにさん。こいつは酒が入ったらあたまをぶち殴っても起きんで」

石松はまだ十歳になる前から、すでに大酒呑みで知られていた。

「それにしても、なんでこんな裏道の茶店で寝てるだ」

常吉は眠りこけている石松の様子を、つぶさに見た。漆塗りの上物の葛籠ふたつを、

枕代わりにしているのが目についた。

「おい、梅吉」

小声で弟を呼び寄せると、葛籠二個を指差した。

「ゼニのにおいがするぞ」

「次郎長の子分として、こいつもいまは売り出し中だで。二、三両は持ってるかもしんねえな」

常吉と梅吉は小声で段取りを話し合った。相談がまとまったところで、石松とは顔なじみの梅吉が石松に近寄った。

「石松っつあんよう」

三度呼びかけたが、一向に目覚める気配がない。茶店の婆さんも、奥に引っ込んだきりである。

梅吉は枕にしている葛籠に手をかけた。わずかに前後に動かしただけで、石松が飛び起きた。

「なにしやがんでえ」

眠っているときも、石松はさらしに匕首（あいくち）を挟んでいる。飛び起きるなり、胸元に手をあてて身構えた。

「石松っつあん、おれだ、おれだ」

「だれでえ、てめえは」

「都田村の梅吉だ」

梅吉は両手を大きくあげて、親しげな声で話しかけた。

「梅吉って……源八とっつあんの末っ子の、あの梅吉か」

「そうだ」

「おれは常吉だ。覚えてるけ」

森町で育ったこどものころ、石松は何度も常吉、梅吉と遊んだことがあった。梅吉と石松は同い年だったし、常吉とも二歳しか違わない。

石松が次郎長にもらわれたことや、次郎長の子分として名を売っていることを、常吉たちはうわさで耳にしていた。

同じように石松も、梅吉たち三人が『都鳥一家の三兄弟』を名乗っていることを、うわさで耳にしたことはある。渡世人稼業の世間は狭かった。

「うちはここから一里（約四キロ）も離れてねえよ」

「なんもねえが、美味い酒だきゃあ樽いっぱいにあるで」

「幾日でもいいからよ。ぜひとも、おれんとこ泊まってくれや」

ふたりは親しげな物言いで、石松を誘った。

「そうだなあ……」

石松は思案顔を拵えた。

讃岐の金刀比羅宮から、ざっと二百里（約八百キロ）近い道中を旅してきた。歩いた道に比べれば、都田村から清水湊までは目と鼻の先も同然に思えた。

帰りを急ぐ旅でもないし、梅吉たちとはこども時分の思い出話もしてみたいと思った。

「やっけえになるぜ」

「そうこなくっちゃあよ」

梅吉が石松の肩に手を乗せた。あたかも、罠に嵌めた獲物に触れるかのような手つきだった。

十四

常吉・梅吉の兄弟が営む賭場には、紛れもない灘の下り酒が置いてあった。田舎の賭場とはいえ、遊び客に振舞う酒である。

倹しく安酒を出したりすれば、たちまち客にわるい評判が聞こえてしまう。酒だけはカネに詰まっていても、費えを惜しまず灘酒『福千寿』を仕入れていた。

「こいつあ、福千寿だのう」

冷や酒のままで一献受けた石松は、灘酒の銘柄を言い当てた。

「なんだっておめえは、これが福千寿だと分かっただ」

ふたりとも、心底から驚いて石松に問いかけた。

「草津の貸元で、見受山の鎌太郎てえ大した器量の親分がいなさる。歳はまだ二十八だが、うちの親分と度胸のよさでは肩を並べるかもしれねえ」

石松は鎌太郎の宿にわらじを脱いでいた間、朝に夕にこの福千寿を呑んでいた。辛口で、燗酒で呑んでも甘さが口に残らない。その味が忘れられなかった石松は、常吉たちのもてなしを大いに喜んだ。

「ところでおめえは、どうして寄り道までして草津の山奥に行ったんだ？」

語尾を大きく上げて、常吉が問うた。

酒が入った石松は、舌の動きが滑らかである。

次郎長の女房、お蝶が旅先で亡くなったこと。お蝶の兄と見受山の鎌太郎とが、義兄弟であること。鎌太郎のうわさを、三十石船で聞いたこと。

これらの顚末を、すっかり話した。その挙句に、鎌太郎からお蝶の香典として、二十五両のカネを預かっていることまでも話した。

「おれが持ってるゼニは、香典だけじゃねえぜ。次郎長親分てえひとは、肝っ玉の大きさじゃあ、海道一に間違いねえ」

三十両の路銀を預かり、一文残らず遣ってこいと言われた……石松は自慢しながら盃を干した。兄弟の目が強く光った。常吉の目配せを受けて、梅吉が徳利を差し出した。

「福千寿なら、まだ四斗樽が幾つもあるからよう。浴びるほどやってくれ」

「嬉しいことを言うじゃねえか」

酒くさいげっぷをしながらも、石松は差し出された徳利を盃で受けた。ひっきりなしに弟に酌をさせながら、兄の常吉は石松に問いを発し、しゃべらせ続けた。

石松は底なしの酒呑みである。しかし半刻（一時間）の間に一升もの酒を呑まされると、さすがの石松もろれつが回らなくなった。

「おめえに折り入っての頼みがある」

酔いが回ったのを見定めてから、常吉が石松に頼みごとを持ちかけた。

「あさって開帳する賭場には、大物の客人が三人くることになってる」

渡世人のいう『大物の客人』とは、大金を賭場に落とすカモのことだ。三人を仕留めるためには、相応の見せ金が入用だと、常吉は話を続けた。

「あさっての開帳をすませたら、二割の利息をつけてけえすからよ」

ぜひとも用立ててくれと、常吉は石松に手を合わせて頼み込んだ。

路銀の余りの十三両はともかく、二十五両は香典として預かったカネである。素面の石松だったら、どれほど頼み込まれても話は断わっただろう。

しかしこのときは、げっぷが出るほどの酒が入っていた。元手が足りなくて開帳に難儀をしたのは、石松も何度も味わっていた。

「おれのカネじゃあねえ。姐(あね)さんの香典として預かってる二十五両だ」

「分かってらあ」

「あさっての開帳が終わったら、間違いなしにけえせるんだな」

「そん通りだ。もしもここの上がりが足りなかったら、吉兵衛兄貴に足してもらうで」

都鳥一家が命にかけても、用立ててもらったカネは返す……常吉は石松の目を見詰めて言い切った。

「分かったぜ」

葛籠(つづらこ)を開いた石松は、香典の二十五両と、路銀の残りの十三両を常吉に渡した。

「たった三日のことだけんど、証文を入れさせてもらうで」

常吉は半紙に『借用書　金三十八両也(なり)』と記して、石松に手渡した。石松はふうっと息を吐き出したあと、半紙を葛籠に仕舞った。

六月五日、五ツ（午後八時）過ぎ。都田村の夜空は、きれいに晴れ渡っていた。空には無数の星が散っていたが、月はまだ細い。

闇のような夜道を照らすには、蒼い光は頼りなさ過ぎた。

「ここいらへんの夜道は暗いで。石松っつあんも、提灯を持ってくればよかったんだ」

「吉兵衛さんの宿は、そんなに遠いのかよ」

石松の物言いが尖っていた。カネを返すのは吉兵衛の賭場だと聞かされたのは、この日の暮れ六ツ（午後六時）過ぎである。

「五町（約五百四十五メートル）ばかり、山道をへえったとこだ。歩いても、たいしたことねえって」

常吉が先に立って歩き始めた。石松と梅吉が並んで歩いている。兄弟は丸腰だが、石松はひと振りの脇差を佩き、さらしには匕首を挟んでいた。

「道が暗いで、気をつけろ」

梅吉が、またもや石松の肩に手を置いた。これから仕留める獲物を、いつくしんでいるかのようだった。

第九章　哀しい酒

一

一升酒を呑んでも、石松は千鳥足になることはなかった。生まれつき、身体が酒には強くできていたからだ。

ところが都鳥一家の梅吉と並んで歩いているいまは、足がもつれている。それは、石松当人が強く感じていた。

「暗くて、足元がよく見えねえ。もっと、ゆっくり歩いてくれんか」

月明かりのない山道を、常吉は急ぎ足で登っている。その背中に、石松は尖った声をぶつけた。

「てめえひとりだけで、歩いてるわけじゃねえんだ」

「そんなに怒鳴ることもないずら」

わきに並んだ梅吉が、星が散っている夜空の下で薄笑いを浮かべた。

「なんだとう」

石松は、さらに声を荒らげた。酒くさい息が、夜の山道に漂った。

「てめえらがどうしてもと言うから、こんな真っ暗な道を、吉兵衛さんの宿まで行くんじゃねえか」

「石松っつあんに返すゼニは、うちらの兄貴が用意してるで。出向いてもらうのは、仕方ないら」

「うるせえ」

石松が腕を振り回した。呑んだ酒の割には、足元がふらついている。そのことに苛立って、石松は山道の真ん中で立ち止まった。

「仕方ねえとは、なんてえ言い草だ」

石松は梅吉の襟元を掴んだ。提灯を手にした常吉が駆け寄ってきたが、石松は梅吉を掴んだ手に力を込めた。

「ハナの約束は、そうじゃねえ。五日の夜には、元金に二割の利息をつけて、耳を揃えてけえすと言った」

梅吉に顔を近づけた。正面から酒くさい息を浴びて、梅吉が顔をそむけた。

「話のどっこにも、吉兵衛さんがけえすというのは出てきてねえだろうが」

身体は小柄だが、石松の腕力は並外れて強かった。その石松が怒りを募らせた上に、したたかに酔っているのだ。襟元を摑む手には加減がなかった。

息苦しくなった梅吉は、両手で石松の腕を払いのけようとしてもがいた。石松は構わず、さらに強く締め上げた。

提灯を地べたにおいた常吉が、石松を羽交い締めにして、梅吉から引き離そうとした。石松はいきなり梅吉を摑んでいた手を放すと、素早く常吉のほうに振り向いた。その敏捷な動きは、深酔いしている男のものではなかった。

「おれの後ろに立つんじゃねえ」

石松の凄みをはらんだ声が、常吉を棒立ちにさせた。

なににも増して、石松は背後に立たれるのを嫌った。以前、それを知らなかった次郎長一家の若い者が、うっかり背後から石松に近寄ったことがあった。瞬時に振り返った石松は、こぶしを若い者の鳩尾に叩き込んだ。

「石松の後ろから近寄った、おめえのほうがわるい」

「石松あにいに用があるときは、面倒でも前に回るのを忘れんなよ」

息の詰まった若い者は、周りから散々にからかわれた。

常吉も、石松のくせを知らなかった。

「なんもそんなに怒んなよ」

「なんだとう」

石松は、怒りの矛先を常吉に向け直した。

「もとはと言やあ、おめえがよくねえ」

提灯を持つのが億劫だと言って、石松は持たなかった。提灯を提げているのは、常吉ひとりだけだ。それなのに、あとを歩く石松には気遣いも示さず、ずんずんと先を歩いていた。

常吉の気配りのなさに、石松は業腹な思いを抱いた。胸の奥に募らせていた怒りが、梅吉の不用意な物言いで破裂した。しかし怒りの元は、常吉の振舞いにあったのだ。

「それは気いつかんかった。勘弁してくださいよ」

意外にも、常吉は素直に詫びた。相手に下手に出られて、石松の怒りは一気に萎んだ。

「分かりゃあ、いいんでえ」

ぶっきら棒に応じた石松は、梅吉と並んで歩き始めた。提灯を提げた常吉は、石松を気遣いながら山道を登っている。怒りがしずまると、石松はまたもや千鳥足に戻っていた。

十匁ろうそくの細い明かりが道を照らすと、虫の音がぴたりとやんだ。提灯が通り過ぎると、また鳴き声が戻った。

おぼつかない足取りで歩く石松にも、虫の音は聞こえた。こども時分に森町で聞いたのと、同じ鳴き声である。

気の早いコオロギがひときわ高く鳴いている。在所で毎年聞いた虫の音が、不意に次郎長と出会った日の森町を、石松に思い出させた。

足はまだ千鳥足だ。しかし石松のあたまのなかは、シャキッと目覚めつつあった。

天保十四（一八四三）年十一月の、九ツ（正午）過ぎ。晴れた空の真ん中には天道があった。が、ゆるく吹く風は北風である。

寒風を頬に受けながら、当時十一歳だった石松は、年下の遊び仲間と太田川の川岸にいた。川床にひそんだ川エビを、仲間と一緒に獲っていたのだ。

ひとりが足を滑らせて、太田川の流れにさらわれた。石松は一瞬も迷わず、すでに凍り始めていた川に飛び込んだ。

水は指が千切れそうなほどに冷たい。仲間をしっかり抱きしめてはいたが、泳ぐこともできずに流されたところを、石松は次郎長に助けられた。

これがきっかけとなり、石松は次郎長を追って清水湊に出た。そして、一家の初の子分となった。

次郎長は命の恩人も同然である。しかも腕力は強いが一本気で、不器用で、嘘がつけない石松の気性を、高く買ってくれている。

酒が入ると前後の見境がつかなくなるだらしなさも、承知のうえで大事にしてくれるのだ。次郎長から指図を受けたことは、なにごとも命がけで果たしてきた。

次郎長も石松に対して、ときには子分というよりは、ひと回り歳の離れた弟であるかのような、情愛を示した。

他の子分の手前もあり、あけすけに可愛がることは、もちろんしない。しかし乱暴な物言いをしているときでも、きつい小言を食わせているときでも、底には石松を思う気持ちがひそんでいた。

「あとはまかせてくだせえ。石には、きつく言い聞かせやす」

次郎長の深い思いを知り尽くしているのは、音吉と、代貸の大政である。ふたりはことあるごとに、呑み込みのわるい石松を陰でさとした。

次郎長から金毘羅さんへの代参を言いつけられたとき、石松は道中の禁酒を迫られて断わった。次郎長は激怒したが、音吉と大政が間に入って取り成した。

金毘羅さんへのお礼参りを済ませるまでは、酒には近寄らない……。

石松はこれをおのれに課した。どれほど呑みたくなっても、無事にお参りが済むまではと思い返して、酒断ちを続けた。

しかし次郎長から託された太刀と五十両を奉納し、金刀比羅宮から請書をもらったその夜から、石松は酒を呑み続けてきた。

多度津湊で呑んだ酒。

仲居と川船で酌み交わした、大坂の酒。

見受山の鎌太郎に振舞われた、灘の酒。

どの酒も、思い出すと口のなかに美味(うま)さと香りが広がった。ともに呑んだ相手の顔も、思い浮かべることができた。

ところが都鳥の常吉・梅吉兄弟の宿で呑んだ酒を思うと、胃ノ腑(ふ)に苦い汁が込み上げてくる。

呑んだ酒は、紛れもなく灘の銘酒だ。しかも石松は、げっぷが出るほどに呑んでいた。口にしたときは美味いと思ったのに、いま思い返すと、いやな味しか込み上げてこない。

石松の身体が、都鳥の酒を嫌っていた。酒は腹を立てて、身体のなかで暴れているのだろう。石松にしては大した量を呑んでもいないのに、足元がふらついていた。

「登り道は、あとひと息で終わりだ。一町(約百九メートル)も歩けば、だらだらと下り道になるに」

提灯を手にした常吉が、石松のほうに振り返った。あごの下から照らされた常吉が笑うと、物の怪のような顔つきに見えた。

「気味のわるい顔をするんじゃねえ」

石松は左手を腰に回し、脇差の鞘を強く握った。常吉の顔色が変わった。

「石松、おれだ。しっかりしてくれ」

酔った石松に、斬りかかられると思ったのだろう。常吉は、こめかみに血筋を浮かべて怒鳴った。

「たあ、ばかやろう。酔っちゃあいねえ」

石松は言葉を吐き捨てた。相変わらず、息は酒くさかった。

二

先を歩いていた常吉が、提灯を二度大きく振ったあとで立ち止まった。

「登りはここまでだで」

常吉は、石松のほうに振り返った。またもや、あごの下から照らしている。ゆるめた口元が、不気味に歪んでいた。

梅吉は忍足で石松のわきから離れた。

頼りない明かりが切り裂く闇は、わずかに一間（約一・八メートル）四方でしかない。

常吉・梅吉の兄弟が立ち止まると、闇が動いた。虫の鳴き声がやんだ。

石松は脇差を鞘ごと引き抜いた。

「おめえら、ろくでもねえことを企んでやがるな」

常吉は返事をせずに石松を見詰めていた。

「こんな山道の真ん中で、なにをおっぱじめる気なんでえ」

吐く息は酒くさい。しかし石松の物言いに、もはや酔いの気配は皆無だった。

「聞きたいか」

しわがれ声が、闇を突き破って石松に食らいついてきた。石松には、聞き覚えのない声だった。

「だれだ、おめえは」

「わしか？」

声が、提灯のわきに移っていた。明かりを浴びた顔つきは、思いのほか若く見えた。

「すぐに冥土送りになるおまえに、名乗ったところでしょんねえら」

石松に向かって歩いてくる男は、手になにも武器を持ってはいなかった。

「おまえらに殺された、保下田の久六の身内だよ。布橋の兼吉だ」

兼吉は、多数の手下を引き連れていた。背丈は五尺六寸（約百七十センチ）で、石松よりは三寸（約九センチ）も高い。丸腰のまま詰め寄った兼吉は、あごを突き出して石松を見下ろした。

兼吉は両腕をだらりと垂らしている。素手ながら、構えにはいささかも隙がなかった。

「名めえは覚えたぜ」

石松は低い声で応じた。

「こんな夜道で待ち伏せしてたのは、都鳥とつるんで、借りたゼニを猫糞しようてえ魂胆らしいな」

「猫糞とは、よくも言ってくれたな」

兼吉は、怒りで声を震わせた。

「ずるさで名を売った保下田の久六の身内なら、ひとのゼニを掠め取るのはお手のもんだら」

石松は汚い物言いで、相手の怒りを煽り立てた。わずかなやり取りのなかで、兼吉は自分以上に短気な男だと石松は見抜いていた。

まんまと石松の術中にはまった兼吉は、こめかみに青筋を浮かべて一歩下がった。

「ここにゃあ、手下が十五人もいるで」

石松の言葉が、よほど肚に据えかねたらしい。兼吉は闇のなかに控えた子分の人数を明かした。

「いいか、おめえら……いきなり始末するんじゃねえぞ」

兼吉のしわがれ声が、手下全員に聞こえたようだ。へいっ、と短い返事が闇のなかから聞こえた。

「じわじわとなぶり殺しにして、早く殺ってくれという泣きが、この野郎から入るのをおれに見せろ」

手下への指図というよりは、石松に聞かせていた。石松を言葉で脅すことに、兼吉は酔っているようだ。

石松は怒りで燃え立った目を、兼吉ではなく、常吉、梅吉に向けていた。兄弟ふたりは身体を硬くした。が、石松と目が合っていない兼吉は、油断をしていた。

石松は生まれついての、ひどい斜視だった。ひとには隠そうと努めたが、大政にだけはおのれの口で斜視だと明かした。

大政は口先だけの半端な同情はしなかった。

「どこを見てるか分からねえのは、出入りのときには役に立つ。おめえ、やぶにらみを生かす稽古をしてみろ」

大政は心底から石松の斜視を買った。誉められ好きの石松は、ひたすら稽古を続けた。いまでは瞳の向きとはまるで違う方向を、しっかりと捉えることができていた。

「てめえら、覚悟しやがれ」

石松の道具は、刃渡り二尺（約六十センチ）の脇差である。兄弟を睨みつけたまま、鞘から抜き払った。

常吉と梅吉が、闇に向かって逃げた。

石松はふたりを追う形で、一歩を踏み出した。が、闇には向かわず、油断をしていた兼吉に斬りかかった。

石松とはまるで目が合っていなかった兼吉は、不意打ちをくらって腰が砕けた。五尺六寸の大柄な男は格好の的だ。石松は兼吉の左肩から袈裟懸けに脇差を振り下ろした。

狙いは心ノ臓だった。しかし金刀比羅宮に奉納した太刀ならともかく、脇差では骨を断つには至らなかった。

それでも刃先は、兼吉の肩に食い込んだ。

「ギャアッ」

兼吉の悲鳴は甲高かった。石松は見事に相手の太い血筋を切り裂いていた。地べたにおかれた提灯の明かりが、兼吉の首筋から噴き出す血潮を照らし出した。

あまりに瞬時に生じた出来事ゆえ、手下たちはなすすべもなく、棒立ちになっていた。が、頭領格の兼吉が斬られたことで、全員がわれに返った。

凄まじい殺気が、闇をついて石松に襲いかかってきた。石松は提灯を踏みつけて、明かりを消した。

石松を闇討ちにするために、兼吉も手下も、ひと張りの提灯も備えていなかった。

十匁ろうそくが消えて、山道は深い闇に包まれた。


常吉、梅吉と連れ立って宿を出るとき、石松は夜の山歩きに備えて股引をはいていた。履物も長い紐でふくらはぎをきつく縛る、道中用のわらじである。

兼吉をひと目見たときから、石松はこの男を最初に仕留めようと決めていた。背後に十五人の手下が控えていると知ったあとは、さらに強く思い定めた。

首領を真っ先に片付ける。

これは出入りの鉄則だ。あたまを斃されると、手下どもは一瞬、どうしていいか分からずにうろたえる。怯える者も出てくる。

ひととき生ずる敵の乱れをうまくつけば、人数で劣勢な出入りでも勝ちにつながることが多いのだ。石松はそのことを、身体で知っていた。

ゆえになによりも先に、兼吉を始末しようと決めた。が、手下が十五人もいた。

それを知った石松は、兼吉を斬ったあとはこの場から逃げ出そうと考えた。敵に背中を見せるのは、石松には受け入れがたかった。しかし出入りなれしているだけに、おのれの力の限りもよくわきまえていた。

たとえ太刀が手元にあったとしても、三人も斬れば刃は血糊(ちのり)にまみれて、なまくら同然になる。

十五人もの敵と切り結ぶには、五、六振りの太刀がなければ勝ち目はなかった。しかもそれだけの数の太刀があったとしても、ひとりで十五人を相手にしては、勝てる望みは皆無だ。

石松はこれまでに、十七回も出入りの修羅場を踏んでいた。浴びた向こう傷は、身体中に残っている。どの出入りでも勝ちを収めてきたが、一度にやりあったのは多くても三人だった。

十五人の敵と一度に切り結ぶ……。

講釈師が語るホラ話なら、剣豪が勝つかもしれない。しかし渡世人の出入りでは、勝つことなど断じてない。石松はそのことをわきまえていた。

次郎長から頼まれた代参の帰り道である。請書は飛脚便で先に送っていた。しかし、おのれの口で首尾を伝えないことには、役目は終わらない。

見受山の鎌太郎から香典を託されたことも、次郎長に伝えなければならない。鎌太郎からは、大金の香典を預かったのだ。次郎長からのあいさつなしでは、渡世人の面子(メンツ)が丸つぶれになる。

なにがあっても、逃げ出してみせる。

逃げようと決めたのは、命を惜しんでのことではなかった。

だが石松がこの場から逃げようと決めた一番のわけは、これは酒がもとのしくじりだったからだ。

酒が入るとだらしなくなる石松を、次郎長はなによりも案じ、道中の禁酒を言い渡した。ところが石松は、つまらない啖呵を切って次郎長の言いつけに逆らおうとした。

旅の締め括り間際になって、次郎長が案じた通りのことが起きた。酒さえ呑んでいなかったら、草津の貸元から預かった香典を、他所の貸元に、たとえ三日といえども貸したりはしなかっただろう。

灘酒をいやしく呑んだばかりに、香典と路銀を騙し取られた。そればかりか、生き死にの瀬戸際にまで追い込まれたのだ。

なにがあってもこの場から逃げ出し、次郎長に詫びを言う。たとえ仕置きで次郎長に斬り殺されるとしても、なんら異存はなかった。

酒はまだ身体に残っているが、あたまはすっきりと冴えていた。

逃げ込むなら、小松村の七五郎の宿だ。

小松村までなら、この山道から一里（約四キロ）で行ける。道はうろ覚えだが、山越えの一本道だ。行き着く途中で追っ手に迫られても、月明かりのない夜のことだ。

身を隠す森や谷は、幾つもあった。

親分。このたびに限り、あっしは命がけで逃げやすぜ。

胸のうちで言い切った石松は、提灯のろうそくを踏み潰した。

三

闇に乗じた石松は、足音をしのばせて山道を下ろうとした。しかし、ひそかに逃げ出すことに、石松はなれていない。

不用意に出した一歩が、小枝を踏んだ。

「野郎が逃げるぞ」

「ふざけやがって」

頭領を斬られた怒りにかられて、十五人全員が石松を追いかけた。闇の中を逃げる石松の背中に向けて、何本もの脇差が投げられた。

身体は五尺三寸（約百六十一センチ）と小柄だが、石松の足は韋駄天も顔負けの速さだった。

次郎長一家には、足の速さを売り物にしている若い者が何人もいた。次郎長の古い馴染(なじ)みには、興津浜の小太郎もいた。四里（約十六キロ）の道を半刻（一時間）で走り抜くという、正真正銘の韋駄天男である。

だれが一番、駆け足が速いか。

それを決めるための駆け比べが、安政三（一八五六）年の正月三日に催された。

前年の十月に、次郎長は音吉と子分ふたり、それに古い馴染みの七人衆を引き連れて江戸に向かった。大地震に襲われた江戸への、お助け船を誂(あつら)えてである。

江戸でも清水湊でも、次郎長の義挙は大いに喜ばれた。

安政三年の正月二日には、七人衆も顔を揃えて新年を祝った。酒が進むなかで、足の速さ自慢が始まった。

「おれは毎日野山を走って育ったから、駆け足では負けねえぞ」

「しゃらくせえ、おめえには負けねえ」

興津浜の小太郎の脚力を知らない若い者たちは、好き勝手なことを言い募った。頃合を見計らって、次郎長が大政に目配せをした。

「親分からお話がある」

代貸のひと声で座が静まったところで、次郎長が立ち上がった。

「初春の余興で、駆け比べをやってみろ。もしも興津浜の小太郎さんに勝ったら、一両の褒美をやる」

小太郎は次郎長よりも四歳年上である。安政三年の正月で四十一歳だったが、野良仕事を続けている小太郎は、五十路といってもいいほどに老けて見えた。

「ごっつあんです」

組の若い者たちは、すでに一両をもらったかのような返事をした。

一夜明けた正月三日。雪化粧をした富士山が、はっきりと見える上天気となった。

「向こうに置いてある、正雪の四斗樽がめえるだろう」

清水湊の砂浜に立った大政は、一町（約百九メートル）先の四斗樽を示した。

「あの樽を、目一杯ひっぱたいて戻ってこい。それを五回繰り返すんだ」

往復二町（約二百十八メートル）を五回、都合十町（約一・〇九キロ）の駆け比べだ。

走り手は全部で六人。もちろん小太郎もいたし、石松も加わっていた。

富士山を背にして立ったお蝶が、赤い手拭いを振り下ろした。六人が目一杯に駆けたが、だれも小太郎にはかなわなかった。

おれが一番だと豪語していた若い者たちは、軒並み片道（一町）以上の大差をつけられた。しかし石松は、小太郎にわずか四半町（約二十七メートル）の遅れで走り終えた。

石松の走りは、尋常ではなく速い。が、追っ手から逃げて山道を走るいまは、さほどの登り道でもないのに、息遣いが大きく乱れていた。

背中の二ヵ所から、血が流れている。兼吉の手下が闇雲に投げた脇差のうち、二本が石松の背中を捉えたからだ。

一本は、刃先が当たっただけで地べたに落ちた。しかしもう一本は、五分（約一・五センチ）ほど、石松の背中に食い込んだ。

渡世人の備えとして、石松は血止めの軟膏を帯に吊るして携行していた。幸いにも、背中に手を回すと届く位置に傷口があった。たっぷりと軟膏を塗り、傷口をふさいだ。

じっと動かずにいれば、効き目があらわれて血は止まっただろう。しかし石松は、血止めをしたあとも、全力で走り続けた。重ね塗りした軟膏のわきから、血がじわじわと滲み出している。

走りを速めると、背中を伝い落ちるほどに血が強く滲み出した。山道を駆け始めてから、かれこれ半刻が過ぎた見当である。尋常なときの石松なら、一里の道ぐらいはとうに走り抜いていただろう。

が、いまは背中に傷を負いながら、闇の山道を駆けているのだ。立ち止まらずに走り続けてはいるが、小松村はまだ見えてこなかった。

どうか、貸元がいてくれますように。

祈りながら、石松は夜道を走った。

小松村の七五郎は、次郎長とは兄弟分の盃を交わした貸元である。歳は次郎長と同じで、六尺（約百八十二センチ）の大男だ。

女房のおそのは見事な富士額で、細い眉はきりっと引き締まっている。瞳は大きく、いつも潤いに満ちていた。おそのが歩くと、多くの男が目を見張った。

ひとつは美形ゆえに。もうひとつは、並外れた大女であるがゆえにだ。おそのは五尺七寸（約百七十三センチ）の上背がある。髷を結って歯の高い下駄を履くと、七五郎よりも大柄に見えた。

七五郎とおそのはお蝶の死を知るなり、小松村から清水湊まで出向いてきた。

「手伝えることがあれば、なんでも言いつけてくれ」

七五郎とおそのは、お蝶のために親身の涙を流した。

いっときの七五郎は、二十人を超える若い者を抱えていた。小松村には、茶畑と桑畑があった。土と川の流れに恵まれたことで、茶も桑も大きな収穫が得られた。

ところが安政元（一八五四）年と翌二（一八五五）年の大地震の余波で、小松村に大きな地滑りが生じた。茶畑も桑畑も陥没し、川の流れが変わった。

二度にわたる大地震で、村はほとんど駄目になった。多くの村人が小松村を捨てて、他所に移った。七五郎とおそのが村にとどまったのは、ふたりともこの村で生まれたからだ。

　七五郎は寺に掛け合い、先祖の墓も隣同士になるように移し変えた。賭場が隆盛だったころの蓄えで、少人数なら死ぬまで食って行くことはできる。七五郎を慕う若い者三人を手元に残し、いまは堅気の農夫のような暮らしを営んでいた。


　峠を越えると、小さな明かりが見えた。

　ありがてえ。

　石松は声に出してつぶやいた。見えた明かりは、七五郎の宿が灯している常夜灯である。夜通し明かりを灯すのは、貸元の見栄だ。

　たとえ賭場を閉めてはいても、七五郎は面子を重んずる本寸法の貸元だった。

　七五郎と次郎長が兄弟分であることは、吉兵衛たち都鳥三兄弟も知っている。追っ手の連中は、遠からず七五郎の宿に押しかけてくると、石松は判じた。

　早く、早く。

　息の乱れたおのれに鞭を打ち、石松は峠を下った。うるさいほどの虫の音が、石松の後押しをしていた。

四

石松の追っ手が小松村にあらわれたのは、八ツ（午前二時）を過ぎたころだった。

「おめえは、清水湊の次郎長と兄弟分だったなあ」

追っ手を率いていたのは、都鳥一家の長兄、吉兵衛だった。

「こんな夜中にいきなり顔を出して、用というのはそんなことか」

上がり框に立った七五郎は、吉兵衛を見下ろした。吉兵衛は両目を尖らせて七五郎を見上げた。

「要らんこん言わんでいいで、おれが訊いたことに答えてくれ。おめえと次郎長とは、兄弟分の盃を交わしてるら」

「兄弟分だとしたら、どうしただ」

吉兵衛はあごをしゃくり、手下を土間に引き入れた。

「次郎長の子分のひとりが、布橋の兼吉を斬り殺した」

「だれだ、布橋の兼吉ってのは」

どこの馬の骨だと言わんばかりに、七五郎は兼吉の名前をぞんざいに言い放った。

吉兵衛の顔が大きく歪んだ。

「保下田の久六の身内だ。久六さあが次郎長に闇討ちにされたのは、おめえも知ってるだろうがよ」

「成敗されたという話なら聞いたぜ」

腕組みをした七五郎は、吉兵衛を見下ろす形のままで応じた。土間に立った若い者が、七五郎に詰め寄ろうとした。それを押さえてから、吉兵衛は上がり框の端に片足を乗せた。

「保下田の久六を闇討ちにした次郎長の子分が、今度は布橋の兼吉に斬りかかった。石松っつう半端者だが、ここに逃げ込んできたっつら」

「きてねえ」

「そんなわきゃあねえだろう」

吉兵衛は上がり框に上げた右足に、右腕を乗せて七五郎を見上げた。

「背中に深手を負った野郎だ。逃げ込める先ゃあ、次郎長と兄弟分のここしかねえ」

「おんなしことを何度も言わせんな」

腕組みをほどいた七五郎は、吉兵衛の胸元に人差し指を向けた。

「寝入りばなを叩き起こされて、おれは機嫌がよくねえぜ」

「そうけえ」

吉兵衛は薄ら笑いを浮かべて、凄む七五郎を受け流した。

「機嫌がよくねえところに、追い討ちをかけることになるがよう。石松がいねえかどうか、家捜しするぜ」

吉兵衛が言い終わるなり、十五人の男が一斉に竹槍の端を土間にぶつけた。

「好きにしろ」

七五郎はあっさりと、上がり框から身をどけた。たすきがけに尻端折りの男たちを引き連れて、吉兵衛はわらじ履きのまま、板の間に上がった。

賭場に使っていた当時の建家は、すべて安政元年の地震で倒壊した。いまは八畳間が四部屋に台所、かわやだ。貸元の宿にしては、小さな構えである。

家捜しに上がり込んだ男たちは、宿があまりに小さいことに拍子抜けしたようだ。

追っ手のなかには龕灯を手にした者までいた。連中は小松村に押しかける前に、吉兵衛の宿に立ち寄っていた。闇を照らす道具類は、吉兵衛の賭場から持ち出した物である。

「ひと部屋残らず、押入れのなかまでしっかりと探すんだ」

吉兵衛は怒鳴り声で指図を下した。男たちは部屋の板戸を乱暴に開き、家捜しを始めた。が、四部屋目の戸を開くなり、追っ手の面々は息を呑んで棒立ちになった。

梅雨の谷間の、蒸し暑い夜だ。部屋には蚊帳が吊るされていた。真夜中だというのに、行灯が灯されている。ほのかな明かりを浴びて、蒼い蚊帳が浮かび上がっていた。

蚊帳のなかでは、おそのが敷布団の上に身体を起こしていた。薄物一枚しか身につけていない。襟元がはだけ気味で、合わせ目からは乳房がこぼれ出そうになっていた。

蚊帳の内のおそのを見て、男たちの動きが止まっている。

「どうしただ」

肩をそびやかせた吉兵衛が、部屋に入った。おそのは、音も立てずに立ち上がった。

薄物が、ぴたりと肌にまとわりついている。行灯の明かりが、尻の丸みをくっきりと照らし出した。

吉兵衛も、言葉を失くしておそのを見ている。おそのは正面に向き直り、吉兵衛に目を合わせた。

肌に張りついた薄物から、おそのの乳首が突き出している。へその下の濃い翳りも、明かり次第では透けて見えそうだった。

「あたしの寝部屋に入ってきて、どうしようっていうんですか」

おそのは、吉兵衛よりも上背がある。女に上から見下ろされた吉兵衛は、思いっきり顔を歪めて部屋を出た。

ドスッ、ドスッと廊下を踏み鳴らして歩いたあと、大きな舌打ちとともに吉兵衛は土間におりた。追っ手の連中があとに続いた。

「今日のところは引き上げる」

捨てゼリフを残して、吉兵衛は土間から出ようとした。七五郎がきつい声で引きとめた。

「夜中にいきなり来てよ、そのままあいさつもなしに帰る気か」

「そうか……あいさつがいるか」

吉兵衛はもう一度右足を上がり框に乗せて、七五郎を見上げた。

「日を変えて、かならずあいさつに寄らせてもらうぜ」

薄ら笑いを浮かべたまま、吉兵衛は土間から出た。追っ手の十五人があとに続いた。

四半刻（三十分）が過ぎてから、おそのは寝部屋の畳をめくった。床の下から、石松が這い上がってきた。

「あねさんに、そんなひでえ、みっともねえなりまでさせちまって……」

面目ねえと言って、石松が涙をこぼした。

「そんなに、みっともないかい？　あたしは色仕掛けで迫ったつもりだけどねえ」

石松に見せつけるかのように、おそのは薄物を肩から外した。豊かな胸の稜線が、合わせ目からはみ出した。

涙をこぼした石松が、激しく咳き込んだ。

五

石松が七五郎の宿に逃げ込んだのは、万延元（一八六〇）年六月五日の四ツ半（午後十一時）過ぎである。六日、七日の両日、石松は余計な動きはせず、寝て食っての養生に励んだ。

八日の昼には、うなぎの蒲焼を若い者が買い求めてきた。

「切傷には、浜名湖のうなぎが一番効くというからさ。たっぷり食べなさい」

おそのに笑いかけられた石松は、頰を赤らめてうつむいた。いつぞや目にした、薄物一枚の姿を思い出したのだ。

七五郎とおそのは、ともに心底から次郎長を敬愛していた。その次郎長が、話の端々に名を挙げていたのが石松である。

「短気で、そそっかしくて、酒を呑んだときの乱暴ぶりには、うちの大政でも手がつけられないほどだ」

どうにもしょんねえと、次郎長はめずらしく土地の言葉を使った。言いながらも、目は笑っていた。

おそのには、石松と同い年の弟がいた。浜松の米問屋に九歳の春から奉公しており、いまは手代頭を務めている。

両親がすでに没しているおそのには、血を分けた身内は弟ひとりだけだ。藪入りには小松村まで帰ってくるが、弟に会えるのは年に二度、それもわずか一日のことだ。

背中に怪我を負った石松がやってきたとき、おそのは、ふと弟を思った。次郎長が大事にしていることも重なり、おそのはなにくれとなく石松の世話を焼いた。

「都鳥の吉兵衛たちは、かならずもう一度、うちに家捜しをかけにくるからさ。そのときは素早く床の下に潜り込めるように、しっかりと身体に精をつけておきなさい」

おそのは、たっぷりとタレを塗った蒲焼を石松の膳に載せた。

「やっぱりあの連中は、もういっぺんここに押しかけてきやすんで？」

「うちのひとに、かならずあいさつに寄るって、捨てゼリフを残して引き上げたそうだよ」

「そうでやしたか……」

つぶやいたあとの石松は、好物の蒲焼を食べながらも、顔つきは引き締まっていた。

日暮れ前。石松は七五郎に暇乞いをした。

「まだ、傷口もふさぎ切ってはいないだろう。無理をしねえで、あと二、三日は養生をしたほうがよくねえか」

「そうよ、石松さん。なにも慌てて帰ることもないでしょう」

七五郎もおそのも、石松を引きとめた。

「次郎長親分に、一日も早く金毘羅参りの首尾を伝えてえんでさ」

見受山の鎌太郎から言付かった香典の一件も、次郎長の耳にいれなければならない。

事情を聞かされたあとは、七五郎も止め立てはしなかった。

「道中であっしにもしものことがありやしたら、次郎長親分には、見受山の貸元から香典を預かったことを伝えてくだせえ」

その大事な香典を都鳥一家に騙し取られたことも……と、石松は付け加えた。

「これから旅立つというのに、縁起でもないことを言うもんじゃねえ」

強い口調で石松をたしなめ、七五郎は旅立ちの酒を用意させた。

「あっしは、これで大きなしくじりをやったんでさ。七五郎親分には申しわけありやせんが、酒は勘弁してくだせえ」

「分かった」

七五郎は酒の入った徳利を引っ込めようとした。その徳利を受け取った石松は、台所で水に詰め替えて戻ってきた。そして、水盃を七五郎に差し出した。

再会できるか否か、分からない旅立ちに交わすのが水盃である。七五郎は盃に口をつけるのをためらった。

石松は相手の様子には構わず、一気に盃を干した。石松の顔つきを見て、七五郎もひと息で飲み干した。

「親分もあねさんも、どうぞお達者で」

深々と辞儀をしてから、石松は振り返りもせずに峠に続く一本道を歩き始めた。ほとんどひとの暮らしていない村だが、野良犬が二匹、辻に寝そべっていた。

石松が発する気配を、二匹は感じ取ったらしい。慌てて立ち上がると、尻尾を垂らして石松が通り過ぎるのを見送った。

夕焼け空を、カラスが群れをなして飛んでいる。山の峰をあかね色に染めて、大きな夕日が沈んでいた。

六

七五郎の宿から四町（約四百三十六メートル）離れた道端に、小さな閻魔堂が建っている。閻魔堂の裏手には、竹藪が広がっていた。

村が茶と蚕で栄えていたころは、縁日になると弁天島のてきやが出張ってきた。色とりどりの提灯や、大型の飾り行灯が、竹藪を照らしたものだ。

村人がほとんど消えたいまは、閻魔堂にお参りする者もいない。堂の床板には、土ぼこりが分厚くおおいかぶさっていた。

石松は、この閻魔堂に隠れて吉兵衛の言葉を思い出していた。

「あいさつに寄らせてもらう」

渡世人が口にするあいさつとは、ろくなものではない。おそのは、また家捜しにくるだけだと思っているようだが、石松の考えは違った。

七五郎は、若い者を三人しか手元に残していない。今回の家捜しで、吉兵衛はそれを知ったのだ。

石松を匿ったことを口実にして、吉兵衛は七五郎を潰しにかかる……石松はそう断じた。

七五郎も、そのことは覚悟しているだろう。石松が水盃を差し出したとき、七五郎は口をつけるのをためらった。石松が今生の別れを告げようとした意味を、取り違えたからだ。

七五郎一家が皆殺しになるかもしれないと思い、石松は水盃を差し出した……七五郎はそう感じ取ったのだろう。

石松の思いはまるで逆だった。

閻魔堂に隠れて、吉兵衛たちが押しかけてくるのを待ち伏せする。そして、ひとりでも多くの敵を仕留める。そうすることで、七五郎とおそのへの恩返しをする。

清水湊に帰り着くことはできなくなったが、次郎長もきっと許してくれる……石松は次郎長に詫びながら、手を動かし続けた。

七五郎の宿を出るとき、一挺の斧を譲り受けた。閻魔堂にひそんだ石松は、斧で竹槍を拵えている。すでに三本が仕上がっているが、石松は十本を拵える気でいた。

大政と石松は、梅蔭寺に逗留していた槍術の師範に、手ほどきを受けたことがあった。と言っても、わずか半日の稽古だ。教わったのは、槍術のイロハのみである。

「槍は突きよりも、引きがむずかしい」

「竹槍はひとり刺せば、先端がささくれになる。その後はもはや、使い物にならない」

石松は、このふたつをあたまに刻みつけた。そして、以後の出入りにおいては教えに従ってきた。

槍を突き出すときは渾身の力がこもっていて、勢いがある。しかし引き際には、突いたときの気合が失せている。ゆえに、引きのときには大きな隙ができた。

出入りの場で、教えの正しいことを実感してきた石松は、数多くの竹槍を拵えることを思いついた。

十本の竹槍が仕上がったのは、五ツ（午後八時）を過ぎたころである。この夜もきれいに晴れていた。六月もすでに八日、夜空の月は育っていた。周りに灯火のない小松村だが、夜空から降る蒼い光が地べたを照らしていた。

石松は道端に細い孔を穿った。その孔に、拵えた竹槍十本のうち九本を突き立てた。

一本の竹槍で、ひとりを仕留める。敵の身体に突き刺した槍は抜かず、新たな竹槍で立ち向かう。十本すべてが首尾よく使えれば、十人を斃せる。

吉兵衛・常吉・梅吉の三兄弟は、仕留める十人のなかに、かならず加える。

これが石松の思いついた計略だった。おのれが生き延びて小松村から出ることは、まるで考えてはいなかった。

九本の竹槍を地べたに突き立てたあとは、閻魔堂の軒下に戻った。

吉兵衛たちが今夜くるか否かは、定かではなかった。しかし連中が押しかけてくるのは昼間ではなく、夜だということには強い確信があった。

ひとを騙す都鳥一家は、天道の光の下では戦わない。夜の闇を味方につけるのが、吉兵衛たちのやり口。石松は、そう断じていた。

月は十五夜に向かって、毎晩大きくなっていた。夜陰に乗じての襲撃を企てるなら、満月の手前がいいに決まっている……。

石松のつけた見当は図星だった。

この日の四ツ（午後十時）過ぎ。虫とカエルがうるさく鳴く小松村の夜道を、十一人の男が出入り装束で歩いていた。

吉兵衛・常吉・梅吉の都鳥三兄弟と、兼吉配下の八人である。閻魔堂のわきを通り過ぎるとき、石松の気配に気づいた者はひとりもいなかった。

道端に突き立てた竹槍には目もくれず、吉兵衛を先頭にして、十一人の男たちは七五郎の宿へ向かおうとしていた。しんがりの男が、九本目の竹槍のわきを通り過ぎたとき。

「おい、吉兵衛」

一本の竹槍を手にした石松が、低い声で呼びかけた。人気（ひとけ）のない、田舎の夜道である。石松の低い声でも、しっかりと耳に届いた。

月光を浴びた青竹の槍が、不気味な色味を見せている。石松から不意打ち同然の呼びかけを受けて、男たちの気配が乱れた。

石松はその機を逃さず、しんがりの男に槍を突き刺した。仲間が刺されて、男たちの気合がひとつに固まった。

「野郎っ」

脇差（わきざし）を抜いて、石松に向かってきた。石松は、地べたに突き立てた槍を抜いて応戦した。

都鳥三兄弟は、残る七人の男たちの後ろにいる。石松は末弟の梅吉から仕留めようとした。しかし、兼吉配下の男たちが立ちふさがって攻められない。

石松は七人を相手にして、立て続けに五人を斃した。次々と仲間が刺されて、男たちは浮き足立った。闇雲に脇差を振り回すだけで、石松に斬り込んでくる者は誰もいなかった。

石松は新たな竹槍を手に取ろうとした。ところが、地べたに突き立てた槍の間隔が開き過ぎていた。

六本目の槍は、石松が立っている場所から二間（約三・六メートル）先である。取りに走った石松は、うかつにも背中を向けた。

「食らえっ」

男のひとりが力一杯に投げた脇差が、石松の背中に突き刺さった。石松の足がもつれた。さらに一本の刀が、背中目がけて投げられた。

月の光を浴びた石松は、外すことのない格好の的である。二本の脇差が突き刺さり、石松はそのまま倒れこんだ。

吉兵衛をのぞく四人の男が、石松の身体に斬りつけた。うつぶせになった石松は、無数の傷を負ってもまだ息をしていた。

「しぶとい野郎だ」

「死ね、この糞ったれが」

仲間を斃された怒りで、男たちは石松の背中に脇差を突き立てた。そのたびに、石松はピクッ、ピクッと身体を引きつらせた。

「なんてえ野郎だ」

いつまでも果てない石松に、恐れをなしたのか、脇差を突き刺す者がいなくなった。

梅吉と常吉が、石松から離れた。

吉兵衛は、弟ふたりを睨めつけた。

「脇差を貸せ」

常吉から受け取った刃渡り二尺（約六十センチ）の脇差を、吉兵衛は石松の首筋に突き刺した。手足を引きつらせて、石松は果てた。

「たったひとりで、勝てると思ったのか。この調子者が」

息絶えた石松の身体を、吉兵衛は思いっきり足蹴にした。石松の身体は、田に水を引く溝のほうに転がった。

田んぼの手入れがされなくなって、すでに久しい。溝はカラカラに干上がっていた。

ドスンと鈍い音を立てて、石松は溝に落ちた。五人の男が、動かなくなった石松に唾を吐きかけた。

カエルがいつまでも鳴いていた。

石松非業の死の知らせが次郎長に届いたのは、翌日の夕刻である。七五郎がしたためた文を、若い者が届けた。

『石松さんは、うちの組を守ろうとして果てた。すぐにも仇討ちをと思ったが、次郎長親分を差し置いて勝手はできない。なにをすればいいかを、若い者に指図してもらいたい。石松さんを守ってやれなくて面目ない』

見受山の鎌太郎がお蝶への香典を言付けていたこと。それを、都鳥一家に騙し取られたこと。このふたつも、書き添えられていた。

「あらためておれが小松村に出向くからと、七五郎に伝えてくれ」

「がってんでさ」

「くれぐれも都鳥一家とはことを荒立てるなと、きつく言っておいてくれ」

次郎長は二両の心づけを渡して、若い者を帰した。居室に戻ったあとは、ふすまをきつく閉じた。音吉、大政といえども、ふすまを開くことはできなかった。

夕刻、若い者が酒の支度を言いつけられた。石松が好んだぬる燗である。次郎長は長火鉢の前に座り、ひとり酒盛りを始めた。

盃に涙がこぼれ落ちた。

構わずに飲み干した。

第十章　撃て、都鳥

一

沼津湊は、浜のどこからでも優美な姿の富士山が見える。

「わしとこからの眺めが、沼津で一番に間違いねえずら？」

「馬鹿こくなよ。うちの庭のほうが、おめえのとこよりも、三丈（約九メートル）も高いぞ」

どこから見る富士山が、一番美しいのか。沼津はどこにいても見えるだけに、「うちが一番」だとだれもが言い張った。

そう言いながらも、あそこにだけはかなわないと、みなが思っている屋敷があった。千本松原（せんぼんまつばら）の『金平屋敷（きんぺい）』である。

金平とは下田湊の貸元、赤鬼の金平のことだ。二つ名の通り、怒りであたまに血が上ったときの金平は、首筋まで朱に染まった。

背丈は五尺二寸（約百五十八センチ）と小柄だが、目方は二十貫（約七十五キロ）もある。そんな身体つきの金平が怒り狂うさまは、まさに赤鬼そのものに見えた。

四年前の安政三（一八五六）年の春、下田湊に沼津の網元が遊びにきた。前年十月の大地震から、江戸がようやく立ち直り始めたころだった。

江戸まで船で出向こうとしていた網元は、風待ちで下田湊に一泊することになった。生来の博打好きだったがために、旅籠に投宿するなり、網元は賭場の有無を番頭にたずねた。

「赤鬼の親分の賭場なら、大きな勝負もできます」

番頭の案内で賭場に出向いた網元は、明け方まで勝負を続けた。朝日が賭場の庭に届き始めたころには、網元は沼津の千本松原の地所五百坪を失っていた。

その年の夏、金平はおもだった子分を引き連れて、下田湊から千本松原に移ってきた。博打で手に入れた土地は、狩野川河口に近く、千本松原が目の前から始まるという、絶好の景勝地だった。

金平は屋敷を普請するために、大工・左官などを下田から呼び寄せた。なかでも海鼠壁を造れる左官職人は、下田にしかいない。ゆえに左官は、腕の立つ職人が五人も呼び集められた。

屋敷を取り囲む漆喰の塀が仕上がったときには、金平の顔は鬼から恵比寿に変わった。

塀の先には、松原が広がっていた。松の濃緑と、漆喰壁の白と黒とが、鮮やかな色の対比を織り成している。松原の向こうには、長い裾野を引く富士山が見えた。

夕日が沈むころには、松も漆喰壁も黄金色に塗り替えられる。夕景の美しさを見るためだけに、方々からひとが金平屋敷の周りに集まった。

「大したもんだがね」

「こんだけの普請をするとは、海道一の親分さんちゅうのは、赤鬼の金平さんかのう」

沼津の住人たちから「海道一の親分」と称えられて、金平はすっかり気をよくした。

金平の評判が高まったのは、屋敷の美観だけではない。下田湊から運んできた、甲冑や槍などの武具の多さでも、沼津では大きな評判となった。

「たあんと兜だの槍だののどえらいのを備えてよう。まるっきり合戦に臨む戦国武将みてえだぜ」

「まっこと、ここの親分が海道一ずら」

住民の評判を耳にするたびに、金平は手下に武具の手入れを言いつけた。

「いつでも出入りに飛び出せるように、おめえら、しっかり兜を磨いとけ」

暮らし始めて二年が過ぎた安政五（一八五八）年のころには、金平はすっかり戦国武将のような気になっていた。

毎月二回、一日と十五日には、蔵に仕舞ったすべての武具を取り出した。そして一日がかりで、甲冑を磨き、槍には油をくれた。

万延元（一八六〇）年六月十五日。晴天の朝を迎えたこの日、金平の子分十五人は五ツ（午前八時）過ぎから武具の手入れを始めた。

子分たちの仕事ぶりに満足した金平は居室に戻り、神棚にこの日二度目の手を合わせた。深い辞儀をしたあと、長火鉢の前であぐらを組んだ。

金平が座るのを待っていたかのように、玄関番の若者が来客を告げにきた。

「だれだ、朝早くから」

「都鳥一家の三人だそうです」

「都鳥一家だと？」

「追い返しましょうか」

玄関番は、心得顔を拵えた。

清水湊の次郎長一家が、石松の仇討ちのために都鳥三兄弟を探している……このうわさは、伊豆・駿河にかけての貸元衆のだれもが耳にしていた。

もしも都鳥を匿ったりしたら、その一家もろとも皆殺しにするとも、うわさは伝えている。

「ばかやろう」

手加減をせずに投げた盃が、玄関番のひたいにぶつかった。

当たった拍子に、盃の縁が欠けたらしい。若い者のひたいが切れて、一筋の血が流れ出した。

「しゃらくさい口をきくでねえ」

赤鬼になった金平に怯えた若い者は、畳に両手をついて顔を伏せた。ひたいの血が、真新しい畳に落ちた。

「畳をしっかり拭いてから、都鳥の連中を連れてこい」

金平は雑巾を若い者の手元に投げた。

赤鬼に変わったときの金平の怖さは、子分のだれもが骨身に染みて分かっている。

玄関番は身体を小刻みに震わせながら、畳を拭き始めた。

やっと拭い終わったとき、またもや、ひたいから血が滴り落ちた。

「ひえっ」

声を漏らした若い者は、一段と強く身体を震わせた。

金平は血が上った赤い顔のまま、太くて長いキセルに煙草を詰めていた。

二

同じ日の清水湊は、沼津と同じような青空が夜明けから広がった。

陽が青空の真ん中近くまで昇った、四ツ半（午前十一時）過ぎ。次郎長一家の若い者が、代貸大政の部屋に駆け込んできた。

「分かった」

一部始終を聞き取った大政は、小粒銀五粒の小遣いを渡して若い者を下がらせた。

「半紙を持ってきねえ」

指図を受けた代貸番の若者は、半紙だけではなく、すずり・墨・筆も用意した。大政は墨をすりながら、思案顔を拵えた。

次郎長一家で、筆と脇差《ながどす》の両方にもっとも長《た》けているのが大政だ。そのうえ隅々にまで目配りのできる大政は、音吉とともに次郎長の知恵袋でもある。

墨をすりながら、大政は小さな吐息をひとつ漏らした。こうすることで、湧き上がり続ける石松への思いを、身体の外へと吐き出していた。

都鳥の外道《げどう》め。

思うだに、胸の内には怒りの炎が燃え盛る。大政はそんなおのれを落ち着かせようとして、墨をすった。

すずりと墨とがこすれあい、シャカッ、シャカッと涼やかな音が立った。

おめえの仇討ちの日まで、怒りは小出しにせずに溜めとくぜ……。

大政は、墨を持つ手に力を込めた。


次郎長あてに、石松の最期の様子を小松村の七五郎が文で知らせてきたのは、六日前、六月九日である。その日から二日間、次郎長は自室にこもった。

「親分がお呼びです」

次郎長からの呼び出しがかかったのは、十一日の六ツ半（午前七時）だった。小松村の田んぼの溝に転がされた石松の死体が、村人に見つかったのと同じ刻限である。

長火鉢の前には、すでに音吉が座っていた。夏の朝ならではの強い陽差しが、障子戸越しに差し込んでいる。朝日が放つ光を正面から浴びた次郎長は、頬からあごにかけて無精ひげを生やしていた。

身だしなみには、ことのほかうるさい次郎長である。かつて一度もおのれの無精ひげづらを、子分にさらしたことはなかった。

二日間、ろくに眠っていなかったらしい。白目は赤く充血していた。が、やつれた感じは微塵もなく、目には強い光が宿っていた。

「石松の仇討ちをどうするか、おめえたちの思案を聞かせろ」

音吉が先に話し、大政があとから考えを口にした。期せずして、ふたりとも同じようなことを考えていた。

都鳥の三兄弟は、長兄の吉兵衛を含めて器量の小さい男たちだ。それを隠そうとして、むごい仕打ちに走ることが多かった。

「伊豆・駿河一帯に、うわさを広めやしょう」

『次郎長は、都鳥一家にかかわる者を皆殺しにすると決めた。すでに吉兵衛たちの居場所を突き止めるために、腕の立つ追っ手が差し向けられている。

放たれた追っ手のだれもが、ひとりで吉兵衛たち三兄弟を始末できる腕を持っている。が、始末はせず、居場所を突き止めるだけだ。

三兄弟は、次郎長が自分の太刀で成敗すると決めている。そのために、石松が金刀比羅宮に奉納した太刀と同じ銘の一振りを、すでに三島宿の道具屋から取り寄せた。

次郎長は三兄弟を、ひと息で仕留める気はさらさらない。身体を一寸刻みにして、生き地獄を味わわせる。

「慈悲があるなら、殺してくれ」

吉兵衛たちにこう言わせると決めた次郎長は、毎日、太刀の手入れと、樫（かし）の木刀二百回の素振りを続けている。

運のよいことに、清水湊には江戸の剣豪ふたりが逗留している。いずれも、無双流免許皆伝の遣い手だ。次郎長は三島宿から取り寄せた真剣を用いて、毎日、剣豪に稽古をつけてもらっている……』

　このうわさを広めて、吉兵衛たちを焙り出す……これが、音吉と大政が考えた思案だった。

「それだけじゃあ、生ぬるくてだめだ」

　次郎長がふたりの思案をはねつけたのは、初めてだった。

「そんなうわさを耳にしたら、吉兵衛たちはどんな動きを始めると思うんだ」

「うちとは盃を交わしていない貸元を頼って、逃げ込むと思いやす」

「確かに九分九厘、あいつら外道三人は、そんな動きをするだろう」

　大政の見立てを下敷きにして、次郎長は新たな筋書きを書き加えた。

「もしも都鳥のやつらを匿ったりしたら、その組も皆殺しにすると言いふらせ」

　次郎長の目は、ただのうわさではなく、本気で皆殺しにすると言い切っていた。

「分かりやした」

　手配りに動こうとした大政を、次郎長はまだ続きがあると言って、もう一度座らせた。

「興津浜の小太郎さんと、馬走りの土光さんを、すぐに呼んでくれ」

小太郎と土光を含めた七人は、どこの貸元にも面が割れていない、いわば堅気衆だ。次郎長が探りの追っ手を放ったといううわさを聞けば、吉兵衛たちはかならず在所から逃げ出す。あとを小太郎と土光につけさせれば、どこの貸元の宿に逃げ込むかが分かる。

「怯えるだけ怯えさせて、吉兵衛たちをへとへとの目に遭わせる。始末をするのは、それからだ。楽に殺したんじゃあ、石松が浮かばれねえ」

次郎長が薄笑いを浮かべた。地獄の閻魔も裸足で逃げ出すほどに、凄みに充ちた笑い方だった。

次郎長の怒りは、途方もなく深い。音吉と大政は、あらためてそれを思い知った。

墨をすり終わった大政は、小筆をすずりに浸した。細かな絵図を描くには、使い慣れた小筆が一番だった。

次郎長に、仔細を話すための絵図である。墨の含ませ方を加減して、すずりから離した。

さきほど大政の前に座っていたのは、小太郎とのつなぎ役の若い者である。

「吉兵衛・常吉・梅吉の三兄弟は、下田の貸元、赤鬼の金平親分を頼ったそうです」

小太郎と土光は、都鳥三兄弟に気づかれぬように、四半町（約二十七メートル）以上の隔たりを保ち、しかも交代であとをつけていた。

「下田の赤鬼親分は、いまは沼津にいなさるはずだが」

「その通りでさ。土光の叔父貴（おじき）は、千本松原から馬で駆けてこられたそうで」

「小太郎の叔父貴は、まだ沼津か」

「へい」

「沼津とのつなぎは、どうするんでえ」

「土光の叔父貴の手配りで、総一郎と孝次郎の叔父貴ふたりが、狼煙（のろし）をあげる持ち場についていてくれてやす」

次郎長の古いなじみの七人衆は、動きにいささかの抜かりもなかった。

ことによると金平一家は、うちに襲いかかってくる……。

不意に浮かんだ思いがわるさをして、筆が揺れた。書き損じを丸めた大政は、気持ちを落ち着けようとして深い息を吸い込んだ。

裏庭の池で、鯉が跳ねて大きな水音が立った。一尺五寸（約四十五センチ）もある真鯉で、石松が梅蔭寺から貰（もら）い受けた魚だ。

待ってろよ、石松。かならず仇（あだ）はとる。

息を吐き出した大政は、気を静めてもう一度筆を墨に浸した。

三

「親分」

「なんだ」

「支度がすっかり調いやした」

金平一家の代貸喜助は、歯切れのいい物言いをした。若い時分の五年間、神奈川宿の貸元の賭場で、出方（盆の差配役）の修業に励んだことがある。

そのとき身につけた物言いが、四十を過ぎたいまでも喜助には残っていた。

「おまえも、鎧兜を身につけるのを忘れるなよ」

「へい」

軽い辞儀を残して、喜助は金平の居室から出て行った。

身体に大きな伸びをくれた金平は、長火鉢の前から立ち上がった。真後ろに振り返ると、神棚に手を合わせた。

縁起担ぎの金平は、日に何度でも神棚に手を合わせた。拍手の響きを聞くと、気持ちが落ち着くからだ。

神棚に深々と辞儀をしてから、金平は居室の障子戸を開いた。目の前の庭には、築山が造られていた。築山の先には、千本松原と富士山が、見事な借景となって広がっている。

八ツ（午後二時）を過ぎても、夏場の陽差しは強い。築山の松も、遠景の松原も、濃緑の葉が白い陽光を浴びて耀いている。

晴れ渡った空は、青くてどこまでも高い。あまりの眺めの美しさに打たれて、金平は濡れ縁に座り込んだ。

こんなきれいな日に、なにが哀しくて清水湊に出向くのか。

なんであんな指図をしたのかと、金平はおのれの判断の悪さにため息をついた。

海道一の男は、清水湊の次郎長。

去年の秋ごろから、金平は次郎長の名を何度も聞かされていた。

「役人のイヌと成り下がった保下田の久六を、わずかな人数で見事に討ち果たした」

「役人に追われた次郎長たちは、おめおめと捕まることはせず、命を捨てる気で十五丈（約四十五メートル）以上もある崖から、川に飛び降りた」

「次郎長のためなら命を投げ出せる男が、二十人以上もいる」

聞こえてくるどのうわさも、次郎長の器量の大きさを称えていた。

沼津に暮らし始めた当初は、地元の住人たちは金平こそが海道一の親分だと称えた。

ところが次郎長のうわさが聞こえてくるようになると、金平を誉める声は影を潜めた。

「安政二年の地震のときには、命知らずの仲間を引き連れて、死ぬ覚悟で江戸を助けに行ったらしい」

何年も昔のことまで取り上げて、うわさは次郎長を誉め称えていた。

子分の数でも、縄張りの大きさでも、金平は次郎長とは格が違うと思っている。沼津に移ったいまでも、下田湊は相変わらず金平一家の仕切りである。

江戸に向かう船のほとんどは、下田湊で一泊する。風待ちの泊まりもあったし、船乗りや船客の息抜き逗留もある。あとに控えた浦賀船番所の荷物改めに備えて、積荷の仕分けも欠かせなかった。

日に数十杯も船が出入りする下田湊の、ひとり差配……このことは、金平一家の金看板だった。

それなのに、三十人にも満たない子分しかいない次郎長が、なぜ金平一家よりも格上だとうわさされるのか。

海道一は次郎長だと聞かされるたびに、金平は舌打ちをした。そんな金平の耳に、さらに腹立たしいうわさが聞こえてきた。

都鳥一家が、次郎長の子分森ノ石松を、闇討ちにした。次郎長は怒り狂い、都鳥一家を皆殺しにすると公言した。しかも都鳥一家に力を貸す貸元がいたら、その組もあわせて皆殺しにする、と。

なにをえらそうにと、うわさを聞いた金平は、またもや強い舌打ちをした。そんな矢先に、当の都鳥一家が助けを求めてきたのだ。

「次郎長のほうこそ、保下田の久六親分を闇討ちにした張本人ですだ」

吉兵衛は数々の嘘を並べ立てて、次郎長の非道を訴えた。

森ノ石松は、保下田の久六に闇討ちをかけたひとりだ。久六の組の生き残り、布橋の兼吉は、真正面から石松に勝負を挑んだ。ところが卑怯にも石松は、いきなり兼吉を切り捨てて逃げ出した。卑劣な振舞いを見逃すわけにはいかず、常吉、梅吉を加えた三人で石松を仕留めた。石松は竹槍を振り回して逃げようとしたが、吉兵衛が真正面から石松を切り捨てた。それを逆恨みした次郎長は、何十人もの追っ手を差し向けてきている。堂々と立ち向かいたいが、多勢に無勢では勝負が見えている。

匿ってもらうのは筋が違う。三人とも命を捨てて立ち向かうゆえ、なにとぞ次郎長成敗に、助太刀をしてほしい……。

吉兵衛たち三兄弟は、畳に両手をついて頼み込んだ。

金平は次郎長と盃を交わしてはいない。が、揉め事を抱えているわけでもなかった。

しかし、金平は次郎長に好意を抱いてはいない。いないどころか、目障りだとすら感じていた。

都鳥一家の助太刀ということなら、次郎長襲撃に加担しても大義名分は立つ。日ごろから手入れをしている甲冑も、次郎長相手の出入りなら、格好の使いどきだ。

次郎長憎しが先に立ち、金平は尋常な判断ができなくなっていた。

「よくぞ頼ってきなすった」

「それじゃあ、次郎長成敗の助太刀をお願いできるので？」

金平があまりにも簡単に助太刀を引き受けたので、頼んだ吉兵衛のほうが戸惑っていた。

次郎長とは勝負をせず、ほとぼりが冷めるまで逃げまくるというのが、吉兵衛たち三兄弟の本音だった。

たとえ五日でも十日でも、匿ってもらえればそれでよかったのだ。助太刀を頼みたいうんぬんは、金平の宿にわらじを脱ぐための口実に過ぎなかった。

ところが金平は、あっさりと助太刀を買って出た。

「船を仕立てて、清水湊まで押しかける。寝込みを襲えば、三十人ぐらいの始末は、わけねえ」

代貸を呼び寄せた金平は、出入りの支度を言いつけた。

「ひとり残らず、鎧と兜を身につけろ」

金平の指図を聞いた都鳥三兄弟は、見開いた目を見交わした。

沼津湊から清水湊までは、海を真っ直ぐに走れば、七里半（約三十キロ）の隔たりでしかない。順風を受けて海岸伝いを走れば、一刻（二時間）足らずで行き着ける。沼津からの船は、朝のうちに漁師の宿に代貸を差し向けて誂えた。船頭は、沼津から浜松までの海なら、闇夜でも走るという漁師だ。

金平の手下と代貸を含めて、十八人。

都鳥一家が吉兵衛、常吉、梅吉の三人。

都合、二十一人の男たち全員が、鎧兜で身を固めて押しかけるのだ。その勇ましい姿を思い描き、金平は武者震いを覚えたのだが……。

目の前に広がる景色に見とれて、金平は出撃への意気込みが萎えた。細かに思い返してみると、この襲撃を他の貸元衆に言いわけするのは、相当にむずかしそうにも思えた。

なぜ、次郎長を襲撃しなければならないのか。

しっかりとした大義名分を考えておかなければ、都鳥の後押しをした金平が窮地に立たされる。

いっそ、取りやめにするか……。

弱気になっていたとき、庭の端から支度を終えた代貸が歩いてきた。陽を浴びて、手入れの行き届いた兜と鎧が、キラキラと光り輝いている。

物静かな松の眺めを背にした、武者姿の代貸。かつて見たことのなかった、取り合わせの妙味が目の前にあった。

萎えかけていた金平の気力が、ふたたび強く湧き上がってきた。

代貸の姿を見て、飼い犬が吠え立てた。

明らかに、位負けをした吠え方だった。

四

沼津の狼煙は、総一郎が上げた。読み取った孝次郎は手早く文にしたためて、土光に手渡した。

沼津から浜松にかけての道を、土光は馬で走る免許を得ていた。土光の先祖が、駅伝飛脚に就いていたときの免許である。

総一郎が沼津で七ツ(午後四時)に上げた狼煙は、四半刻(三十分)のうちに次郎長の元に届けられた。

『二十一名が大型漁船に乗り込んだ。船で清水湊に向かう。全員が鎧と兜を身につけている。槍を持っている者も多数あり』

総一郎は五度に分けて狼煙を上げ、これだけの中身を報せてきた。

「鎧と兜を着ているとは、いかにも赤鬼のやり口だ」

音吉、大政を前にして、次郎長が苦笑を浮かべた。金平の甲冑好きは、駿遠中の貸元に知れ渡っていた。

「沼津を発ったのは、いつのことなんで」

「まだ、発ってはいない。どこか沼津の浜で船出を待っているだろう」

「わしもそう思う」

音吉は、次郎長の言い分に同意した。

いまは六月中旬の七ツ半（午後五時）前で、日の長い季節である。日暮れの暮れ六ツ（午後六時）までの半刻は、冬場の半刻よりも三割以上は長かった。

「芝居や武者行列じゃあ、あるめえし」

鎧兜を着た連中が、よもや日の高いうちから押しかけてくることはあるまいと、音吉も判じていた。

「日が暮れたあとでも、沼津から清水に向かってくるのは、東風に乗りゃあ一刻半もあれば充分だ」

次郎長は長火鉢の縁にのせた、湯呑みを手にした。今日は朝から酒ではなく、番茶を口にしていた。

「暮れ六ツの鐘が鳴ったら、若い者を全員、通りの向かい側に移らせろ」

「えっ……」

指図の意味が分からず、大政はいぶかしげな目で次郎長を見た。

「組の宿をカラにして、通りを隔てた隠れ家に移れと言ったんだ」

「それは、最初から分かっておりやすが……」

「だったら、その顔はなんだ」

「親分は、吉兵衛と金平一家の襲撃から逃げるおつもりで」

「逃げるわけじゃない。赤鬼に、肩透かしを食らわせるだけだ」

大政は、まるで得心のいかない顔である。音吉にも、次郎長の真意がつかめないのだろう。ふたりとも、目つきを曇らせて次郎長を見詰めた。

「おれは赤鬼との間に、いままで一度も揉め事を起こしたことはない。いまは沼津の貸元に座っているが、赤鬼は元々が下田湊だ。うちと縄張りが重なることもない」

これだけ言って、次郎長は口を閉じた。

本寸法の渡世人が他の組に出入りを仕掛けるのは、ふたつのわけしかなかった。

縄張りにかかわるいざこざが生じているか、相手の面子（メンツ）を潰（つぶ）す振舞いに及んだかの、いずれかである。

都鳥三兄弟のような半端者とは異なり、赤鬼の金平は名の通った貸元である。そんな本道を歩く渡世人から、出入りを仕掛けられる覚えはまったくなかった。

しかし吉兵衛たち三人は、間違いなくこの日の朝、赤鬼の宿に入った。それは土光と小太郎が見届けた。

どんなやり取りがあったかは知れないが、金平は手下に鎧兜を着せて漁船に乗り込んだ。総一郎は沼津からの狼煙で、金平一家が清水湊に向かうと伝えてきた。

金平たちが沼津を出たあとは、小太郎が駆け戻ってくる。そうすれば、より定かに事情は分かるが……。

金平は本気で出入りを仕掛けてくるわけではないと、次郎長は判じていた。

もしも本気で次郎長一家と命のやり取りをする気なら、動きが鈍くなるうえに人目を惹く、鎧兜の格好などをするわけがないからだ。

支度が調っていながらもまだ沼津を出ていないのは、日暮れを待っているからだろう。暗くなるのを待つわけは、ただひとつ。

組が寝静まったあとで、夜討ちを仕掛けようとしている……次郎長はこう読んだ。

が、夜討ちなら、音を立てずに忍び寄るのが常道だ。ガチャガチャと音の立つ甲冑姿では、夜討ちにならない。

しかも金平一家との間には、いささかの揉め事も起きてはいないのだ。赤鬼の金平が、揉めてもいない相手にいきなり夜討ちを仕掛けるとは思えなかった。

吉兵衛に泣きつかれて、嘘八百を聞かされた。それを聞いているうちに、助太刀をする気になったのだろう。

『もしも吉兵衛たちを匿ったら、その組もろとも皆殺しにする』

ことによると、このうわさが金平の気に障ったのか……。

次郎長は、ここまで読んだ。

うわさの言い分に腹立ちを覚えて、吉兵衛の助太刀をする気になった。

うちを皆殺しにできるものなら、やってみろ……次郎長には、金平の真っ赤な顔が想像できた。

だとすれば、こちらが宿をカラにして肩透かしを食わせればいい。そうすれば、金平の面子も立つだろう。

次郎長はさらにもう一歩踏み込み、夜討ちとまともにやりあえばどうなるかと考えた。

大政を筆頭に、だれもが命を惜しまずにやりあうのは目に見えている。二十一人が相手なら、充分に勝ち目はあった。

しかし清水湊の町中で出入り騒ぎを起こしたら、宿場役人も黙ってはいないだろう。生まれた町を捨てるのは、忍びなかった。

それよりなにより、出入りとなれば、吉兵衛、常吉、梅吉の三人を、一刀のもとに斬り捨てることになる。

　都鳥の三人を、楽に死なせてなるものかと、次郎長は固く思い定めている。しかし夜討ちに立ち向かうなら、斬殺するほかはない。

　思案を重ねた末に、次郎長は金平には肩透かしを食わせようと決めたのだ。

「あっしにはどうしても得心がいきやせん」

　めったに次郎長に逆らったことのない大政が、このときの指図には承服しなかった。

「これじゃあ、うちが吉兵衛たちを怖がって逃げたと思われやす」

「それでいい」

　次郎長は思案の詳細を大政に話した。

「逃げたと思ったあとの吉兵衛は、こっちを舐めてかかる。あの外道三人は、脳みそもきんたまも、ノミの大きさしかねえ」

　折りを見て、別のうわさを広める。次郎長を臆病だと舐めている吉兵衛を、しっかりとおびき寄せる、蜂蜜のようなうわさをばら撒く。それが次郎長の考えだった。

「ですが親分……」

　すべてを聞かされたあとでも、大政はまだ得心していなかった。

「海道一だと評判のたけえ親分が、夜討ちが怖くて夜逃げしたと笑われちまいやす」

「それがどうした」

「それがどうしたって……親分が、虚仮にされるんですぜ」

「そんなことは、どうでもいい。石松の仇討ちを果たすためなら、評判だのうわさだのは、屁みてえなもんだ」

次郎長は、きっぱりと言い切った。

五

夜討ち騒動から半年余り、元号が変わったばかりの、文久元(一八六一)年二月二十二日七ッ(午後四時)過ぎ。清水湊江尻追分の旅籠『駕籠屋』に、都鳥三兄弟が、子分五人を引き連れてあらわれた。

五人の子分全員が、大きな布袋を手にしている。それぞれの袋には、五振りずつ脇差が仕舞われていた。

駕籠屋は、季節ごとの魚料理の美味さで名を知られた旅籠である。

「四ッ(午後十時)の手前まで、八人がゆっくりできる部屋を用意してくれや」

上機嫌の吉兵衛は、二朱(七百五十文)の心づけを仲居に手渡した。金貨を受け取った仲居は、愛想のいい物言いで料理はなににするのかと問うた。

「いまは、ふぐに決まってるずら」

「あいにくですがあ、今日はふぐの支度はできてないんですう」

語尾を伸ばすのが、仲居のくせらしい。

「妙なしゃべり方をしてねえでよう。ここの料理人に、ふぐをなんとかしろとそう言ってこい」

吉兵衛がしゃべると、ひどい口臭がした。しかも大声で怒鳴られて、仲居はまともに口臭を顔に浴びた。

「分かりましたあ」

二朱ももらった仲居は、顔をしかめもせずに料理場へと向かった。さほどに間をおかず、仲居は料理人をともなってきた。

「どうしても、ふぐでなけりゃあいけやせんかい」

料理人はきれいな江戸弁を話した。

「なんねえ」

「ならば魚屋にそう言って探させやすが、高いもんにつきやすぜ」

「わしは都鳥一家の貸元だ。ゼニのことでがたがた言うな」

吉兵衛は、ふたたび二朱を取り出した。そしてカネのことは安心しろと言わんばかりに、料理人に握らせた。

料理人の顔つきが、まばたきする間だけ動いた。しかし、だれも気づかなかった。

「そういうことなら……」

料理人は格別の礼も言わず心づけを受け取って引き返した。ほどなくして、仲居がひとりで吉兵衛の前に戻ってきた。

「ふぐをおいしく食べてもらいたいですからあ、庭の見える部屋に移ってもらいますう」

仲居は吉兵衛たち八人を、庭に面した二十畳の広間へと案内した。駕籠屋は百坪の広い庭を持っていた。案内された広間は、濡(ぬ)れ縁から庭におりられる造りである。

「ちゃっちゃと料理するように、威勢のいいあんちゃんに言っとけや」

「分かりましたあああ」

目一杯に語尾を伸ばして、仲居は広間から出て行った。

「ふぐでくたばりそうな次郎長だからよう。前祝いは、ふぐでなくちゃあならねえ」

弟ふたりと子分五人が、吉兵衛に追従笑いを見せた。

「だがよう、あにい」

笑いを引っ込めた常吉が、吉兵衛の顔を正面から捉(とら)えた。

「わしらまでがふぐにあたったら、シャレになんねえからよ。刺身はよしにして、鍋(なべ)にしようぜ」

「おめえもたまには、気のきいたことを言うなあ」

吉兵衛は大きく手を叩いた。仲居が急ぎ足で広間に戻ってきた。

「お呼びですかあ」

「さっきの料理人に、刺身はいらねえから、鍋をたっぷり作れって言っとけや」

「分かりましたあ」

「いちいち、言葉の尻尾を伸ばすんじゃねえ」

仲居の顔のそばで、吉兵衛が文句をつけた。ひどいにおいをまともに嗅いで、初めて仲居が顔をしかめた。

「四ツ前にはここを出るからって、料理人に忘れず言っとけや」

「分かりましたあああ」

仲居は、むきになって語尾を伸ばした。

六

「ついに、あらわれたか」

次郎長の顔に、凄みに充ちた薄笑いが浮かんだ。

「あたしにも、石松さんの仇討ちを手伝わせてください」

次郎長の前に座った仲居が、きっぱりとした物言いで願い出た。駕籠屋にいた、間のびした口調の仲居である。

仲居の名はおなつ、生前の石松が妹のように可愛がっていた娘である。おなつは石松に強く惹かれていた。が、石松はまるで気づかず、おなつが在所の訛りで語尾を引いてしゃべるたびに笑い転げた。

「この手とこの庖丁で、吉兵衛に仕置きをさせてください」

次郎長たちが金毘羅参りをしたとき。石松は大坂で、『堺の庖丁』をおなつへのみやげに買い求めた。次郎長の前に座ったおなつは、その庖丁を手にしていた。

一月八日は石松の月命日である。次郎長は音吉と大政のふたりを伴い、駕籠屋でふぐを賞味することにした。石松は冬場のふぐを、なによりも好んだ。

一切肴を口にせず、粗塩を舐めて五合を呑む石松だったが、ふぐにだけは目がなかった。駕籠屋料理人の拓二郎は、日本橋魚河岸近くの料理屋で、八年の間ふぐの庖丁修業をした男だ。石松が喜ぶのを見たくて、大皿の柄が透けて見えるほどの薄引きを拵えた。

一月八日の夜は、おなつと拓二郎のふたりも次郎長たちと一緒に石松を偲んだ。

「都鳥のやつらがもしもここにきたら、ふぐの毒で始末してやりてえ」

拓二郎のつぶやきを聞いて、音吉がひとつの思案を思いついた。

「わしらがふぐにあたって死にそうだと、うわさをばら撒くだ」

次郎長を含む一家のおもだった者が、素人庖丁のふぐにあたった。死ぬまでには至らなかったが、次郎長は立ち上がることすらできない。

ふぐにあたるなんざ、みっともねえ。

次郎長に愛想尽かしをして、相当数の子分が出て行った。いま、清水湊にいるのは、ふぐにあたった連中だけで、みんなが寝込んでいる。

もはや次郎長一家に先はないと、地元でも見捨てられている……。

このうわさをばら撒けば、遠州中を逃げ回っている都鳥一家を、きっとおびき出せる。石松から騙し取った大金も、そろそろ底を突くころだ。次郎長を仕留めて、さぞかし在所に帰りたいに違いない。

音吉の思いついた思案に、次郎長は強く膝を叩いた。

「できる限り、素早く広めよう」

翌日、次郎長は若い者を七人衆の元に差し向けた。空見の辰丙は風邪で臥せっていたが、残る六人はその日の暮れ六ツ（午後六時）前に顔を揃えた。

「石松の供養になるなら、なんでもやる」

六人全員が、手弁当で遠州各地に散った。そして渡世人の耳に入りそうな髪結い床、縄のれん、履物屋、湯屋（銭湯）などでうわさをばら撒いた。

が、手ごたえがないまま二月に入った。風邪も治りかけていた辰丙も加えて、もう一度うわさを流すことにした。

「おれは、舘山寺に行ってみる」

風邪の養生を兼ねて、辰丙は舘山寺温泉の湯治場に向かった。辰丙の狙いは図星だった。

「この手で、次郎長の息の根をとめてやる」

うわさを真に受けた吉兵衛は、弟と子分たちを引き連れて、江尻追分に出てきた。

そして前祝いと称して、ふぐ料理で名の通った駕籠屋に顔を出した。

拓二郎とおなつは、次郎長から吉兵衛の人相をしっかりと聞き込んでいた。ひと目で吉兵衛と見抜いたおなつは、かねて拓二郎と示し合わせていた通り、わざと語尾を長く伸ばして接客に当たった。吉兵衛がきたことを、拓二郎に教えるためだ。

拓二郎はあらましをしたためて、旅籠(はたご)の小僧に持たせた。ふぐ料理を出し終えたところで、おなつ当人が次郎長の宿へと駆けた。

「おめえさんの気持ちは分かるが、八人の渡世人を相手の出入りだ。なにが起きるか分からねえ」

怪我をしないように、料理場にでも隠れていろと、次郎長は諭した。

「吉兵衛を仕留めたあとで、おめえさんに野郎の髷(まげ)を落とさせてやる」

おなつの顔つきが、明るくなった。

出入り支度を進める気合のこもった声が、土間から聞こえてくる。

おなつは出刃庖丁を油紙で包み始めた。あたかも、石松を大事に包んでいるかのような手つきだった。

七

駕籠屋に向かう前、次郎長たち一行は梅蔭寺に顔を出した。住持に暇乞(いとまご)いをするためである。

首尾よく仇討(あだう)ちを果たしたあとは、清水湊から出奔する気でいた。八人もの男を斬(ざん)殺(さつ)するのだ。役人が放っておくはずがない。

さりとて、縛(ばく)につく気は毛頭なかった。おもな子分を引き連れて、数年の間は江戸に身をひそめる腹積もりである。

四百七十両が手元にあった。遠い昔、甲田屋から持ち出したのと同じような額だ。

「この十両で石松の永代供養を願いやす」

次郎長はカネの包みを住持に差し出した。

「石松のことは案ずることはないが、カネはいらぬ」

受取りを拒んだ住持は、逆に二十両の餞別を手渡した。

「寺で清めたカネだ。おまえの御守代わりになるじゃろう」

次郎長たちが山門を出るまで、梅蔭寺の住持は後姿を見送った。


五ツ半（午後九時）と見当をつけたころに、次郎長たちは駕籠屋の裏口に立った。

広間へは庭伝いに、おなつが案内する手はずである。

次郎長に従っているのは、子分二十五名と音吉だ。

「おまえたちは音吉の指図で、裏口と玄関とを固めろ」

音吉に二十人をつけて、吉兵衛たちが逃げ出さないように退路をふさがせることにした。次郎長が手元に残したのは、大政、小政、大瀬の半五郎、法印の大五郎、追分の三五郎の五人である。

吉兵衛たち八人がいるのは、広間といっても二十畳しかない。大勢でなだれこんでは、動きがとれず、仕留め損なうことになりかねない。

吉兵衛、常吉、梅吉の三人は、次郎長がひとりで仕留める気だ。残りの五人の子分を、大政たちに任せることに決めた。

「いいか」

「へいっ」

短いやり取りのあと、次郎長はおなつを目で促した。潜り戸から駕籠屋に入った六人は、庭石伝いに広間へと向かった。

六人全員が、鞘を払った抜き身の太刀や脇差を手にしている。月から降る光が、抜き身を青白く光らせた。

「都鳥には手出しをするなよ」

目の前に広間が見えたとき、次郎長は子分たちに念押しした。

「へいっ」

次郎長の思いを分かっている五人は、きっぱりとうなずいた。

二十畳広間まで、あと五間（約九メートル）の所で、先頭の次郎長が立ち止まった。

「おまえは、料理場に戻っていろ」

「分かりました。上首尾をお祈りしています」

小声で応えたおなつは、足音を忍ばせて潜り戸のほうに戻って行った。

広間の障子戸はすべて開かれている。酒の入った男たちの大声が、庭にこぼれ出ていた。

濡れ縁の高さは、庭から二尺（約六十センチ）。勢いをつけて飛び上がらないと、うまくは乗れない高さである。

五人のほうに振り返った次郎長は、無言でうなずいた。子分たちがうなずき返した。

最初に次郎長が広間に飛び込んだ。

大政、小政が続き、残る三人は群れになって広間に飛び込んだ。

「うわっ」

悲鳴をあげたのは、梅吉である。次郎長は真っ直ぐに梅吉に詰め寄り、袈裟懸(けさが)けに斬りつけた。

首の血筋を太刀が切り裂いた。斃(たお)された梅吉は、鮮血を噴出している。身体が痙攣(けいれん)すると、血がビュッ、ビュッと、龍吐水(りゅうどすい)のように飛び散った。

噴出した返り血を浴びた次郎長は、常吉を見据えた。梅吉のさまを見て、常吉は腰が抜けたらしい。

畳にしゃがみ込み、口を半開きにしていた。

一寸刻みにして、なぶり殺しにしようと次郎長は考えていた。が、目の前の常吉は、腰を抜かして小便を漏らしている。

こんな外道に手間をかけては、太刀の穢(けが)れと思った次郎長は、梅吉同様に首の血筋を切り裂いた。

太刀の入り方が、梅吉よりも深かった。常吉は首の骨まで断ち切られた。胴体から離れた首が、ガクッと前に倒れた。

次郎長の太刀の凄まじさに、子分五人は立ち向かう気力を失っている。大政たちは子分ひとりずつの前に立ちふさがった。吉兵衛についてきた五人は、脇差を仕舞った布袋に手を伸ばすことすらできないでいた。

次郎長は吉兵衛を正面に見据えたまま、ふところから半紙を取り出した。太刀についた血糊と脂をていねいに拭き取ると、右手で柄を握り、だらりと垂らした。

「雑魚は放っておけ」

大政に指図を与えながらも、次郎長は吉兵衛から目を離さなかった。

「わしが手を出したわけではねえ」

口のなかが干上がっているらしい。吉兵衛は舌をもつれさせながら、見苦しい言い逃れを吐いた。

「つくづく、情けねえ野郎だ」

次郎長が振り下ろした太刀は、吉兵衛の左肩に食い込んだ。渾身の力を込めて振り下ろした、肥前忠吉である。刃は左腕を切り落とした。

「ぎゃあっ」

斬られた肩を畳にくっつけて、吉兵衛は悲鳴を上げた。吉兵衛の背中に右足をのせた次郎長は、刃先を吉兵衛の延髄に突き刺した。

「ぐぐっ」

短い悲鳴をあげ、わずかな痙攣を見せたのちに、吉兵衛は息絶えた。

「こっちにこい」

次郎長のひと声で、吉兵衛の子分五人がいざり寄ってきた。立とうにも、全員が腰を抜かしていた。

「三人の死骸をおめえたちがきちんと始末するなら、命は助けてやる」

次郎長は五人を順に睨めつけた。

「なんでもやります」

「お慈悲ですから、お助けを」

五人全員が両手を合わせて、次郎長に慈悲を乞うた。

「こいつらの髷を落とせ」

「がってんでさ」

大政たちは、さらしに挟んだ匕首を取り出し、震えている五人の髷を落とした。

「おなつを呼んでこい」

部屋から飛び出したのは、法印の大五郎である。おなつは、息を弾ませて部屋に飛び込んできた。

部屋中に鮮血が飛び散っている。吉兵衛は左腕を落とされていたし、常吉は胴体から首が離れそうだ。

そんな修羅場を見ても、おなつはいささかも怯えた顔を見せなかった。

「石松さんはこのひとたちよりも、もっとひどい殺され方だったんでしょう？」

おなつの目は、怒りに燃えていた。

「髷を切り落としたら、恨みをきれいさっぱりと捨てろ」

次郎長はおなつの肩に左手を乗せた。

「おまえさんのような、先のある若い娘は、いつまでもひとを恨んでいちゃあいけねえ。石松のために祈ったあとは、その髷も恨みも、駿河湾に流しねえ」

「はい」

おなつは語尾を引かず、しっかりと次郎長に返事をした。吉兵衛の髷は、堺で石松が買い求めた出刃庖丁で切り落とされた。

次郎長配下の若い者は、町の葬儀屋から早桶三つを仕入れてきた。吉兵衛たち三人の死骸は、髷を落とされた五人の子分が交互に担いで海のほうに向かった。

漁船を仕立てて、早桶を運ぶつもりだろう。

「構うんじゃねえ」

次郎長は早桶を担いだ連中に、子分が手出しをしないようにきつく言い渡した。

代貸の大政から末端の若造にいたるまで、きちんとした雑巾がけができる。濡れ雑巾で拭いても血の汚れは落ちないが、とりあえずの片づけは、夜明けまでに一家の者が果たした。

旅籠に置いた迷惑料は百両。深い辞儀をしてから、駕籠屋を離れた。高台になった追分の辻で、全員が縞柄の道中合羽を羽織った。

次郎長は一度だけ、清水湊を振り返った。かならず戻ってくると、町に語りかけていた。

白い雪をかぶった富士山が、青空に突き立っている。江戸を目指す次郎長は、あたかも背後の富士山を背負っているかのようだった。

第十一章　清水湊の大時計

一

港橋の東詰には、高さ九尺（約二・七メートル）の大時計が設置されている。明治二十七（一八九四）年元日の陽が、大時計の樫板をまばゆく照らしていた。

雨ざらしの大時計だが、毎日正午には末廣の奉公人が雑巾がけをしている。時計の雑巾がけは、末廣の奉公人の一番年下が受け持つ決まりだ。

いまは興津から奉公に上がっている、女中のおみよの役目だった。

「雑巾は濡らさないで、このワクスちゅう蠟をしっかり染み込ませろや」

強い香りを放つワクスは、末廣の奉公人の多くから嫌われていた。が、おみよは松脂に似たワクスの香りは嫌いではなかった。在所の松林を思い出させてくれるからだ。

毎日の大時計磨きに使う雑巾には、ワクスが染み込んでいる。そのまま使っても不都合はなさそうだが、おみよはたっぷりとワクスを雑巾に塗りつけた。

今日は一年の始まり、元日である。気持ちよく晴れており、空にはまばゆく耀く大きな初日があった。

降り注ぐ陽光が、大時計の木目の美しさを際立たせている。今年初の雑巾がけには、いささかもワクスを惜しみたくはなかった。

おみよは、女としては大柄だ。しかし高さ九尺の大時計のてっぺんには、高い踏み台に乗らないことには届かない。

高さ三尺（約九十センチ）の三段構えの踏み台に乗り、おみよは大時計のてっぺんから雑巾がけを始めた。

ボーン、ボーン、ボーン……。

分厚い樫板のなかで、正午を告げる音が鳴り響いた。

「あの時計はもう、昼を報せているのでしょうか」

チョッキのポケットから懐中時計を取り出した伊藤は、大時計が正午を告げているのを確かめた。

「音吉さんはお話がお上手ですから、ついつい時間を忘れて聞き入っていました」

伊藤のわきで、嶋屋も大きくうなずいた。

「しかしこんな調子で詳しくお話をうかがっていたのでは、幾日あっても足りません」

「あんたら、先を急ぐんかね」

「二日の夕方までには、なんとか東京に帰りたいものですから……そうでしょう、嶋屋さんも」

「そうです」

答えた嶋屋は、音吉に徳利（とっくり）を差し出した。すでに一合徳利が四本もカラになっていた。

「明日（あした）の朝の汽車に乗れば、充分に間に合います」

今夜も清水港に泊まるつもりだと、嶋屋は言った。

「もうひとつお聞きしたいことがあるのですが……」

「なんだね」

盃（さかずき）を干した音吉は、背筋をぐいっと伸ばした。座っていても、音吉の大柄ぶりは抜きん出ていた。

「次郎長さんは、御維新を迎えることになった慶応（けいおう）四（一八六八）年に、この地に戻ってこられたとうかがいましたが」

「その通りだけんが、それがどうかしたんかね」

問われた伊藤は、背広の内ポケットから小型の帳面を取り出した。鹿革を赤く染めた、極上の帳面である。

「次郎長さんは慶応四年に、浜松藩の伏谷如水というかたから、清水港の警固を頼まれたそうですね」

「あんた、江戸もんずら」

「東京生まれです」

伊藤は江戸を東京と言い直した。

「江戸もんのあんたが、ようそんな細かいことを知っとるなあ」

「わたしの遠縁の者が、浜松で米穀商を営んでおりまして……そちらのほうから、細々と聞かされておりました」

浜松の米屋と聞いて、音吉の表情が動いた。

「もしかすると、あんたは淳兵衛さんの親戚かね」

「そうですが……音吉さんは、淳兵衛をご存知ですか」

「よう知っとる」

音吉はそれしか答えなかった。米相場の手ほどきをしてもらった遠い昔の思い出を、次郎長とふたりだけで秘めておきたかったのかもしれない。

伊藤も余計なことは問いかけず、黙って音吉を見詰めた。

浜松から銀座に届いた書状を、伊藤は手持ちの帳面に細かな字で写し取っていた。

「たしかに次郎長はそんなことを頼まれたが、伏谷さんは浜松にいたわけではねえんだ」

「えっ……浜松藩のかたでは、ございませんでしたので」

「あんときの伏谷さんは、官軍の先鋒(せんぽう)で駿府町(すんぷちょう)にいたでな」

「そうでしたか……」

伊藤は、何度も帳面の書き込みに目を落とした。読み返しているうちに、得心がいったようだ。

「それにしても音吉さんは、よくも覚えておいでで」

音吉は盃を手酌で満たしてから、正面の伊藤に目を戻した。

「そんな、うれしいことを言うんでねえ」

音吉はくびっと音を立てて、盃を干した。

「次郎長が、初めて御上の手伝(てんだ)いをすることになったんじゃが。ゆんべ起きたことのように、よう覚えとるよ」

音吉はすでに、二十六年の昔を思い描いているのだろう。瞳(ひとみ)が、またもや定まらなくなっていた。

二

慶応四年三月初旬。徳川慶喜を追討する官軍は、駿府に駐屯を始めた。日をおかずして、徳川家にゆかりの深い駿府城の追手門に、大砲三門を据えつけた。

徳川家初代の家康は将軍職を退いたあと、慶長十二（一六〇七）年に駿府城に入城した。そして元和二（一六一六）年に没するまでの九年間、駿府城にて『大御所政治』を執り行った。

徳川家にとっては、駿府城はただの城ではない。権現様（家康）につながる、徳川家の旗印ともいえる城だ。その駿府城の追手門に、官軍が大砲を据えつけたのだ。

「どえらいことになったなあ」

「わしらの湊にも、大筒（大砲）の弾が打ち込まれるんかのう」

清水湊は、天領地甲府の米の集散地である。徳川家とともに大いに栄えてきた湊だけに、官軍から報復を受けるのではないかと、住民たちは怯えた。

そんな三月初旬の朝。

「御役所の前に、新しい立て札が立っとる」

高札を見た仲仕が、仲間に大声で告げた。

「なにが書いてあったんかね」

「わしは字がよう読めんでなあ」

「そんじゃあ、みんなで見に行かざあ」

毎日、さまざまなうわさが飛び交っており、力仕事に身が入らない。立て札を読めば、確かなことが分かると思ったのだろう。仲仕衆は連れ立って、役所前の高札場へと出向いた。

杉板の高札は真新しく、まだ木と墨の香りを放っていた。

「漢字がいっぱいで、わしもよう読めん。おめえが読んでくれ」

仲間内で物知りで通っている仲仕が、立て札のあたまから尻尾(しっぽ)まで、一行ずつ目で追い始めた。

「なにが書いてあるんか、ちゃっと聞かせてくれ」

「いま読んでるところだに」

せっつく仲間を抑えつけて、仲仕は高札を読み終えた。

「徳川家は朝廷に、素直に政権を返したそうだから、朝廷はいままで通りの仕組みで清水湊を治めると言うてるんだ」

仲仕は立て札に書かれている内容を、仲間に分かりやすく意訳して聞かせた。

「いままで通りっていうなら、蔵の米はそっくり御上のもんかのう」

「おめえ、御上ってだれだ」

立て札を読んだ仲仕が、あごを突き出して問いかけた。

「そんなん、徳川家に決まっとろうが」

「ばかこくな。もう、徳川さんはおらんで。米は朝廷さんのもんだで」

物知りの仲仕が言った通り、米蔵の米は官軍の糧食となっていた。

「沼津まで、米を海上輸送いたすべし」

官軍沼津司令部からの通達が、清水湊の廻漕問屋に、日々、伝えられた。

軍服に身を固めた兵士の一団が、湊に舫われた廻船へと駆けている。集団の先頭を駆ける兵士たちは、銘々がのぼりを手にしていた。

白地ののぼりに『官軍兵糧方御用』の太い文字が、墨で大書されている。兵士たちは仲仕を押しのけて甲板に駆け上がり、のぼりを艫に縛りつけた。

高札では、徳川政権時代と仕組みは変わらないと告げていた。しかし実態は、大きく変化していた。

米は、変化の象徴的な実例となった。

徳川時代の米は、食糧である前に、武家の給与だった。支給された米を米問屋が買い取り、武家に現金を支払った。

米は食糧のみにあらず、カネそのものなのだ。ゆえに米を取り扱う米問屋も、米俵を担ぐ仲仕衆も、米には相応の敬意を払った。

ところが官軍にとっては、米はただの食糧に過ぎなかった。米俵の山を見ても、いささかの敬意も払わない。

あたかも野積みになった、だいこんや唐茄子(とうなす)であるかのように、ぞんざいに米俵を扱った。

「あんなことをしとったら、いまにバチが当たるずら」

米俵を蹴飛(けと)ばす兵士を見て、仲仕たちは舌打ちをした。

「官軍はえらぶっとるから、好かん」

「なんで徳川軍は、こんな連中に負けたんかなあ」

仲仕に限らず清水湊の住民の多くは、横暴な振舞いを続ける官軍に眉(まゆ)をひそめた。

次郎長一家が清水湊に戻ってきたのは、官軍がこの町に駐屯を始めた直後の、慶応四年三月中旬のことである。

桜は盛りを過ぎており、わずかな風を浴びても花びらが枝を離れてしまう。川沿いの道を歩く次郎長のあたまに、幾ひらもの桜が舞い落ちていた。

三

三月下旬には、美濃輪稲荷（みのわいなり）の祭礼が執り行われる。この祭とともに春が逝（い）った。

「今日は目一杯に骨休めをしてこい」

祭礼を終えた翌朝、大政は配下の若い者に小遣いを手渡した。美濃輪稲荷の祭では、次郎長一家の若い者が先に立って騒ぎ、祭を大いに盛り上げた。

「さすがは次郎長親分とこの若い衆だ」

「神輿（みこし）を担いだときの、声の張り方がまるっきり違うに」

若い者は威勢のいい掛け声とともに、神輿を担いだ。祭礼に多額の寄進をした商家の前では、目一杯に神輿を揉（も）んだ。

官軍駐屯が始まってから、清水湊の住民はどこかに不安と怯えを隠し持っていた。威勢よく町に繰り出した神輿を見ることができて、久々にひとの顔つきが晴れやかになった。

配下の若い衆は、祭を盛り上げた立役者たちだ。大政が手渡す祝儀袋は、ずしりと持ち重りがした。

「明日（あした）っからは、夏祭のガサ（飾り物）造りを始めるぜ」

「がってんでさ」

小遣いをふところにした連中は、揃いの半纏と雪駄をつっかけて宿を出た。四ツ（午前十時）を過ぎたころ、若い者のひとりが中間風の男を連れて戻ってきた。

「代貸にご用があるそうで」

大政が土間に顔を出すと、男は背筋を張って代貸を見上げた。

「大総督府駿府町差配役判事、伏谷如水配下の吉田留吉である」

身なりは中間のようだが、男には苗字が与えられていた。

「あっしは組の代貸を務めておりやす政五郎と申しやすが、ご用がおありだそうで」

大政は相手の用向きが分からず、とりあえずはていねいな物言いで応じた。

浜松藩は、早くから勤皇方についた藩である。周辺の宿場を管轄した町奉行所は、官軍によりすでに解体されていた。

駿府町差配役判事は、町奉行に代わって統括の任務にあたる行政官である。伏谷に仕える吉田は、一通の書状を差し出した。

奉書紙の封書には、『召喚状』の三文字が太い筆で書かれていた。

「明日、三月二十三日の四ツに、差配役判事役宅まで出頭されたい」

召喚状を手渡した吉田は、持参した帳面に大政の受取署名を求めた。

「なにを、どう書けばいいんで」

書状の受取に署名をしたことなど、大政は一度もなかった。

「ここに、そなたの名を記せばよい」

矢立から筆を取り出した吉田は、受取帳面に名を書かせた。

『清水湊次郎長一家代貸　政五郎』

大政の書く文字は、身体つき同様に堂々としている。小筆で書いた署名は、帳面の罫線から大きくはみ出していた。

受け取った召喚状は、ただちに次郎長に届けられた。

「祭の翌日に召喚状か」

読み終えた次郎長は、着流しの格好で宿を出た。大政は配下の者を供につけたいと申し出たが、次郎長は拒んだ。

「一刻（二時間）ばかり、川沿いの道を歩くだけだ」

通りには、晩春の陽差しが降り注いでいる。雪駄の尻金を鳴らしながら、次郎長は船着場に向かって歩き出した。

「昨日はありがとさんでした」

「親分とこの若い衆のおかげで、いい祭になったに」

すれ違う土地の者は、感謝の気持ちを込めて次郎長にあたまを下げた。広大な米蔵の先には、富士山が望めた。

青地の空を背にして、雪をかぶった富士山。いつもの優美な眺めとは異なり、この日の富士山は次郎長には雄々しく映った。

船着場の南には、富士山を真正面に見る茶店『おかめ』がある。甲田屋に暮らしていた時分から、次郎長はこの茶店に出入りをしていた。店の婆さんが拵える、みたらし団子が格別に美味かったからだ。

官軍が駐屯を始めたあとも、おかめは商いを続けていた。店先には、赤地の木綿に屋号を白く染め抜いた、昔から見慣れたのぼりが立っている。

懐かしさを覚えた次郎長は、おかめの縁台に腰をおろした。使い込まれた緋毛氈は、相当に毛羽立っている。こども時分に座った毛氈であるはずもないが、次郎長の指は手触りを覚えていた。

「めずらしい男がきたもんだやあ」

驚いたことに、おかめの婆さんはまだ達者だった。

「団子を食わせてもらいたい」

「あいよう」

店のなかに引っ込んだ婆さんは、煎茶とみたらし団子を運んできた。茶の味も、みたらし団子の美味さも、そして縁台から見る富士山の眺めも、なにひとつ変わってはいない。

「昔のままだ……」

次郎長がぼそりとつぶやくと、婆さんは首を大きく振った。年のせいで、目の両端には目やにがこびりついている。

「おんなじわきゃあ、ありゃあせん」

歳をとると団子作りが億劫になると言って、婆さんは腰に手を当てた。

「あんたももうじき、五十ずら」

「わしの歳を覚えてるんけ」

驚いた次郎長の口から、土地の訛りがこぼれ出た。

「わしが覚えとるんは、あんたの歳だけじゃあねえに」

おかめの婆さんは八十八とも思えぬ達者な物言いで、次郎長が江戸に逐電した当時のことを語り始めた。

「あんたは、五百両近いカネを持ち逃げしたずら」

「婆さん、よくもそんな昔のことを覚えてるなあ」

「あんたのことなら、なんでも知ってるさ」

お蝶が逃亡先で病死したこと。

保下田の久六を成敗したこと。

金毘羅さんに代参した石松が、都鳥一家に闇討ちにされたこと。その都鳥の三兄弟を次郎長がおのれの手で始末し、石松の仇討ちを成し遂げたこと。

そして荒神山の決闘で、黒駒の勝蔵を打ち破ったこと。

口にした通り、婆さんは次郎長にかかわる仔細をよく知っていた。

「石松っちゅう若いもんは、ええ男だったそうじゃのう」

「あんなやつは、ふたりとはいない」

次郎長は湯呑みの茶を飲み干した。

「代わりをいれてくるで。湯を切らしたでよ」

七輪も火を落としており、火熾しからしなければならない。

「どっこも行かんと、待っててくれや」

婆さんは、腰を曲げたまま店に入った。

船着場の空を、カモメが群れになって飛んでいる。鳥を目で追いながら、次郎長は過ぎた日を思い返し始めた。

「どうしたんかね、あんた」

茶をいれて戻ってきた婆さんの声で、次郎長は我に返った。

「ぼんやりと昔のことを思い返していた」

「ばかなこと、言うなって」

婆さんは、強い口調で次郎長をたしなめた。

「あんたはまだ、五十の手前じゃろうが」

いまは官軍が我が物顔で町を行き来しているが、時代はこの先、どう変わるか分からない。

これからの時代を先頭に立って切り開いて行ってこそ、海道一の次郎長の名前が値打ちを持つ……婆さんは、そう言って次郎長を強い目で見詰めた。

「駿河は、山田長政(やまだながまさ)を出した国だでの。あのひとのあとを継げるのは、次郎長しかおらんで」

昔を思い返して懐かしむのは、まだまだ先にとっておけと言って、婆さんは店のなかに引っ込んだ。知らぬ間に、腰が伸びていた。

宿に帰るなり、次郎長は音吉と大政を呼び寄せた。

「おれは、駿府町差配役の呼び出しに応ずることにした」

この日まで、無益な殺生(せっしょう)をしたことは一度もなかった。斬り殺したことには、相応のわけがあった。

とはいえ、人殺しをしたことには間違いはない。徳川幕藩体制が崩壊し、いまは官軍が清水湊に駐屯する時代である。

「これからの時代は、いままでのように役人から逃げ回ることもできねえだろう」

召喚状に応じなければ、組が潰されるに違いないと、次郎長は判じていた。

「おれの居場所を差配役は摑んでいる。命をとる気なら、のんびり呼び出しをかけたりはせず、捕り方を引き連れて踏み込んできただろう」

これ以上逃げ隠れをしていては、官軍連中の心証をわるくするだけだ。そう判じたがゆえに、次郎長は駿府への出頭を決めた。

「おれが帰ってこられなかったときは、おまえたちふたりで組を切り盛りしてくれ」

次郎長は逃亡中に、新しい女房を娶っていた。本名は『はな』だが、病没した先妻にちなみ、お蝶と改名させた。

次郎長は二代目お蝶の行く末も、音吉と大政に託した。

駿府の城下までは、足を急がせれば一刻半（三時間）もあれば充分だ。三月二十三日の明け六ッ（午前六時）に、次郎長は若い者ひとりを連れて清水湊を出た。

若い者は、次郎長の身に何かあった場合に清水湊に報せる伝令役である。

夜明けの空は、ひとかけらの雲もない青空だった。駿府へ向かう次郎長に、通りの辻まで野良犬二匹が供をしていた。

四

次郎長が駿府町差配役、伏谷如水の役宅に着いたのは、まだ四ツ（午前十時）には随分と間があるころだった。

浜松藩は、大名家の入れ替わりがことのほか激しい藩だった。初代藩主の松平（桜井）家に始まり、水野家、高力家、松平（大給）家、太田家、青山家、松平（本庄）家、松平（大河内）家、松平（本庄）家、井上家、水野家、井上家と、多くの大名家が藩主の座についた。

短命藩主が続出しており、傍目には縁起のわるい藩のようにも映る。

ところが浜松城は『出世城』の別名を持つ、藩主にはすこぶる縁起のよい城とされていた。老中や京都所司代などの、幕府要職に就任した藩主を多数輩出したからだ。

徳川幕藩体制下での最後の浜松藩藩主は、井上正直である。はやばやと勤皇方についたとはいえ、元は六万石の藩主だ。

差配役の伏谷如水の役宅は、樫の分厚い門扉を構えた、堂々とした屋敷だった。

供の若い者が、門番の前に進み出た。

「清水湊の長五郎と申します」

若い者が名乗ると、門番は次郎長のほうに目を移した。

「清水の次郎長なる博徒が出頭する旨、聞かされておる」

門番は六尺（約一・八メートル）棒を地べたに突き立てて、左手で次郎長を手招きした。渡世人の間では、左手の手招きは不吉とされている。若い者は気色ばんで身構えた。

「落ち着け」

次郎長は小声でたしなめてから、門番の前に立った。

「屋敷への立ち入りを許されておるのは、次郎長なる博徒ひとりだ。供の者は門外に控えておれ」

門番は物言いに、あざけりの調子を強く漂わせていた。次郎長は、顔色も変えずに聞き流した。

「待ってなくてもいい」

若い者に言い置いてから、次郎長は門番を正面から見た。次郎長の貫禄（かんろく）に、位負けしたのだろう。門番はすぐさま潜（くぐ）り戸を開いた。

玄関先には、駿府町差配役判事に仕える下級職の者が待機していた。

「清水湊の次郎長こと、長五郎であるか」

「わしが長五郎です」

「判事閣下の執務室まで案内いたすゆえ、あとについてまいれ」

　男は名乗りもせず先に立って歩き、勝手口のような粗末な戸口に次郎長を連れて行った。

「履物を脱いだあとは、足をすすいでから上がれ」

　土間には簀子（すのこ）が敷かれており、わきにはすすぎのたらいが置いてあった。次郎長は指図された通りに、足をすすいでから板の間に上がった。

「判事閣下の執務室まで連れてまいる」

　板の間では、別の男が次郎長を待っていた。勝手口から伏谷の執務室までの廊下を、右に左にと、五度も曲がった。

　広い庭に面した十六畳間が、伏谷の執務室である。縁側の障子戸は、一枚残らず開かれている。晩春の陽光が、執務室を明るく照らしていた。

「清水湊の長五郎が出頭してまいりました」

「構わぬから、なかに入れなさい」

　しわがれた声が、部屋の奥から返ってきた。案内の男は部屋に向かって一礼したあと、次郎長に振り返った。

「判事閣下がお待ちである」

　男は部屋に入れと指し示した。

判事閣下と呼ぶのは、官軍に準じたからだろう。呼び方は朝廷風でも、身なりも髷も、徳川幕藩体制当時のままである。耳慣れない呼び方にざらっとした違和感を覚えたが、次郎長は素知らぬ顔で部屋に入った。

伏谷は、横幅八尺（約二・四メートル）、奥行き四尺（約一・二メートル）もある、大型の卓の向こう側に座っていた。

「清水湊からの出頭、足労をかけたの」

いきなりねぎらいの言葉をかけられて、次郎長は返事に詰まった。

なにしろ、召喚状で呼び出しを受けた身である。まさか伏谷からねぎらいの言葉をもらえるとは思ってもいなかった。

次には座布団を勧められた。戸惑い顔ながらも、次郎長は座布団を敷いた。

座るのを見定めていたかのように、茶が運ばれてきた。しかも、菓子皿に載った干菓子まで添えられている。

罪をおかした容疑者を召喚したというよりは、客人を迎えるかのような扱いである。

座布団には腰をおろしたが、次郎長は茶には手をつけなかった。

「清水湊への帰りの都合もあろうでの。足労をかけた次第を、手短に話をするが」

手元で開いていた帳面を閉じた伏谷は、次郎長を真正面から見詰めた。

「本日ただいま限りをもって、そのほうを駿府より清水湊までの沿道警固役に登用いたす。さよう心得て、務めに励むように」

伏谷は今年で五十二歳だ。次郎長よりは、わずかに三歳年長である。しかし藩政時代の家老職は、声を張る必要がなかったのだろう。沿道警固役の任命を伝える声は、三歳違いとも思えないほどにしわがれていた。

思ってもいなかったことを出し抜けに言われて、次郎長は答えに詰まった。口を閉じたまま、見開いた目で伏谷を見詰めた。

「頼んでおるのではないぞ。任務に就けと、そのほうに命じておるのだ」

伏谷は語調をわずかに強めた。次郎長は大きな息を吐き出してから、座り直した。

「こちらの門番は、わしのことを二度も博徒だと言いました」

伏谷の目が曇った。

「文句を言うわけじゃありません。門番が言った通り、わしはただの博徒です」

これまで、何度も捕り方の役人とやりあってきた。幕藩体制が朝廷主導に変わろうとも、おかした罪が消えるわけではない。博徒と役人とは、つまるところ不倶戴天の間柄である。

たとえ天道が西から昇ろうとも、博徒が役人を務めることはありえない……。

次郎長は、伏谷の命令をきっぱりと拒んだ。

「わしのような渡世人を役人に取り立てたりしたら、ご家老が世の笑い者になります」

口を閉じたあとで、次郎長は初めて湯呑みに口をつけた。

「いかにも、そのほうらしい返答だの」

伏谷が軽く手を叩くと、分厚い帳面を何冊も抱えた男が入ってきた。湯呑みを手にしたまま、次郎長は息を呑んだ。

「こころならずも、あんたを騙すことになった。無礼の段は勘弁願おう」

目の前で詫びを言った男には見覚えがあった。次郎長たちが逃亡の旅から帰った翌日から、宿に顔を出し始めた足袋の行商人である。

コハゼの細工がしっかりしているのと、客に余計な追従をいわないところが気に入り、次郎長はすでに三度も男から足袋を買っていた。つい先日の祭礼の折りにも、白足袋を三足誂えたばかりだった。

「わしは、小池文作と申す事務方である。ゆえあって身分を偽り、あんたの身の回りの聞き込みと、人品の見定めをやらせてもらった」

小池はこわばった顔のまま、次郎長に軽くあたまを下げた。官軍の役人が渡世人にあたまを下げるなどは、前代未聞だった。

伏谷の命令で、小池は次郎長の身辺調査を行った。また、清水湊をくまなく回り、次郎長一家の評判も訊いて回った。

だれに訊いても、どこで訊いても、次郎長をわるく言う者は皆無だった。

「弟のように可愛がっていた、石松さんを殺されて、ほんとに可哀そうだったが、元気になったようでなによりだ」

「次郎長さんが目を光らせてくれてるから、清水湊にはおかしなもんは、よう入ってこねえんだ」

清水湊の年寄り連中の言う通りだった。

いま、駿河・遠州のいたるところに、官軍だと身分を偽って金品をせしめるやからがはびこっていた。

落ち着かない世情を反映して、争いごとや騒動も頻発している。官軍駐屯兵は、町の治安維持に大苦戦を強いられていた。

ところが次郎長のお膝元の清水湊だけは、見事に町の治安が保たれていた。つい先日も、美濃輪稲荷の祭礼で、清水湊中が歓声につつまれた。

次郎長は、海道一の親分の名に恥じない度量の大きな男だ……聞き込みを終えたとき、小池は次郎長の大きさを肌身で感じ取っていた。

「判事閣下のお考え通りにお進めいただくのが、最善の策と存じます」

小池の報告を受けた伏谷は、すぐさま配下の者に召喚状の作成を命じた。

「いまのような動乱の時代には、そのほうの腕力、度量、才覚のすべてが入用だ」

伏谷は次郎長に向かって、再度、沿道警固役を命じた。

「わしをそこまで買ってくださるんなら、命に代えても引き受けますと言いたいところですが、やはりこの話は受けられません」

役人の斬殺はしていないが、渡世人との抗争では、ずいぶん多くの者を手にかけてきた。荒神山の決闘では、黒駒の勝蔵は生き延びたものの、多くの人命を奪った。

人殺しの罪を負った者が、警固役に就くことはできない……次郎長は、伏谷と小池にあたまを下げて断わった。

「戦においては、敵を多く仕留めた者が表彰されるものだ。そのほうも、戦で敵を始末したまでであろうが」

伏谷は茶をすすってから、もう一度、次郎長に目を戻した。

「そのほうがおかしたというすべての罪は、ただいま限り消滅した。今後は、沿道警固役に励んでくれ」

しわがれた声だが、張りと艶がある。次郎長は座布団からおりて、伏谷に深く辞儀をしていた。

五

慶応四年八月、幕府軍は日増しに敗色を濃くしていた。幕府海軍副総裁榎本武揚(えのもとたけあき)は、監督下にあった艦隊を率いて、箱館(はこだて)への脱出を図った。

品川沖を出帆したのは、慶応四年八月十九日だ。榎本が乗艦したのは、旗艦開陽(かいよう)丸である。率いた軍艦は、咸臨(かんりん)丸など七艦。合計八艦の艦隊が、箱館を目指した。

咸臨丸は八年前の万延元(一八六〇)年に、太平洋(たいへいよう)を横断した軍艦である。ところが箱館に向かったときには、蒸気機関も外された老朽船となっていた。

帆船と化した咸臨丸は、僚艦の回天(かいてん)に曳航(えいこう)されて箱館を目指した。しかし間のわるいことに、艦隊は房総(ぼうそう)沖で台風に遭遇。咸臨丸は曳(ひ)き綱を切られた。

波に翻弄(ほんろう)され、いつ転覆してもおかしくない状況におちいり、やむなくメインマストを切断した。高いマストを失ったことで、ようやく転覆を免れた。

この台風で、咸臨丸と蟠龍(ばんりゅう)丸の二艦が大きな損傷を受けた。

「下田湊にて修理ののち、再度箱館を目指すべし」

この指図に従い、二艦は下田を目指した。しかし下田湊は、すでに官軍の支配下となっているのが分かった。

「清水湊に向かおう」

咸臨丸の艦長の判断で、二艦は清水湊へと進路を変えた。清水湊は、幕府年貢米の集散地である。敗色濃厚とはいえ、まだ幕府の力が随所に及んでいた。

なんとか清水湊に入港できた二艦は、すぐさま船大工を雇い入れて、修理を始めた。同時に食糧、飲料水の補給も行った。

比較的損傷の軽かった蟠龍丸は、数日のうちに修理を終えた。

「必要な修理を終えた後は、一刻も早く箱館に向かうべし」

あらかじめ受けていた指令に従い、蟠龍丸は単独で箱館を目指して出港した。清水湊に残った咸臨丸が、修理を続けていたさなかの九月八日に、慶応から明治へと改元された。

改元の情報が清水湊に届くまでには、数日を要した。九月十二日になって、初めて咸臨丸乗員たちは、いまが明治元年であることを知った。

「官軍の手で改元となっては、もはやこれまでか」

二百人以上もいた乗員の多くは戦意を失い、上陸したまま艦を離れる者も少なくなかった。

改元から間もない九月十八日朝、突如として清水湊に官軍の軍艦、富士山丸、飛龍丸、武蔵丸が出現した。

咸臨丸は、すでに二十日以上も修理のために碇泊(ていはく)していた。メインマストは切断されており、大砲も修理のためにすべて取り除かれている。丸裸同然の船体は、太平洋を横断したときの雄姿とはまるで違っていた。

この朝、咸臨丸の乗員の大半は陸に上がっていた。船に残っていたのは、少数の留守部隊と副艦長だけである。官軍軍艦の出現など、留守部隊は予想だにしていなかった。

「敵艦接近」

監視役が大声を発したときには、富士山丸はわずか五十尋(ひろ)(約七十五メートル)の位置にまで迫っていた。

咸臨丸の乗員たちが、敵艦の急襲にうろたえていたとき。官軍の軍艦は、一斉に艦砲射撃を始めた。

突如生じた轟音(ごうおん)に、清水湊の住民は飛び上がって驚いた。

「やいやい、せまい湊(みなと)のなかで、どえらいことがおっぱじまってるだ」

住民たちは呆然(ぼうぜん)となって、ただ見ているほかはなかった。

官軍が撃ち込んだ砲弾は、炸裂(さくれつ)弾ではなく、ただの砲丸である。音は凄(すさ)まじいが、弾の破壊力はさほどでもなかった。

とはいえ咸臨丸の留守部隊には、戦闘の能力も意欲も皆無だった。砲撃が始まるなり、多くの兵は海に飛び込み、艦から逃げた。

副艦長は残っている兵に、降伏旗の掲揚を命じた。旗を見て砲撃は中止され、飛龍丸が接舷(せつげん)された。

興奮状態にあった官軍の兵士たちは、咸臨丸に乗り込むなり抜刀して斬りかかった。白兵戦の勝敗は、戦意の差が決定づける。防戦一方となった留守部隊は、なすすべもなく殲滅(せんめつ)された。

徳川藩政時代は、永らく内戦を生じていなかった。幕府軍も官軍も、いわば戦の素人集団である。討ち果たした敵の遺体をどう処するかは、指揮官も学んではいなかった。兵士の遺体はいささかの敬意も払われず、湊の海に投棄された。

投げ捨てられた遺体は、清水湊のなかを浮遊するばかりである。

「幕府賊軍の死体は放置すべし。もしも引き揚げて埋葬等をなした者は、厳罰に処す」

役所前の高札場には、遺体を埋葬するべからずの触れが掲示された。

「むごいことをするのう」

陰では、さまざまなささやきが交わされた。しかし、だれも遺体を引き揚げようとはしなかった。

六

明治元（一八六八）年九月二十日。咸臨丸乗員の遺体は、いまだに清水湊の海面を浮遊していた。

「死んだひとも可哀そうだが、わしら漁師は船を出せんやあ」

湊の漁師たちは、漁船が出せなくて困り果てていた。網を投げて遺体にかかりでもすれば、どんな咎めを受けるか知れたものではないからだ。

明治元年を迎えて、町の制度も大きく変わりつつあった。が、清水湊は古い町である。矢継ぎ早に通達が発令されても、町を治めるのは古くからの肝煎や五人組の町役人たちだ。

漁に出られない漁師たちは、肝煎に泣きついた。肝煎は、次郎長に相談を持ちかけた。

「官軍のやり方は、ひとの道に外れている」

沿道警固を受け持つ次郎長は、いわば体制側の者だ。しかし海に浮かぶ遺体を放置していることには、強い憤りを覚えていた。

次郎長は若い者を空見の辰丙の元に走らせた。次郎長より十四歳年上の辰丙は、六十三になっていた。が、空見の眼力は、いささかも衰えてはいないようだった。

「今夜の雲の様子を見立ててくだせえ」

辰丙は黒メガネをかけて、沈み行く西日を見た。そののち、富士山頂上付近の雲の動きを、長い間凝視していた。見立てを口にしたのは、半刻（一時間）近くが過ぎたあとである。

「四ツ（午後十時）から一刻の間は、東の空に厚い雲がかぶさる。それを過ぎると、雲はたちまち切れるぞ」

見立てを受けて次郎長は、四ツの四半刻（三十分）前に、小船を四杯、船着場に集合させた。どの船にも練達の漕ぎ手を配し、配下の若い者ふたりずつを乗船させた。漕ぎ手も若い者も、夜目の利く者を選りすぐっていた。

町役人の指図で、この夜の湊周辺の民家は五ツ半（午後九時）から灯火を落としていた。船着場の明かりは、半月の蒼い光のみだった。

辰丙は、見事に雲の動きを言い当てていた。梅蔭寺が四ツを撞き始めるなり、分厚い雲が東の空にかぶさり始めた。月星の明かりが消えて、湊は闇に包まれた。

櫓は軋まないように、たっぷりと油がさされている。闇の海面を、四杯の船は音を立てずに走った。

「あそこに二体浮かんでるずら」

「あいよう」

四杯の船は、半刻ほどで七体の遺体を収容した。遺体は夜のうちに梅蔭寺に安置されたのちに、手厚く埋葬された。

「さすがは次郎長親分だ」

「海道一っつうのは、嘘じゃあねえ」

次郎長が遺体を収容したといううわさは、たちまち駿府はもちろん、遠州にまで広がった。駿府藩庁の役人たちは、うわさを耳にして激怒した。

「沿道警固を任せている者が、おろかな振舞いに走りおって」

藩庁司令は、怒鳴り声で次郎長召喚を命じた。遺体を収容した九月二十日という日は、いかにもめぐりあわせがわるかった。

即位したばかりの明治天皇は、九月二十日に京都を発っていた。向から先は、東京である。天皇行幸という一大事を控えた駿府藩庁では、役人全員が極限まで神経を張り詰めていた。

そんなさなかに、こともあろうに沿道警固を任された次郎長当人が、通達破りをしでかしたのだ。

藩庁下級役人数名は、あたかも罪人を護送するかのようにして、次郎長を駿府藩庁まで連れ帰った。

「貴様は、なにをしでかしたのか分かっておるのか」

「もちろん、分かっています」

次郎長は眉も動かさずに即答した。

「なんだ、貴様のその返答は」

司令はこぶしを振り上げた。が、いささかも動じない次郎長の様子に気圧された。

にわか任官の藩庁司令と、無数の修羅場をくぐってきた次郎長とでは、肚のくくりかたも、肝の太さもまるで違っていた。

司令が振り上げたこぶしをおろしたとき、次郎長は低い声で言い切った。

「死ねば仏です」

司令のひげがびくりと震えた。

「仏には、官軍も賊軍もありません」

これだけ言うと、次郎長はゆっくりと立ち上がり、司令室を出た。司令は出て行く次郎長を止めることができなかった。

「死ねば仏です」

この次郎長の言葉は、駿府藩幹事役の山岡鉄舟の耳にも届いた。

「次郎長なる男、ただの博徒ではない」

次郎長の言動に深い感銘を受けた山岡は、後日、戦死した乗員の墓碑に『壮士墓』

と揮毫をした。

咸臨丸事件をきっかけに、次郎長と山岡鉄舟は深い交誼を結んだ。天保七（一八三六）年生まれの山岡は、次郎長より十六歳も年下である。しかし歳の差など問題にもせず、互いに尊敬しあった。

明治二十一（一八八八）年に山岡が没したときには、次郎長は六十九の高齢ながらも東京・谷中まで出向き、葬儀に参列した。

跋

すべての話を聞き終えた伊藤と嶋屋は、音吉に辞去のあいさつをした。

「港橋まで送ろう」

長身の音吉が立ち上がると、伊藤よりもあたまひとつ、背丈が上回っていた。座り続けていたことに、五合の酒が入っているのが重なり、音吉はわずかによろけた。

ところが末廣の奉公人たちは、だれも動こうとしない。すぐ近くにいた年若いおみよですら、手を貸そうとはしなかった。

次郎長の形見である樫（かし）の杖（つえ）を、音吉が手にしているからだ。

「わしゃあ、まだ杖の世話にはならん」

音吉の口ぐせである。そう言いながらも手から放したことがないのは、常に次郎長を身近に感じていたかったのだろう。

末廣を出ると、通りを隔てた正面の大時計に、西日が当たっていた。太くて真っ黒な針が、午後三時過ぎを示していた。

明治になって、すでに二十六年が過ぎている。一日が二十四時間に区切られた暮らしも、すっかり人々に定着していた。

ところが毎日大時計のぜんまいを巻いているにもかかわらず、音吉の身体はいまだに江戸時代の『刻の鐘』で動いていた。

「もう八ツ半を過ぎたか……」

ひとりごとをつぶやいた音吉は、伊藤と嶋屋を従えて港橋に足を踏み入れた。

正面の低い空には、元日の西日があった。凍えてはいるが、ほこりのない澄み切った空気である。橋の欄干に寄りかかった音吉は、胸いっぱいに元日の空気を吸い込んだ。

「毎年、元日には次郎長と一緒にここにきたもんだ」

何度か深呼吸を続けてから、音吉は後ろを振り返った。西日を正面から浴びた富士山の雪が、陽光を弾き返していた。

「音吉さんから話をうかがって、次郎長さんは富士山をとても大事に想っていたんだと、よくよく分かりました」

「次郎長が大事にしたのは、富士山だけじゃねえ」

いきなり歩き始めた音吉は、港橋の中ほどで立ち止まった。

「次郎長が四杯の小船を集めたのは、あそこのあたりだ」

手にしたステッキで、小さな船着場を指し示した。

「次郎長が咸臨丸の兵隊の亡骸(なきがら)を海から上げさせたのは、もちろん、仏に弔いをあげてやろうとしたからだが、そんだけじゃねえ」

音吉は伊藤と嶋屋のほうに振り返った。

「次郎長は、海を大事にしてたんだ。亡骸を浮かばせたまんまじゃあ、海にすまねえって思ったんだろうさ」

「そんなに海が好きだったのですか」

「ああ、そうだ」

音吉は港の外に広がる海原に目を移した。

日本はかならず、海の外に向かって大きく羽ばたく国だ。これからの時代は、海を制した者が、日本と世界を手に入れる……。

ことあるごとに、次郎長はこれを口にした。『日本と世界』と並べて言いながらも、次郎長の目は世界のほうに向いていた。

「世界を相手にするためには、世界中で通用する言葉を学ぶ必要がある。それは英語だ」

次郎長がこう思い定めたのは、米国の前大統領グラント将軍の接待を受け持ったことが端緒である。

静岡産の緑茶は、米国で大いに喜ばれた。明治十二（一八七九）年、清水港には大型の波止場が完成した。米国への積出港は横浜だが、清水から横浜までの輸送にも、貨物船が入用だ。そのための波止場完成の祝典に、グラント将軍が臨席した。

次郎長は若い漁師に、威勢のよい投網の実演をさせた。グラント将軍は、身を乗り出すようにして投網の技に見入った。

夜の祝宴では、将軍は漁師たちに親しみをこめて話しかけた。しかし英語の分かる者は皆無で、気のきいた会話もできなかった。

これからは英語の習得が欠かせない。

グラント将軍との一件が、次郎長に英語塾の開講を決意させた。

「それでは音吉さん……」

遠い目で海を見ている音吉に、伊藤が遠慮気味に声をかけた。

「ぼんやりしとったっけっか」

音吉はステッキを手にして、ふたりに目を戻した。

「これで失礼いたしますが、どうぞいつまでもお達者で」

「あんたらもな」

音吉は背筋を張って、別れのあいさつをした。伊藤と嶋屋は深い辞儀をしてから、橋を渡り始めた。

大晦日と元日の二日間、伊藤は次郎長の話を聞き続けた。

次郎長と同じ日に生まれて、次郎長が没するのを目の当たりにした男が語った、次郎長の生涯を。

新たな商いを始めるための、なによりのきっかけを得たのだろう。辞儀をした伊藤の顔には、音吉への感謝の思いが色濃く浮かんでいた。

「これからの時代は、海と英語が大きな鍵になる。次郎長はいっつもそれを言ってたんだ」

立ち止まったふたりは、音吉にもう一度深い辞儀をした。伊藤たちが辻を曲がったのを見定めてから、音吉は橋を引き返し始めた。

次郎長の長い話を聞かせたことで、無性に次郎長のそばにいたくなったからだ。

向かっているのは大時計である。分厚い樫板に触れている限り、音吉は次郎長と一緒だった。

大時計のそばには、三段の踏み台が置かれていた。時計のてっぺんを磨くときに使う踏み台である。

音吉は台の一番低いところに腰をおろし、鍵を取り出した。ぜんまいを巻くために開く、戸の鍵である。ぜんまいは一日に一度、朝巻き上げるのが決まりだった。が、いまの音吉は、樫板だけではなく、時計の中身にも触っていたかったのだ。

戸を開くと、歯車と振り子の規則正しい音が聞こえた。この音を聞くと、音吉は気持ちが安らいだ。大時計が発する音が、次郎長の鼓動に思えた。

カチン、コチン、カチン、コチン……。

振り子の動きに合わせて、大きな歯車が一枚ずつ進んでいる。戸を開いたまま、音吉は歯車の動きに見入った。

西日は大時計のあたりにも届いているが、もう午後四時が近い。沈み行く真冬の西日には、ものを暖める力はなかった。

生まれたときから、次郎長が没する日までの出来事を、音吉は久しぶりに細かに話した。それも、二日間もかけてである。

明治二十六（一八九三）年六月十二日。次郎長は三代目お蝶の手を握り、静かに息を引き取った。

次郎長は生涯、義侠（ぎきょう）に生きる姿勢を貫いた。富士山を背負って生きた男は、『男・次郎長』を売るために、多くのやせ我慢をした。

しかし臨終に際しての次郎長は、三代目お蝶の手を握り、そして逝（い）くその寸前まで女房を見詰めていた。次郎長は初めて傍目（はため）を気にせず、正味の素顔をさらした。

最後に、次郎長は音吉に目を移した。

共に過ごしたときを、目が喜んでいた。音吉は思いのたけをこめて、次郎長を見詰め返した。

次郎長はふっと目元をゆるめてから、両目を閉じた。

臨終の寸前に見せた、慈愛に満ちた笑み。音吉は、次郎長の眼差し(まなざし)を、一日たりとも忘れたことはない。

あの目は、だれを見て微笑んだのかと、いまでも問い続けていた。

おめえがあんな目を見せる相手は、おれしかいねえずら。

つぶやいた音吉は、戸を閉めて鍵をかけた。

立ち上がることもせず、踏み台に座ったままである。

音吉の両目は、愛しげに次郎長を見つめていた。

全国から二千人を超える弔問客が、次郎長の死を悼んで清水港に集まった。葬儀の列は、およそ半里（約二キロ）の長さになったという。

解説

髙橋　修（東京女子大学教授）

清水次郎長（一八二〇～九三）と同じ時代を生きた博徒集団の抗争は熾烈を極めるものであった。試みに彼と対立した甲州博徒の親分衆の場合をみると、その死亡理由の多くは不慮の事態によっていた。博徒間の抗争に伴う殺害、捕縛後の刑死・獄死などが主たる死因であり、死亡した年齢も二〇～四〇代の事例がよく見られた。まさに「畳の上での大往生」とは無縁の生涯であり、全力疾走で幕末維新という時代の転換期を駆け抜けたのである。それが彼ら博徒達の生き方であった。

こうした中、明治という新しい時代の中で余生を無事に過ごし、七四歳で天寿を全うした清水次郎長は同時代の博徒と比較しても、特異な存在であった。さらに、当時の博徒の生涯はほとんどが不明であるのに対し、伝記的事実がある程度、判明しているのも稀有である。

清水次郎長を巡っては、これまでにも数多くの小説・芝居・映画等が創作され、現在でもされ続けている。これが可能となったのは明治一七年（一八八四）に刊行された『東海遊侠伝』のおかげである。同書は次郎長の養子であった天田愚庵（一八五四〜一九〇四）が関係者に聞き取り調査を行い、伝記としてまとめ上げたものである。これにより、博徒時代の次郎長の生涯を克明に追い、あわせて東海地方を中心とした博徒間抗争の全容を把握することが可能となったのである。

『東海遊侠伝』の表題に掲げられている「遊侠」という語句はその歴史が深い。古代中国の歴史書である、司馬遷（紀元前二世紀頃）著の『史記』に登場する程である。同書では「遊侠列伝」という項目が設けられ、「遊侠」とされる人物を次のように解説する。

遊侠とは、その行為が世の正義と一致しないことはあるが、しかし言ったことはぜったいに守り、なそうとしたことはぜったいにやりとげ、いったんひきうけたことはぜったいに実行し、自分の身を投げうって、他人の苦難のために奔走し、存と亡、死と生の境目をわたったあとでも、おのれの能力におごらず、おのれの徳行を自慢することを恥とする、そういった重んずべきところを有しているものである。

本書の次郎長はまさに「遊侠」と呼ばれるに相応しい存在といえよう。また、次郎長のみならず、彼をとりまく人々の動きを追うと、喧嘩抗争に明け暮れた武勇伝の域を超え、ある種の理想化された人間像を描いていると思われるのである。

儒教の重要な経典の一つである『中庸』には、「知と仁と勇との三つが、世界じゅうにあまねく通用する徳」であり、それを身に付けることで、人を治め、やがては天下・国家を安定的に統治し得ることが述べられている。

本書の主要人物はまさに「知・仁・勇」の要素をそれぞれ分有した関係にある。次郎長の軍師・知恵袋的存在である音吉や大政は「知（知性）」を担い、震災復興をはじめ様々な社会事業に尽力した次郎長は「仁（思いやりの情）」を担い、どんな不利な状況でも不屈の闘志で戦う石松は「勇（強い意志）」を担っている。それぞれの要素が混然となることで彼らの行動そのものが一つの理想性を帯びた人間像として結実しているのである。それ故、石松が惨殺されたことに対し、次郎長が烈火の如く怒るのも当然である。次郎長にとっては「知・仁・勇」の一角である「勇」の要素が取り払われ、理想的な人間像が欠落させられたのも同然だったからである。

他にも本書で描かれる次郎長像は古くからの儒教的な考えを想起させる部分がある。その始祖孔子の言行録である『論語』は次のとおり記している。

> 先生が言われた。「一日じゅう腹一ぱいに食べるだけで、何事にも心を働かせない、困ったことだね。博奕があるではないか。何もしないより博奕をした方がましだ」

孔子が弟子達に博奕を奨励している訳だが、これは現代的感覚からすれば違和感を覚えるかもしれない。しかし、当時、博奕とは神意を占う神聖性を帯びる行為に準じたものであった。古代社会の政治の在り様は「まつりごと」と呼ぶとおり、祭政一致であり、超自然的な存在の意向を窺いながら執り行われた。その手段として卜占をはじめとした呪術的行為があり、これらを基に遊戯的性格を強めたのが博奕であった（増川宏一『賭博の日本史』平凡社、一九八九年・呉智英『現代人の論語』文藝春秋、二〇〇三年）。

本書に登場する「空見の辰丙」は天気予報の達人で、次郎長は彼の才能を生かしながら米相場で成功し、大金を手に入れる。相場情報など当時の流通経済事情をふんだんに盛り込んでいるのも本書の特徴である。それを支えたのは天気を通して未来を見通す能力であり、その意味においても彼らは儒教の思想に近しい。

かかる視点からすれば、本書の語り部である「音吉」の名前も象徴的である。時を正確に刻む機械音を連想させ、晩年の彼の日課は時計の管理であったからである。古来、日本では、天候の具合を読み、そこから暦を定める者が王であり、いわば時間を管理する重要な役割を担っていた（宮田登『日和見』平凡社、一九九二年）。音吉が毎日、時計のぜんまいを巻くのは、清水港の平穏な日常が繰り返され続けることを無意識の中に司っていたとも捉えられるのである。

一方、本書で描写される博徒間の凄惨な私闘については無論、現代社会にあって決して許容されるものでない。しかし、それを認めながらもなお、本書の次郎長をはじめとした人物達は実に魅力的である。そう感じられるのは、右に述べた、東アジアに共通する儒教の理想的な人間像を彼らがよく体現すると共に、古くから日本に伝わる民俗的感性に訴えかけるからに他ならない。

以上、勢いに任せて堅苦しい事柄を縷々述べてしまった。こうしたことよりも美酒を片手に、随所に挿入される料理の蘊蓄を肴にしつつ、音吉翁の興趣の尽きない思い出話に耳を傾ける。それこそが本書の極上の楽しみ方であろう。

※引用にあたっては次の書籍を基にしながら、一部、改変を加えた。
小川環樹・今鷹真・福島吉彦訳『史記列伝』五（岩波文庫、一九七五年）
金谷治訳註『大学・中庸』（岩波文庫、一九九八年）
金谷治訳註『論語』（岩波文庫、一九六三年）

本書は、二〇〇九年二月に文春文庫から刊行されました。

背負い富士

山本一力

令和6年 2月25日 初版発行

発行者●山下直久

発行●株式会社KADOKAWA
〒102-8177 東京都千代田区富士見2-13-3
電話 0570-002-301(ナビダイヤル)

角川文庫 24043

印刷所●株式会社暁印刷
製本所●本間製本株式会社

表紙画●和田三造

●お問い合わせ
https://www.kadokawa.co.jp/(「お問い合わせ」へお進みください)
※内容によっては、お答えできない場合があります。
※サポートは日本国内のみとさせていただきます。
※Japanese text only

ISBN 978-4-04-114376-6 C0193

◇◇◇

角川文庫発刊に際して

角川源義

第二次世界大戦の敗北は、軍事力の敗北であった以上に、私たちの若い文化力の敗退であった。私たちの文化が戦争に対して如何に無力であり、単なるあだ花に過ぎなかったかを、私たちは身を以て体験し痛感した。西洋近代文化の摂取にとって、明治以後八十年の歳月は決して短かすぎたとは言えない。にもかかわらず、近代文化の伝統を確立し、自由な批判と柔軟な良識に富む文化層として自らを形成することに私たちは失敗して来た。そしてこれは、各層への文化の普及滲透を任務とする出版人の責任でもあった。

一九四五年以来、私たちは再び振出しに戻り、第一歩から踏み出すことを余儀なくされた。これは大きな不幸ではあるが、反面、これまでの混沌・未熟・歪曲の中にあった我が国の文化に秩序と確たる基礎を齎らすためには絶好の機会でもある。角川書店は、このような祖国の文化的危機にあたり、微力をも顧みず再建の礎石たるべき抱負と決意とをもって出発したが、ここに創立以来の念願を果すべく角川文庫を発刊する。これまで刊行されたあらゆる全集叢書文庫類の長所と短所とを検討し、古今東西の不朽の典籍を、良心的編集のもとに、廉価に、そして書架にふさわしい美本として、多くのひとびとに提供しようとする。しかし私たちは徒らに百科全書的な知識のジレッタントを作ることを目的とせず、あくまで祖国の文化に秩序と再建への道を示し、この文庫を角川書店の栄ある事業として、今後永久に継続発展せしめ、学芸と教養との殿堂として大成せんことを期したい。多くの読書子の愛情ある忠言と支持とによって、この希望と抱負とを完遂せしめられんことを願う。

一九四九年五月三日